여자들의 등산일기

山女日記

여자들의 등산일기

미나토 가나에
湊かなえ

심정명 옮김

비채

차 례

리시리 산 · 홋카이도 ………

묘코 산 · 니가타 ……

히우치 산 · 니가타 ……

도쿄

시로우마다케 · 나가노, 도야마 ……

긴토키 산 · 가나가와, 시즈오카
기타호다카타케 · 나가노

야리가타케 · 나가노, 기후

[일본]

통가리로 · 뉴질랜드

[뉴질랜드]

、
묘
코
산

밤 11시, 집합 장소인 신주쿠 역 버스 터미널. 여기서 야간 버스를 타고 나가노 역으로 간다. 나는 십 분 전에 도착했고, 아직 아무도 와 있지 않았다. 늘 있는 일이다.

몇 미터 앞에서는 아주머니들이 너덧 명 모여서 차표와 알루미늄 포일에 싼 주먹밥 같은 것을 나누고 있었다. 체크 셔츠에 밑동을 동여맨 팔푼 바지 차림이다. 발밑에는 스틱을 끼운 25-30리터 사이즈의 배낭이 놓여 있다.

저 사람들도 산에 가는 거겠지. '마운틴 걸'이라고 부르기는 어렵겠지만. 하지만 다음다음 달이면 서른이 되는 나도 남 말 할 처지는 아니다. 아주머니들은 다들 쪽빛으로 물들인 스카프를 매고 있었다. 제법 귀엽다.

마음만은 소녀인지도 모르겠다.

대합실 벤치는 등산복 차림의 연배가 더 높은 사람들로 가득했다. 마치 등산이 삶의 오랜 일부라는 듯 배낭이나 신발에 세월의 흔적이 묻어 있다.

이렇게 되면 전부 새것으로 무장한 내 모습이 자못 초보 분위기를 자아내는 것 같아서 부끄럽다. '마운틴 걸' 유행에 편승했다고 하면 그만이지만 여기에 '마운틴 걸'이라 불릴 법한 사람은 없다.

정말 유행이기는 하나?

이번 등산을 위해 배낭과 신발, 스틱, 셔츠와 바지, 나일론 방한 재킷과 양말까지 전부 유명 브랜드 제품으로 갖추었다. 십오 퍼센트 직원 할인을 받아 여름 보너스로 샀다고는 해도 꽤 뼈아픈 지출이었다. 하지만 아마추어가 처음 산에 오르는 만큼 주머니가 좀 가벼워지더라도 장비에는 만전을 기하는 편이 낫지 싶었다. 인터넷에서 찾은 귀여운 모자는 예산을 초과하여 울며 겨자 먹기로 포기했다. 사치를 부려도 되는 것은 하나 정도다.

산에 가는 이유는 당연히 거기에 산이 있어서가 아니다. 일상생활에서 산이 시야에 들어오는 경우는 거의 없고, 산에 오르기 위해서는 이렇게 교통수단을 이용해야만 하니까.

내가 근무하는 마루후쿠 백화점의 초여름 행사가 '아웃도어 페어'였다. 거기서 무심코 한눈에 반하고 말았다.

대녀 등산화에.

성실하고 정직한 장인이 정성을 담아 만든, 편상화 같은 분위기의 소박하지만 튼튼해 보이는 형태. 옷 색깔을 타지 않는 차분한 카키색 천에 짙은 갈색 가죽 테두리. 귀여운 악센트를 주는 깃발 모양 미니 태그.

한번 눈에 들어오자 그 앞에서 발길이 떨어지지 않아서 등산화라는 사실을 깊이 생각하지 않고 사기로 했다.

"에토 씨도 등산해?"

새로 산 구두를 로커에 넣고 있는데 한 살 위인 마키노 시노부 씨가 말을 걸었다. 나는 2층 여성복 매장에서 일하고 마키노 씨는 6층 기프트 매장 담당이라 행사장 지원을 가기 전까지는 이야기를 나눠본 적이 거의 없었지만, 한 살 연상이라고 생각되지 않을 정도로 차분한 분위기가 멋있다고 늘 생각하고 있었다.

"아뇨, 첫눈에 반해서 저도 모르게 사버렸어요. 산에 올라본 적이 없어서 평소에 신으려고요. 마키노 씨는 등산 같은 거 하세요?"

마키노 씨는 아버지를 따라 어릴 적부터 등산을 했고 지금도 한 해에 한 번은 취미로 산에 간다고 대답했다.

"좋네요, 취미가 등산이라니."

"모처럼 좋은 신발을 샀으니까 에토 씨도 산에 한번 올라보면 좋을 텐데."

"말도 안 돼, 아마추어가 갑자기 등산이라니 무리예요. 조난당할걸요."

"누구든 처음에는 아마추어잖아. 어렵게 생각할 것 없이 기본 체력만 있으면 여름 산은 오를 수 있어. 다른 스포츠는 해본 적 없어?"

"입사 전까지는 검도를 했어요."

"아아, 그런 느낌이 있네. 지금도 충분히 체력이 있을 것 같고, 괜찮을 거야."

마키노 씨의 이야기를 듣고 같은 층에서 일하는 동기들과 셋이서 산에 가기로 했다.

행사장에 지원을 가서 두 주 동안 아침부터 밤까지 아웃도어 용품에 둘러싸여 있다 보니 이것저것 갖고 싶어지기도 했고, 생기발랄한 모습으로 등산복을 사러 오는, 내 또래의 여자들을 보고 있으니 그렇게 어렵지만은 않을지도 모르겠다는 생각이 들었기 때문이다.

기왕이면 '일본 100대 명산'에 가보고 싶어서 아마추어도 등반할 수 있는 100대 명산이 어디냐고 마키노 씨에게 물어보자, 니가타 현에 있는 '묘코 산'과 '히우치 산'을 연달아 오르는 종주 등산을 추천해주었다. 그렇게까지 혹독한 여정이 아닐뿐더러 한 번에 100대 명산 두 군데를 제패할 수 있는 추천 코스라고 했다.

"우메모토 씨랑 시바타 씨랑 에토 씨 셋이서 가는 거지? 에토 씨가 제일 먼저 산에 빠질 것 같은데."

마키노 씨가 그렇게 생각하는 근거는 딱히 없지만, 아마 세 사람 중 내가 가장 수수하기 때문일 것이다. 멋진 옷이나 장비가 잔뜩 늘어서 있어도 등산은 해양 스포츠처럼 튀거나 화려한 인상이 아니다. 상품을 구입한 사람들을 대상으로 한 설문 조사에서는 등산을 하는 목적으로 '자아 찾기'라는 우중충한 이유가 눈에 띄었다.

하지만 내가 산에 빠질 것 같은 예감은 들지 않는다.

자연을 그다지 사랑하지 않기 때문이다.

아버지가 전근을 자주 다니다 보니 논밭이 펼쳐진 시골 마을에서 이삼 년 산 적이 있다. 초등학교까지 걸어서 사십 분이나 걸리는 것을 원망스럽게 여기기는 했어도 공기가 맛있다거나 경치가 아름답다고 감동한 적은 한 번도 없었다. 다음에 이사한 곳은 걸어 다닐 수 있는 거리에 공원 하나 없었지만 사택 건너편에 편의점이 있어서 대만족이었다.

하지만 산에 올라서 가치관이 바뀐다면 거기에 결론을 맡겨보고 싶은 일이 있다.

결혼할 것인가, 말 것인가…….

장래 희망은 신부가 되는 것이라며 결혼을 동경한 적은 어릴 때부터 한 번도 없었지만, 서른까지는 결혼하자고 마음먹었다.

아니, 해야만 한다고 생각했다. 할아버지, 할머니, 그 한참 위의 조상에게 물려받은 피를 내가 심오한 이유도 없이 끊어서 좋을 턱이 없다.

결혼해서 가정을 이루고 아이를 낳아 기른다.

그것이 내가 태어난 의미라고 생각한다. 위업을 달성하는 것만이 인간의 가치가 아니다. 백화점에 취직해서 말도 안 되는 클레임을 견디면서도 웃는 얼굴로 손님을 응대하고 월급을 받는다. 세금을 내고 투표에 참여한다. 투표가 있는 일요일은 대개 출근하는 날이라 일이 끝난 뒤에 가면 시간이 맞지 않기 때문에 부재자 투표를 하는 경우도 많다.

누구에게도 부끄럽지 않은 인생이지만 자랑할 만한 인생도 아니다.

그러면 약혼자인 노무라 겐타로가 위업을 달성할 만한 인물이고 내게는 그를 내조할 사명이 있는가 하면 그렇지도 않다.

겐타로도 같은 백화점에서 근무하고 있으니까.

세일 상품에 정상가를 표시하는 파란 가격표가 붙어서 온 것을 세일 전날 근무가 끝난 뒤에야 발견하고 깜깜한 행사장에서 혼자 필사적으로 빨간 가격표로 바꿔 다는 겐타로를 보다 못해 거들어준 그해 여름 이후로 벌써 오 년이 지났다.

그때도 한눈에 반했다. 겐타로가 아니라 원피스에.

저녁에 행사장에서 진열하고 있을 때 발견한 원피스였다. 하룻밤 더 생각하자고 미뤄뒀다가 역시 포기하지 못하고 일이 끝난 뒤에 행사장으로 돌아갔더니 가격표와 씨름하는 겐타로가 있었다.

지금은 5층 신사복 매장에서 계장이라 불리고 있지만, 출세했다고 할 정도는 아니다. 그래도 결혼한 뒤에도 둘이서 마루후쿠 백화점에서 일하면서 세금을 내고 투표를 하고 그러다 아이도 낳으면서 즐겁게 살아갈 줄 알았는데…….

"기다렸지, 리쓰코."

시바타 유미가 도착했다. 11시 정각이다. 단, 그녀에게는 집합 시간을 10시 반이라고 일러뒀는데…….

산에 간다는데 매장에 있을 때와 똑같은 메이크업을 하고 있다. 게다가 신발은 평범한 운동화. 스포츠웨어이기는 하지만 조깅용이다. 산을 완전히 얕보는 모양이다. 30리터 배낭에는 짐이 빵빵하게 차 있는데 대체 몇 박을 할 작정이지? 화장품을 병째 집어넣었는지도 모른다.

앞일이 걱정된다. 왜 마이코는 유미 같은 애를 불렀지? 동기 셋이서 아웃도어 페어 매장에 서 있기는 했지만 유미는 그다지 흥미가 없어 보였는데.

"마이코만 오면 되나?"

대합실을 둘러보았다.

"참, 마이코는 못 오게 됐대. 아까 문자가 왔어. 어젯밤에 열이

15

난 모양이야. 너한테 잘 말해달라던데."

유미가 증거라도 제시하듯 휴대전화를 내밀어 보여주면서 말했다.

설마 마이코가? 아니, 예상 밖의 일은 아니다. 모임이 있을 때마다 우정을 소홀히 여기는 여자는 최악이라고 으름장을 놓기에 크리스마스에도 겐타로를 만나지 않고 매년 여자끼리 하는 파티에 나갔는데, 정작 작년에 본인이 남자친구가 생긴 뒤로는 손바닥 뒤집듯 여자끼리 한 약속을 마구 깨고 있으니까.

열이 났다는 핑계도 수상쩍다. 그건 그렇다 치고.

"왜 나한테는 연락을 안 하지?"

내게도 문자 정도는 보내도 될 터인데. 만나기로 한 장소에 내가 가장 먼저 오리라는 것은 마이코도 알면서. 표를 사두지 않아서 다행이다.

"리쓰코가 화낼까 봐 그런 거 아니야?"

끄트머리까지 예쁘게 만 머리카락을 손가락으로 만지더니 후훗 웃으면서 유미가 말했다.

확실히 불평 한마디쯤은 보태겠지만 유미에게 이런 말을 듣는 것은 기분이 나쁘다. 물론 나는 느슨한 것을 아주 싫어한다. 타인에게 엄격한 부분도 있을지 모른다. 엄하게 말할 때도 있을 것이다.

그렇다고 해서 유미가 잘난 척 지적할 처지는 아니다.

너는 내가 가장 경멸하는 짓을 하는 인간이니까.

그냥 이 자리에서 해산할까 생각도 했지만 산장도 예약한 데다 구입한 옷이나 도구를 한 번도 쓰지 못하는 것도 아깝다. 차표를 샀다.

버스 승차가 시작됐다.

"그럼, 갈까?"

내디딘 한 걸음은 기분과는 반대로 발바닥에 상쾌한 반동으로 흡수되었다.

대너 신발을 신기 위해 산에 오른다. 그럼 된 것 아닌가.

아주머니 그룹은 총 여섯 명으로, 2인용 의자 세 줄에 나눠 앉아 몸을 내밀어 간장 전병이 든 봉지를 돌리고는 와작와작 씹으면서 큰 소리로 이야기중이다.

집에 혼자 있는 남편의 식사에 대해. 이틀분 전부 만들어서 냉동해놓고 왔어. 만들어 먹을 리가 없잖아. 결혼 초기에는 인스턴트라면 하나 제대로 못 끓이던 주제에 지금은 메밀국수를 뽑을 수 있게 됐거든. 그게 제법 맛있어. 어쩌고저쩌고.

수학여행처럼 즐거워 보인다. 반면 이쪽은…….

유미는 자리에 앉자마자 깊이 잠들었다. 야간 버스인 데다 깨어 있다고 해서 딱히 할 이야기도 없지만 바로 잘 것까지는 없지 않나. 배낭에 무엇이 들었는지도 아직 묻지 못했다. 차라리 소등 시간까지 아주머니 그룹에 넣어달라고 하고 싶은 기분이다.

결혼할 때 망설임이 생기지는 않았나요? 묻고 싶다.

아니, 저 사람들은 분류하자면 부모 세대다. 설마 집안일을 전부 며느리에게 맡기고 나온 건 아니겠지?

겐타로는 대체로 태평하고 조금 모자란 면도 있지만 장남이다. 하지만 집에서 독립해 취직했고 평소 대화에 가족이 거의 등장하지 않아서 이 문제를 그리 깊게 생각한 적은 없었다.

결혼식을 신부 쪽에서 올리는 것도 간단히 정해졌다. 식이나 피로연도 둘이서 좋을 대로 정하면 된다고 해서 식장을 가예약한 뒤, 그 보고도 할 겸 지난달, 여름 세일이 시작되어 바빠지기전에 둘이서 인사를 하러 갔다.

근처에 편의점은 없었지만 케케묵은 시골집 느낌은 아니었고, 회사원인 아버지가 삼십 년 상환 대출을 받아 지은 듯한 아담한 이층집이었다.

아버님과 어머님은 나를 따뜻하게 맞아주었다. "이렇게 야무진 사람이 결혼해준다니 안심이야"라는 어머님 말씀에 내가 아는 겐타로와 부모님이 아는 겐타로는 똑같구나 싶어 안심이 되었다.

식사 자리에는 같이 사는 겐타로의 할머니도 참석해서 민요를 한 곡 선보였다. 하지만 겐타로가 손자라는 것은 인식하지 못했다. 겐타로도 그 부분은 이미 알고 있는지 "누구시지요?"라는 질문을 몇 번 받아도 "손자 겐타로예요"라고 붙임성 있게 대답하고 나에 대해서도 "아내가 될 에토 리쓰코예요"라고 소개했다.

겐타로 이름은 좀체 말하지 않던 할머니가 나를 보고 '릿짱'이라고 불러서 조금 기뻐할 무렵이었다.

"어머님, 앞으로는 집에 활기가 돌겠어요. 잘됐네요."

어머님이 할머니에게 말했다. 앞으로는? 일 년에 한 번 갈까 말까인데? 이런 의문을 걷어치우듯 어머님이 말을 이었다.

"2층을 개조할까 해. 역시 젊은 사람은 다다미보다는 마루가 편하잖니."

억지웃음을 지으면서 겐타로를 보았다. 그도 억지웃음을 돌려주었지만 의사소통은 전혀 이루어지지 않고 있었다. 억지웃음을 지운 것은 돌아가는 신칸센에서였다.

"집을 개조한다니 무슨 말이야?"

"언젠가는 돌아갈 생각인데 그렇게 당장은 아니야. 어머니는 성미가 급하시거든. 이 문제는 그냥 가볍게 흘려들어."

"뭐? 흘려들을 수 있을 리 없잖아. '언젠가는'이라니, 그게 뭐야? 나, 그런 말 한 번도 들은 적 없는데. 결혼한 뒤에 말할 생각이었어?"

"결혼한 뒤라고 해야 하나, 이삼 년 지나고 나서 할 생각이었어."

"그거 사기잖아."

"어째서? 나는 장남이고 리쓰코는 남동생이 둘 있으니까 그쪽 부모님은 걱정 없다고 생각했는데, 내가 뭐 잘못된 거야?"

'내가 뭐 잘못된 거야?' 다른 사람에게 이런 질문을 받는 것은 처음이었다. 세상에 도움이 될 만한 일은 못하더라도 잘못된 행동은 하지 않는다는 것이 내 모토다. 무엇이 올바르고 무엇이 잘못되었는지도 분별할 수 있다고 자신하는데.

하지만 일은 어떻게 하나. 마루후쿠 백화점은 전국에 다섯 개 지점이 있지만 겐타로의 본가에서 다닐 수 있는 곳에는 없다. 몇 년 뒤에 일을 그만둘 생각이면서 결혼하기 전에 그 사실을 알리지 않는 것 역시 사기 아닌가.

이렇게 대꾸할 생각이었는데, 겐타로는 말 나온 김에 덧붙이겠다는 양 행정서사 자격증이 있어서 친척 어르신이 하는 사무소를 잇지 않겠느냐는 제안을 받았다고 말했다.

더 반박할 수 없었다. 그러면 잘못된 것은 역시 나일까?

속았다고 느끼는 것은 무엇에 대해서일까?

백화점을 그만두는 것? 편리한 도시를 떠나 시골로 옮겨가는 것? 시부모와 동거하는 것? 치매에 걸린 할머니 병시중을 거들어야 한다는 것?

이런 것들에 거부감을 느끼는 나는 인간으로서 중요한 부분을 놓치고 있는 걸까? 사랑하는 사람과 결혼하기 위해서라면 이 정도 일은 누구나 받아들일까? 이 정도 일로 결혼을 망설이기 시작한 나는 이제까지 내가 경멸해온 제멋대로인 여자들과 같은 부류인 걸까?

아니…… 그렇지 않다. 다들 고민하겠지.

그렇기 때문에 겐타로도 내게 말하지 않았겠지. 어머님이 넌지시 비추듯 말했을 때도 어떻게든 넘겨보려고 억지웃음을 짓고 있었던 게 분명하다.

겐타로는 그래서 하산하고 몇 시 편으로 돌아오느냐고 물어본 건가?

하산한 뒤에는 온천이 있는 호텔에 묵으면서 뒤풀이를 한다고 하자 굳이 다음 날에 거기까지 데리러 오겠다고 했다. 역에 도착할 때까지 등산이니까 도중에 끼어들지 말았으면 좋겠다고 거절했더니 역까지 데리러 오겠다고 고집을 피우기에 그건 거절하지 않았다.

내가 결혼할까 말까 망설이다 산에서 결론을 내리기로 했음을 눈치챈 것이리라.

내 아파트에 와서 테이블 위에 놓인 등산 잡지를 봤을 텐데도 내 쪽에서 산에 간다고 말을 꺼내기 전에는 그 잡지가 보이지도 않는 양 행동하던 그였다. 대너 신발을 보여줬을 때도 그랬다. 겐타로도 좋아할 것 같은 신발인데 "아, 좋네" 정도의 반응밖에 보이지 않고 어쩐지 신묘한 얼굴로 허공을 바라보고 있었다. 마이코랑 유미랑 간다고 해도 "마이코는 기운이 넘치니까"라든가

"유미 씨는 괜찮겠어?"라고 말하지 않았다.

하지만 산에 오르는 정도로 인생의 결단을 내릴 수 있을까?

아주머니들의 웃음소리가 울렸다. 저 사람들은 시댁에 살거나 병시중을 들지 않겠지. 그러니까 친구들끼리 산에 갈 수 있는 것이다.

'걸girl'로 남아 있을 수 있는 것이다.

인생은 길다. 결혼 상대는 겐타로가 아니어도 상관없을 텐데.

"으응……."

유미가 요염한 소리를 내며 돌아누웠다.

잠깐, 잠깐, 나는 결혼을 정하는 기준이 근본적으로 잘못된 것 아닐까? 동거나 병시중보다 가장 힘든 것은 남편에게 배신당하는 일 아닌가.

그렇게 생각하지 않나요, 아주머니들.

아주머니들은 배도 찼는지 저마다 잘 준비에 들고 있었다. 공기를 넣어 부풀리는 목 베개를 가지고 오다니, 나는 생각도 못 했다.

다음에는 가지고 오자. ……만일 다음이 있다면.

나가노 역에서 신에쓰 본선을 타고 묘코 고원 역으로 향한다. 유미는 버스가 나가노에 도착할 즈음에 눈을 떴다. 푹 자서 기분이 좋은지 전차에 탄 뒤로는 수학여행 온 학생처럼 신이 나 있다. 오전 6시가 지난 시간, 캔 커피는 샀지만 평소 페이스대로라면 아침을 먹기에는 아직 이르다.

"배 안 고파? 이것저것 가지고 왔으니까 같이 먹자."

유미는 겨우 닫은 듯한 불룩한 배낭을 열고 좌석 앞에 달린 작은 테이블에 지퍼 백을 세 개 꺼내 올려두었다. '신게쓰'에서 파는 콩 양갱, '호주안'의 모나카, '우사기 당'의 딸기 찹쌀떡…… . 전부 마루후쿠 백화점 지하 식료품 매장에 정취 어린 점포를 낸 고급 화과자점의 간판 상품들이다. 게다가 한 사람에 세 개씩, 세 사람 몫을 준비했는지 각기 아홉 개씩 들어 있다.

"특등석 기분이지?"

목적지가 묘코 산이 아니었는지 쪽물을 들인 스카프를 한 아주머니들의 모습은 더는 보이지 않았지만, 확실히 그녀들이 버스에서 펼쳐놓던 과자와는 격이 다르다.

"그럼, 이거. 잘 먹을게."

포장을 열고 손바닥에 쏙 들어가는 크기의 딸기 찹쌀떡을 베어 물었다.

"맛있다."

본 적은 있지만 먹기는 처음이었다. 하나에 오백 엔이나 하기 때문이다. 그럴 바에야 케이크가 낫지 하고 그냥 지나치곤 했다. 부드러운 반죽과 팥소는 달콤하게 녹아내리듯 입안에 퍼져서 딸기의 새콤달콤함과 함께 목구멍을 매끄럽게 통과한다.

"그치. 아마오*를 쓴대."

유미도 딸기 찹쌀떡 포장을 벗겼다.

녹음이 서서히 짙어가는 창밖 경치를 바라보면서 두 입 만에 먹어 치웠다. 호강하네 하며 시트에 몸을 기댔다. 그렇게 생각해서인지 처음 앉았을 때보다 푹신하게 느껴졌다.

"간식 값은 나눠서 낼게. 꽤 들었지?"

나도 간식은 가지고 왔지만 '자가리코'나 '코알라의 행진'**을 나눠줘봤자 채산이 맞지 않을 것이다.

"괜찮아, 괜찮아, 전부 받은 거니까. 유통기한이 오늘내일인 것뿐이라서 먹어주기만 해도 도와주는 거야."

뭐야, 조공품이었잖아. 오늘을 위해 준비한 것이 아니라 다 먹지 못해서 가지고 왔을 뿐이다.

"다른 것도 먹어. 모나카는 네 종류 있는데 된장맛 소를 좋아하려나."

된장소가 든 모나카는 한 거물 배우가 텔레비전에서 소개해서 유명해졌는데, 마루후쿠 백화점에서도 문을 열자마자 줄이 생기기 시작해서 오전 중에 다 팔리는 귀중한 상품이다. 당연히 이것도 먹어본 적 없다. 하지만.

---

* 　딸기 품종 중 하나로 알이 크고 달다

** 　자가리코는 감자 스낵이고 코알라의 행진은 초콜릿이 든 시판 과자이다

"고마워. 하지만 딸기 찹쌀떡만으로도 배불러."

조공품인 걸 안 순간 아무런 매력도 느끼지 않게 된다. 절대 먹나 봐라 하는 생각까지 든다.

등산은 처음이지만 산은 신성한 장소라고 나는 생각한다. 창밖 저 멀리 보이는 첩첩이 늘어선 산들은 정말 아름답다. 인간이 만들어낼 수 없는 풍경이다. 그곳에 불륜을 하는 여자가 불륜 상대에게 받은 조공품을 가져와 발을 들이다니 불경하기 짝이 없는 일 아닌가.

역시 마이코가 유미를 부르자고 했을 때 단호하게 거절할걸 그랬다. 하지만 마이코는 유미가 불륜을 한다는 사실을 모른다.

그리고 유미도 내가 불륜을 눈치채고 있는지는 모를 것이다.

묘코 고원에서 버스로 한 시간 가까이 더 흔들리고 나서야 사사가미네에 도착했다.

오전 8시. 앉기 적당한 자리를 확보하고 주먹밥과 지도를 꺼냈다. 아침으로 고급 화과자를 먹겠다는 유미에게 딸기 찹쌀떡에 대한 답례도 할 겸 만들어온 여섯 개의 주먹밥 중 두 개를 나누어주었다.

"와, 잡곡밥이네. 우메보시도 들어 있잖아. 리쓰코는 좋은 아내가 될 것 같아."

유미 말은 흘려들었다. 불륜을 하는 여자 입에서 나오는 '아내'는 어딘지 얕보는 느낌이어서 심사가 뒤틀렸다. 지도를 펼쳤다.

오늘의 목적지는 묘코 산이다. 북쪽 봉우리, 남쪽 봉우리 중에서 100대 명산 푯대가 서 있는 북쪽 봉우리 쪽이다. 초보자가 종주해도 괜찮을까 걱정이 되었지만, 무리라고 판단되면 루트 변경도 가능하다며 회피할 때의 지점 같은 것을 마키노 씨가 가르쳐주었고, 인터넷에서 검색해보니 초중학생도 꽤 찾는 듯했다. 뭐 어떻게든 되지 않을까.

주위에서 준비운동인 듯 몸을 움직이는 사람들을 보니 길을 잃으면 어떡하느냐는 가장 큰 걱정도 사라졌다. 나이가 지긋한 부부나 가족, 버스에서 또 만난 쪽물을 들인 스카프를 맨 아주머니들도 있다. 하지만 '마운틴 걸'은 역시 없다.

등산로 입구에서 정보를 확인했다. 비 올 확률 십 퍼센트, 날씨 표시는 '쾌청'이다. 입산 수속을 하고 게이트를 통과했다.

드디어 출발, 우선은 구로사와 합류점이 목적지다. 숲속으로 난 완만한 오르막이다.

"봐봐, 리쓰코, 이 꽃 예쁘다."

유미가 길가에서 꽃을 발견하고 걸음을 멈췄다. 귀여운 보라색 꽃. 옆에 서 있는 작은 팻말에⋯⋯ 투구꽃이라고 쓰여 있다!

"이런 거 머리에 꽂고 걸으면 즐겁지 않을까?"

유미가 꽃에 손을 뻗었다.

"안 돼!"

"엄격하네, 리쓰코는."

"남국 섬의 리조트를 즐기러 온 게 아니니까. 산에서는 사진에만 담아야 한다고 게이트에도 안내문이 붙어 있었잖아. 게다가 투구꽃에는 맹독이 있어. 추리소설에 곧잘 나오잖아."

"몰라. 나는 책 같은 거 안 읽는걸. 리쓰코는 뭘 많이 아네."

"하지만 이름밖에 몰랐어. 팻말이 없었으면 투구꽃인 줄 몰랐을 거야."

"귀엽게 생긴 꽃인데. 맹독이 있다니 믿을 수가 없어."

유미는 휴대전화 카메라로 투구꽃을 찍었다. 나도 기념으로 찍어두었다.

"어쩐지 여기저기 많이 피어 있네."

유미는 휴대전화를 꽃 가까이 가져가 몇 장 더 사진을 찍었다.

몰래 뽑아서 소매 속에 감추는 것은 아닐까? 투구꽃에 맹독이 있다고 가르쳐주지 말걸 그랬다. 불륜 상대의 부인이 만일 살해당하기라도 하면 나도 협력한 꼴이 돼버린다. 아니, 부인이 있기 때문에 불륜이 즐거운 건가?

경험은 없지만 불륜을 하는 여자에게는 두 가지 패턴이 있지 않을까 생각한다. 하나는 남의 것을 빼앗는 기쁨에 빠진 여자. 유미가 이쪽이라면 부인에게 살의를 품지는 않을 것이다. 또 하나는 좋아하게 된 사람에게 가정이 있든 말든 상관없이 내달리

27

는, 사랑에 눈먼 여자. 이 경우는 부인이 없었으면 좋겠다고 생각할지 모른다.

어느 쪽이든 간에 최악의 여자라는 데에는 변함이 없지만.

얼마 지나자 투구꽃은 보이지 않게 되었다. 날씨가 맑았지만 너도밤나무 숲속은 시원해서 기분이 좋았다. 길 폭이 서서히 좁아져서 한 줄로 걷기로 했다. 지도를 가진 내가 앞이다.

"리쓰코, 결혼식 준비는 잘 되고 있어?"

등 뒤에서 질문이 날아왔다.

"뭐, 조금씩."

여기까지 와서 망설이는 마음이 생겼다고는, 단둘이 묵묵히 걸어가는 이 상황에서도 유미에게 털어놓지 않을 것이다.

"중매인*을 세우는 거지?"

"……응."

"모토하라 부장님이지? 중매인은 부부가 같이 하잖아. 사모님이랑도 만났어?"

"……응."

"어떤 사람이야?"

"엄청 예쁜 사람. 상냥하면서도 자기 자신이 확실하게 있는 총

---

*　결혼식에서 신부와 신랑 사이의 중개 역할을 하는 사람으로, 피로연에서 신부와 신랑을 소개할 뿐 아니라 양가 사이에서 결혼 전반에 대한 상담을 맡고 갈등을 중재한다. 주로 직장 상사나 은사에게 의뢰한다

명한 사람. 음대를 나왔다더니 바이올린을 무지 잘 켜시더라고. 음대 친구들이랑 가끔 자선 콘서트를 연대. 부장님도 멋있고, 잘 어울리는 부부 같아."

대꾸는 없었다. 지치기 시작했기 때문은 아니리라. 돌아보지 않고 걸음을 옮겼다.

심술궂은 대답이었을지도 모른다는 생각은 들지만 어이없다는 기분 쪽이 더 강하다. 불륜 상대의 부인이 어떤 사람인지 잘도 물어보는구나.

이쪽이 아무것도 모르는 줄 알고…….

유미와 모토하라 부장을 목격한 곳은 식장을 가예약하려고 찾은 호텔의 로비였다. 두 달 전, 할인 적용 기간 마지막 날임을 깨닫고 일이 끝난 뒤에 나 혼자 호텔로 갔다. 예식 살롱이 문을 닫은 뒤라 로비 구석에 있는 테이블에서 신청서를 쓰는데 모토하라 부장의 모습이 눈에 들어왔다.

인사를 하러 갈까 말까 망설이는 사이에 모토하라 부장은 키를 받아들더니 조금 떨어진 곳에서 기다리던 여자 쪽으로 갔다. 부인이 아니었다. 그래도 모르는 사람이었다면 억지로라도 좋게 해석했을지 모른다. 여동생과 묵는다든가 딸과 묵는다든가. 설사 상대방의 허리에 팔을 둘렀다 해도 말이다.

하지만 상대는 시바타 유미였다.

유미는 선이 가늘고 연약해 보이는 미인으로 연배가 있는 남성 사원들에게 인기가 있다. 시간관념이 허술하고 일하는 속도도 느리기 때문에 여자 선배들에게는 따끔하게 혼나는 일이 많지만, 유미가 눈물이 글썽한 눈으로 고개를 숙이고만 있어도 선배 여사원 쪽이 악역인 듯한 분위기가 만들어진다.

여사원들 사이에 유미가 불륜을 한다는 소문이 돌았다면 쉬이 믿었을 것이다. 동요할 것도 없다. 하지만 직접 목격한 데다 그 상대가 중매인을 부탁한 인물이다 보니 사고가 정지돼버렸다.

좋은 해석을 할 수 있을 리 없다. 젊은 여사원과 불륜이나 하는 상사가 중매를 서다니 재수 없지 않은가.

처음부터 나는 중매인을 세우는 데 적극적이지 않았다. 결혼정보지의 설문조사에도 중매인을 세우는 경우가 줄고 있다는 조사 결과가 나와 있다. 내 부모님은 고풍스러운 데가 있어서 세워야 한다는 쪽이지만, 겐타로의 부모님은 좋을 대로 하라고 했으니 세우지 않아도 좋지 않을까 제안해보기는 했다.

애초에 나와 겐타로는 선을 본 사이도 아니었고 누구 소개로 사귀게 된 것도 아니었다. 다리가 되어준 것은 파란 가격표였다. 피로연에서 그 에피소드를 공개하는 것만으로 충분하지 않을까 생각한다.

하지만 겐타로는 생각이 달랐다. 모토하라 부장은 출신 대학뿐 아니라 럭비부였다는 점까지 똑같기 때문에 입사시험 단계에서부터 겐타로를 눈여겨봐주었다고 한다. 게다가 결혼 상대가 같은 직장 사원이고 결혼 뒤에도 일을 계속할 생각이라면 부장에게 부탁하는 편이 낫다며 겐타로치고는 드물게 물러서지 않았다.

하는 수 없이 동의하면서도 결혼한 뒤에도 백중날이나 연말이면 선물을 보내고 아이가 얼마나 컸는지를 일일이 보고하기 귀찮겠다고 생각했지만, 모토하라 부장 부인과 만나고는 조금 마음이 바뀌었다.

무척 근사한 사람이었기 때문이다. 부인이 만든 로스트비프를 "아내가 잘하는 요리야. 이 외에도 자신 있는 요리가 많지만 나는 이거에 사족을 못 쓰거든" 하며 가장인 부장이 덜어주던 모습은 내 이상 속의 부부상과 겹쳐졌다. 그랬는데.

설마 불륜이라니. 그 부인의 어디에 불만이 있다는 걸까? 유미 쪽이 더 나은 점이라고 해봤자 젊음 정도 아닌가.

이 일은 아무에게도 말하지 않았다. 겐타로에게도. 부모님에게 인사를 하러 간 뒤에 털어놓을까 했는데 집 개조 문제로 그럴 계제가 아니게 되었다.

어차피 몇 년 후 마루후쿠 백화점을 그만둘 거라면 중매인은 세우지 않아도 되지 않나? 부장이 이유를 물어본다면 그날 밤 호텔 로비에 내가 있었다고 알리기만 해도 이해해줄 텐데.

아니, 내가 왜 겐타로가 일을 그만두는 것을 받아들이고 있지? 오히려 불륜에는 눈을 감고 부장이 중매인까지 되어주었으니 마루후쿠 백화점에 충성을 맹세하라고 촉구하는 쪽으로 방향을 잡는 편이 현명할지 모른다.

피로연에는 유미도 초대하게 될까? 같은 층에 단 세 명뿐인 동기인데, 마이코는 부르고 유미는 거르는 것도 나쁜 인상을 줄 것 같다. 누가 이유를 물어봐도 곤란하다. 그러면 거기서 유미는 불륜 상대의 아내와 대면하게 된다. 아무도 눈치채지 못했다고 생각하는 것은 당사자들뿐이고 만일 부인이 알고 있으면 어떡하지?

아니, 그 총명한 부인이 눈치채지 못했을 리 없다. 상대가 누구인지는 모르더라도 남편이 불륜을 하고 있다는 것쯤은 어렴풋이 알아채고 있을 터이다. 그것도 모르고 부장이랑 유미가 눈이라도 마주치다가 부인이 바람피우는 상대는 이 여자였구나 하고 알아차린다면 어떨까.

아수라장? 그것도 재미있을 것 같다. 무조건 재미있다. 하지만 무대가 내 결혼식이라는 점은 어떨까? 인생에 한 번뿐인 화려한 무대인데 예능 방송의 해프닝 영상으로 제보되어서야 되겠나.

역시 결혼하는 건 관둘까?

구로사와 합류점에 도착했다. 출발한 지 오십 분. 지도에 적혀 있는 것과 똑같은 페이스다. 숲속에 난 보드워크를 천천히 올라가는 것은 워밍업에 딱 좋다. 배낭을 내려놓고 페트병에 든 물을 마셨다. 유미는 조금 숨이 찬 모양이다.

"리스코, 딸기 찹쌀떡 안 먹을래?"

지퍼 백째로 내게 내민다.

"고맙기는 한데 한 번에 이렇게 많이 주지 않아도 돼."

"하지만 그 사람은 이게 성의인 줄 아니까. 부탁이야, 짐 좀 가볍게 해줘."

유미가 빙긋 웃었다. 그 사람이란 역시 모토하라 부장인가. 뭐가 성의람. 하지만 여기서 고집을 부려도 곤란하다. 봉지 속에서 하나를 꺼냈다.

"투구꽃 안 만졌지?"

무심결에 물었다.

"맹독이라며, 만질 리 없잖아. 리스코 네가 경계할 만한 행동이라도 내가 했어? 걱정하지 마, 노무라 씨처럼 탄탄한 스타일은 내 타입이 아니니까. ……정말, 어쩔 수 없지."

유미는 딸기 찹쌀떡을 꺼내 먼저 한입 베어 물었다.

'걱정하지 마?' 그게 무슨 말이지? 타입이었으면 겐타로를 빼앗았을 거라는 말이라도 하고 싶나? 바보 취급이다. 저런 식으로 부장의 부인도 바보 취급하고 있을 게 뻔하다.

딸기 찹쌀떡을 입에 넣고 물로 삼켰다. 배낭을 짊어졌다.

"어, 벌써 가?"

유미가 황급히 배낭을 멨다.

"지치기 전에 거리를 벌어두는 편이 좋잖아."

이렇게 말하고 걸음을 뗐다.

다음 목적지는 후지미다이라다. 골짜기로 나가 구로사와 다리를 건넜다.

경사가 급한 계단이 나타났다. 십이 굽이의 출발점이다. 한동안 가파른 언덕이 이어지지만, 한 계단 한 계단 오를 때마다 발바닥에 기분 좋은 탄력이 느껴진다.

만일 그날 내 눈에 띈 사람이 모토하라 부장이 아니라 겐타로였다면, 나는 어떻게 했을까? 두 사람 쪽으로 사납게 다가가 "뭐 하는 짓이야?" 하고 묻기에 앞서 겐타로의 따귀부터 갈겼을 것이다.

당연히 그 자리에서 이별을 통보하고……. 다음 날 회사 일은 어떻게 할까? 비참하군. 유미를 죽여버리고 싶을까? 아니, 죽이고 싶은 쪽은 겐타로다. 나를 배신했으니까. 유미도 배신한 셈이지만 원래 그 정도 신뢰는 없는 관계다. 불륜에 대해 알기 전에도 나는 유미를 별로 좋아하지 않았다.

동기가 좀 더 많거나 마이코가 개방적인 성격이 아니었다면 분명 거리를 두었을 것이다. 시간관념이 헐렁하고 생각 없이 말하는 등등 싫어하는 부분은 얼마든지 있지만 간단히 말하면 파장이 맞지 않는다.

그런 여자와 양다리를 걸치다니 역시 용서할 수 없다.

가격표를 바꿔 다는 것을 도와준 보답이라며 다음에 선술집에 데려가준 것은 좋았지만, 그 가게에서 겐타로는 정신없이 취

해버려서 결국 내가 술값을 내고 아파트로 데려가 돌봐주어야
했다.

뭐야, 이 형편없는 인간은. 기가 막혔는데 다음 날 아침에 "리
스코랑 있으면 정말 편하구나"라고 태평하게 말하는 걸 듣고 가
슴이 두근거렸다. 편하다는 말을 듣는 건 처음이었기 때문이다.
그전까지 사귄 사람이 몇 명 있었지만 헤어지는 계기는 늘 "너
랑 있으면 피곤해"라는 말이었다. 그 말과 함께 버려지거나, 그
런 말을 듣고 화가 나서 내 쪽에서 헤어지자고 하거나.

젠타로가 말하는 '편하다'는 '편리하다'라는 의미가 아닐까 의
심한 적도 있지만, 그게 아니라 감정 표현이 확실해서 기분이 좋
은 거라는 말을 듣고 이 사람이 정말 좋다고 생각했는데……. 유
미와 바람을 피우다니.

용서할 수 없어, 용서할 수 없어, 용서할 수 없어, 용서할 수 없
어…….

바위투성이의 길을 다 올라가자 단숨에 시야가 탁 트였다. 산
의 능선으로 나온 모양이다. 분노에 몸을 맡긴 사이 가파른 언덕
을 다 올라버렸다. 돌아보자 유미는 꽤 뒤쪽에 있었다. 턱을 들
고 헉헉 숨을 내뱉으면서 천천히 걸음을 옮기고 있었다.

배낭을 내려놓고 하늘을 올려다보았다. 조금 더 올라가면 하
늘에 손이 닿을 것 같다. 그건 그렇다 치고, 결혼을 그만둬버릴
까 고민중이면서 바람을 피운다는 상상만으로도 이렇게 화가 나

고 슬퍼지다니. 바보 같다.

이 경치를 겐타로에게도 보여줄까?

휴대전화를 꺼냈다. 전파가 닿지 않는 곳이라는 표시가 떠 있다. 처음 보았다. 지상에서 멀어졌음이 실감났다. 빨리 정상에 서고 싶다.

유미가 겨우 따라왔다.

"리스코, 나 이제 안 되겠어."

배낭을 내려놓고 비척비척 주저앉는다.

"그럼 돌아가게?"

여기라면 그렇게 하는 편이 좋을 것이다. 마키노 씨가 가르쳐 준 회피 지점에조차 도착하지 않았으니까.

"뭐? 아니, 그런 게 아니라. 물 마시고 좀 쉬면 괜찮아."

"아, 그래?"

헷갈리게. 유미가 쉬는 동안 쪽빛 스카프를 맨 아주머니들이 "먼저 갈게요" 하면서 추월해갔다. 가파른 언덕을 올라왔다고는 믿어지지 않을 정도로 발걸음에 흔들림이 없고 숨찬 기색도 없다. "전망 좋네"라며 잡담을 나누고 경치를 즐기면서 걷는다.

이런 데서 녹초가 된 사람처럼 보이는 것이 부끄러웠다.

"더 쉴 거야?"

"아니, 이제 괜찮아."

유미는 페트병을 배낭에 넣고 일어섰다.

여기서부터는 경치가 좋은 완만한 길이 이어진다.

"리스코, 냉정하게 잘라버리네."

등 뒤에서 달갑지 않은 말이 들려왔다.

"내가 꽤나 뒤에 있는 것도 몰랐지?"

토라진 듯한 말투다. 내가 남자고 유미가 여자친구라면 걸음을 멈추고 돌아보면서 "미안"이니 뭐니 말해야 할지 모르지만, 그런 입장은 아니므로 무시하고 걸음을 옮겼다.

"나, 리스코 널 좋아해. 동갑인데도 의지가 되고 존경해. 그런데 둘만 있는 건 좀 불편해. 왜냐하면 리스코는 나를 받아주지 않으니까."

시끄럽다고 호통치고 싶은 마음을 필사적으로 억눌렀다.

"차갑구나, 리스코는. 눈치도 없고, 좋은 아내가 못 되겠어."

"아아, 정말 성가셔 죽겠네."

걸음을 멈추고 돌아보았다.

"등산화는 왜 안 신고 온 거야?"

"왜 지금 그런 걸……. 딱 한 번만 하고 말 수도 있는데 사면 아깝잖아. 제일 싼 것도 만 엔이 넘는데."

"너, 엘리베이터도 탔잖아."

등산하기로 결정하고 나서는 마키노 씨의 조언대로 트레이닝을 위해 엘리베이터를 타지 않기로 했지만, 계단을 오르내리는 도중에 유미와 만난 적은 없었다.

"하지만 시간이……."

"애초에 그게 이해가 안 가. 왜 항상 시간을 못 지켜? 다른 사람에게 피해를 줘도 미안하지 않지? 나도 네가 장비를 잘 갖추고 트레이닝도 제대로 했으면 위로의 말 한마디쯤은 건넸을 거야. 게다가 거리가 벌어져서 속도를 늦춰주기를 바랐으면 그렇다고 말하면 되잖아. 왜 내가 나쁜 사람인 것처럼 행동하는 거야? 그럼 여기서부터는 유미 네가 먼저 가면 어때? 내가 속도를 맞춰서 따라갈 테니까."

"……하지만 나는 길도 모르고."

"참 나, 지도도 준비 안 했으니까 그렇지. 뭐든지 남들한테 기대고. 차갑다고 하든 말든 상관없어. 눈치가 없어도 상관없고. 시간 낭비니까 그만 갈게."

유미에게서 등을 돌리고 걸음을 내디뎠다. 부아가 치민다. 하지만 시야 가득 펼쳐지는 맑게 트인 풍경을 보자 이런 곳에서 부아를 내는 나 자신이 한심해졌다.

젠타로가 보고 싶다. 만나서 실컷 푸념하고 싶다.

늘 그렇듯, 리스코가 옳다고 말해주면 좋겠다.

보고 싶어, 보고 싶어, 보고 싶어, 보고 싶어, 보고 싶어…….

"리스코는 강하다고 해야 하나, 자기 자신에 대한 믿음이 있구나."

기분 좋은 속도가 붙기 시작했다고 생각하고 있는데 또 유미의 원망 섞인 말소리가 들렸다.

"무서워지거나 불안해지지 않나 봐. 릿짱도 어느 순간 녹초가 될지도 모르고 넘어져서 발목을 삘 수도 있잖아, 갑자기 배가 아프거나 뱀에 물려서 못 걷게 될 수도 있고, 그렇게 됐을 때 버려지면 어떡하나, 그런 생각은 안 해?"

걸음은 멈추지 않았다. 돌아보지도 않았다. 하지만 생각은 해보았다. 산에서 일어날 수 있는 위험에 대비해 소독약이나 습포, 두통약, 복통약은 배낭 주머니에 넣어두었다. 하지만 그렇게 됐을 때 유미나 마이코에게 도움을 받는다는 상상은 하지 않았다. 두 사람에게 얼마나 피해를 줄까 하는 상상도……

다른 사람에게 버려진다는 상상은 해본 적이 없다.

하지만 어차피 무능한 인간이 내세우는 논리 아닌가.

마루후쿠 백화점에 취직하고 칠 년 반, 그동안 난처한 상황에 처한 적은 몇 번이나 있었다. 손님 집까지 사과하러 가기도 하고 밤새워 전표를 고쳐 쓰고 전국에 있는 점포에 전화를 걸어 상품을 그러모으고…… 세어보면 끝이 없다. 개중에는 유미의 실수가 원인이었던 것도 몇 건 있다. 하지만 내 실수로 생긴 일을 유미가 도와준 적은 단 한 번도 없다.

걸음을 멈추고 돌아보았다.

"무슨 말을 하고 싶은지는 알겠어. 난 역지사지 정신이나 상대방의 페이스에 맞춘다는 감각이 부족할지도 몰라. 하지만 불륜

중인 사람에게 들을 소리는 아닌 것 같네."

말한 게 잘한 일일까 하는 후회가 아주 조금 들었다. 유미는 앗 하고 작게 소리를 냈을 뿐 부정하지는 않았다. 겸연쩍은 표정 이다.

중년 부부가 "먼저 갑니다" 하면서 우리를 앞질러 갔다.

대체 나는 뭘 하러 온 거지?

"이제 이런 이야기 그만하자. 모처럼 산에 왔으니까."

여기에도 대꾸는 없었다.

"오른편에 보이는 게 미타하라 산. 왼편에 보이는 건 시로우마 연산. 그 너머로 살짝 보이는 게 쓰루기다케劍岳*래."

지도를 한 손에 들고 가이드 흉내를 내보았다.

"크다, 예뻐라."

유미가 말했다. 눈에 눈물이 그렁그렁했지만 못 본 척했다.

"정말 크다, 예쁘다."

나 자신이 옹졸한 인간처럼 여겨졌다. 어쩐지 서글프다.

풍광이 좋은 후지미다이라에서 천천히 내려갔더니 선명한 녹 색 습원이 펼쳐져 있었다. 기복이 적어서 산책하는 감각으로 걸 을 수 있다.

---

* 히다 산맥 다테야마立山 연봉 북부에 있는 험준한 산으로 표고 2999미터

"황새풀이래."

낯선 식물을 발견하면 둘이서 걸음을 멈추고 사진을 찍는다.

"어쩐지 숲에 사는 사람이 된 것 같아. 공기가 맛있어."

유미가 크게 심호흡했다. 나도 공기를 배 속 가득 들이쉬었다. 불만이 쌓인 시커먼 뱃속이 아주 조금 깨끗해지는 느낌이 들었다.

"여름이 오면 생각나네……."

유미가 불안정한 음정으로 흥얼거렸다. '여름 추억'이다. 확실히 이 경치와 어울린다.

'아득한 오제尾瀬*'라고 무심코 이어서 부르자 유미가 "대단해!"라고 외쳤다.

"리스코 네가 이 노래를 어떻게 알아?"

"초등학교에서 배우잖아."

"정말? 우린 안 배웠어."

유미의 요청으로 한 곡을 꼬박 다 불렀다. 유미는 여기서 가사를 배워 가고 싶은지 더듬더듬 반복해 노래하며 걸었다.

"이거 봐. 조그만 꽃이 피어 있어."

이름을 찾는 것은 내 역할이지만 작은 꽃이나 곤충을 발견하는 것은 유미다. 처음부터 이런 식으로 산을 즐기면서 걸었으면

---

* 후쿠시마 현, 니가타 현, 군마 현에 걸쳐 있는 고원으로 일본 최대의 고층습원 지대

좋았을지 모른다.

구로사와이케 산장이 보인다. 오늘 밤 묵을 곳이다.

조금 지친 감은 있지만, 목적지가 보이자 힘이 나기 시작했다. 유미도 잘 따라오고 있다.

구로사와이케 산장에 도착했다. 딱 11시 반. 도중에 속도가 떨어지기는 했지만 거의 예정된 시간에 도착했다. 안달복달할 필요는 없었던 것이다.

배낭을 내려놓자마자 등 뒤가 두둥실 가벼워졌다. 피부로 느껴지는 해방감인가?

"리스코, 맥주가 있어."

산장 앞에서는 얼음물에 담근 캔 맥주나 추하이, 스포츠 드링크, 주스 따위를 팔고 있었다. 아아, 마시고 싶다. 하지만.

"묘코 산 꼭대기에 갔다 와서 마시자."

"그러게. 여기서 마시면 더는 못 걷게 될 것 같아."

이야기가 간단히 정리돼서 점심을 먹기로 했다. 산장 앞 테이블에 앉아 두 개 남은 주먹밥 중 하나를 유미에게 건넸다.

"미안해, 리스코. 나는 디저트밖에 안 가져왔네."

유미는 배낭에서 지퍼 백에 들어 있는 화과자와…… 망고 두 개, 그물 속에 여섯 개 든 귤을 꺼냈다. 이런 것이 들어 있었다니. 배낭도 상당히 무거웠으리라. 망고에는 유명 브랜드의 스티커가 붙어 있다. 하나에 삼천 엔에서 오천 엔은 하지 않을까? 귤도 지금 계절이면 나름 비쌀 것이다.

이것도 모토하라 부장의 조공일까? 불륜 상대에게 주는 선물이라면 보석이 달린 액세서리나 명품 가방일 거란 이미지가 있었는데, 뜻밖의 물건뿐이다.

유미는 배낭에서 과도를 꺼내 망고 껍데기를 스륵스륵 벗기기 시작했다. 꽃무늬 종이 접시와 끄트머리에 하트가 달린 픽도 준비했다.

"자, 먹어. 나 망고는 별로 안 좋아하거든."

좋아하지도 않는 걸 왜? 이렇게 묻고 싶었지만 이것이 정말로 부장이 보낸 조공품이라면 또 귀찮은 이야기가 시작될 것 같아서 그만두었다. 너무 깊이 생각하지 말고 그냥 먹기로 했다.

"맛있다."

농후한 단맛이 입안 가득 천천히 퍼져 나갔다. 저도 모르게 황홀해져서 하늘을 올려다봤더니 새파란 하늘에 새로이 목표로 정한 봉우리가 뚜렷한 윤곽을 드러내고 있다. 사치스럽다, 정말 사치스러워. 하트가 달린 픽도 도로 가지고 돌아가고 싶을 정도로 귀엽다. 그러고 보면 겐타로와 사귀기 시작했을 때는 이런 걸 썼지. 지금이야 평범한 이쑤시개를 쓰지만.

"이거랑 과자랑, 부장님이 어머님에게 사드린 거야."

귤을 까면서 유미가 말했다. 역시 그랬구나. 그래 또 성가신

이야기야? 아니 잠깐, 어머님? 불륜 이야기에는 별로 어울리지 않는 단어다.

"어머님이라니 모토하라 부장님의 어머님?"

"응. 요양시설에 계셔서 일주일에 한 번 뵈러 가."

불륜이란 호텔 바나 고급 레스토랑의 별실처럼 화려하고 조금 어두컴컴한 은신처 같은 곳에서 이루어지기 마련 아닌가?

"둘이서 그런 곳에 가?"

"아니, 나 혼자."

"뭐? 그게 뭐야?"

유미가 귤을 먹으면서 이야기한 내용에 따르면 유미는 부장에게 정기적으로 요양원에 들러 어머니의 몸 상태를 살펴달라는 부탁을 받았다고 한다. 그런 건 아들인 부장이나 그 부인이 할 일이 아닌가 싶지만, 부장은 어머니가 늙어가는 모습을 차마 볼 수가 없고 부인은 자선 활동에 바빠서 그런 데 시간을 쓸 여유가 없다는 이유로 둘 다 가기를 거부하고 있다고 한다.

완전한 케어를 해주는 고급 요양시설에 넣어드렸으니 만나러 갈 필요는 없지 않느냐고.

"어째 심하다, 그거. 그렇다고 왜 유미 네가 가야 하는데?"

"요양시설 직원이 가끔씩은 이야기를 나누러 와달라고 했대. 안 가는 것도 무책임하고, 그렇다고 자기가 가긴 힘드니까 나한테 부탁한 것 같아. 손님을 상대하면서 단련한 화술도 있고. 요양소 사람에게는 어머님 여동생 딸이라고 자기소개를 했지."

"그런 게 이해가 돼?"

"나는 어머님이 좋아. 좋아하는 사람을 낳아준 분이잖아. 그것 만으로도 소중히 여겨야겠다는 생각이 들지 않아?"

가슴이 찌르르 아파왔다.

"하지만 부장님의 어머니는 유미가 오는 걸 이상하게 생각하지 않아?"

혹시 어머니의 환심을 사서 본부인 자리를 꿰차려는 작전인가?

"어머님은 아무것도 몰라. 부장님에 대해서도. 자기한테 아들이 있다는 것조차. 나에게도 매번 처음 보는 사람 취급이야."

"싫지 않아?"

"처음에는. 시간 낭비라고 생각했어. 하지만 요전에 문득 옛날이야기를 해주셨거든. 고짱이 개에 물려서 아프다고, 아프다고 밤새도록 울기에 업고 노래를 계속 불러줬다고. 나한테도 불러주셨어."

그 이야기를 부장에게 하자 부장은 왼손에 남아 있는, 개에 물린 흉터를 보여주었다고 한다. 그리고 유미에게 어떤 노래였는지 물어보고는, 유미가 시작 부분을 떠올리면서 노래를 불러주자 눈물을 흘리기 시작했단다.

"여름이 오면 생각나네…… 하고."

"아아, 그래서 아까."

"맞아. 그랬더니 그 사람 기분이 좋아져서 어머님에게 마루후쿠 백화점이 자랑하는 상품들을 넘치도록 보냈는데, 어머님은 당뇨병 기미가 있고 작년쯤부터 과일 알러지가 생겨서 하는 수 없이 내가 여기에 가지고 오게 됐어. 아, 하지만 내가 과자랑 과일을 가져왔다고 부장님께는 말하지 마. 그 사람이 알면 낙담할 테니까."

유미는 두 번째 귤껍질을 까면서 '여름 추억'을 흥얼거리기 시작했다.

언제까지나 앉아만 있다가는 걸을 기력이 의자에 다 빨려들 것 같아서 12시 반에는 묘코 산 정상을 향해 출발하기로 했다. 짐은 산장에 맡기고, 마키노 씨가 가져가라고 조언해준 간이 배낭에 물과 과자, 수건만 넣은 가벼운 차림으로, 기분은 이미 피크닉 상태였는데.

역시 100대 명산의 정상을 노리는 것은 수월한 일이 아니다. 산장에서 본 묘코 산은 접시에 담은 푸딩 같은 형태라 접시 가장자리를 한 번 올라갔다 내려간 다음 거기서 푸딩 정상을 향하는 코스로 되어 있었다.

접시 가장자리의 안쪽에 해당하는 낭떠러지를 내려가 산중턱을 걷고 있으니 눈앞에 묘코 산의 모습이 바싹 다가왔다. 꼭대기가 평평하고 둔한 능선, 그야말로 푸딩 모양이다. 우리는 푸딩을 향해 가는 개미 같은 건가?

발밑은 서서히 울퉁불퉁한 바위산으로 변해갔다. 유미는 저 신발로 괜찮을까? 돌아봤더니 힘들어 보이는 표정이긴 했지만 오케이 사인을 보내왔다. 나는 속도를 약간 늦추었다.

불륜 상대의 부모에게 병문안을 가는 여자.

1단계인 불륜 상대는 윤리적으로 용서할 수 없지만, 그건 그렇다 치고 2단계인 병문안을 내가 할 수 있을까? 게다가 이렇다 할 보상도 없이. ……바보인가, 난.

시부모를 모시는 일이나 그에 따르는 병시중이 싫어서 결혼 자체를 관둘까 고민하는데 할 수 있을 리가 없다. 그렇다면 나도 부장 부부와 같은 부류인가?

부모 병문안을 불륜 상대에게 떠맡기는 부장의 무신경함에는 진심으로 기가 막힌다. 어머니의 기억이 조금이나마 돌아와서 기뻤다면 어머님이 먹지도 못할 고급품을 보낼 게 아니라 직접 만나러 가라고.

부인이 자선 활동을 부지런히 하는 것은 멋있지만 그걸 핑계로 병문안을 가지 않는 것은 또 어떤가. 간병을 해야 하는 것도 아니고 잠시 이야기 상대만 되어주면 그만 아닌가.

어쩌면 부인도 이 사실을 알고 있지 않을까? 둘이서 유미를 이용하는 것 아닐까?

정상까지는 이제 조금밖에 남지 않았다. 하지만 무슨 일이 있어도 유미에게 물어보고 싶은 게 있어서 걸음을 멈추고 돌아보았다. 정상에 도착해서 물으면 의미 없다. 지금 묻고 싶다.

"유미는 어디를 목표로 가고 있어?"

"……뭐? 묘코 산 정상이잖아."

"그게 아니라."

"어? 혹시 오늘이 히우치 산이고 내일이 묘코 산이었어?"

"아니. 지금 가고 있는 게 묘코 산. 하지만 내가 묻는 건 부장님이랑 최종적으로 어떻게 하고 싶으냐는 거야."

"……모르겠어."

"부인이랑 이혼하고 너랑 결혼했으면 좋겠다든지, 지금의 관계를 유지하고 싶다든지."

"어느 쪽도 깊게 생각해본 적 없어. 그럼 리스코 너의 목표는 뭔데?"

"나는 당연히……."

결혼일까? 내가 목표로 하는 곳은 거기일까?

"아니, 나도 모르겠어. 미안, 불러 세워서."

다시 앞을 보고 걸음을 옮겼다. 바위에 발을 올릴 때마다 대녀 신발이 눈에 들어온다. 한눈에 반한 상대는 곧 정상으로 나를 이끌어줄 것이다. 하늘이 가깝다. 꽤 높은 곳까지 올라왔다. 돌아보니 접시 가장자리 즉 외륜산 너머로 산자락을 펼친 히우치 산이 보였다. 내일은 저곳을 향해 가는 건가.

묘코 산이 해발 2454미터, 히우치 산이 2462미터. 내일 가는 산이 조금 더 높다. 나는 다음에 더 높은 산을 목표로 오르게 되지 않을까?

드디어 정상에 도착했다.

유미를 기다렸다가 둘이서 100대 명산 표주로 향했다.

"만세 한번 할까?"

내가 제안하자 유미가 웃는 얼굴로 고개를 끄덕였다.

정상의 공기를 가슴 가득 들이마시고 세일 때보다 더 큰 목소리로 만세 삼창을 했다. 이런 게 성취감인가?

기분 좋다. 좌우지간 기분이 좋다.

"젊은 사람은 기운이 넘쳐서 좋네."

목소리가 들려온 쪽을 보자 바위 그늘에 쪽빛 스카프를 한 아주머니들이 앉아 있었다.

"물 끓이는데 커피 같이 안 마실래요?"

제안을 감사히 받아들이기로 했다. 유미가 과자를 내놓았다.

"이런 데서 이렇게 근사한 걸 먹게 되다니."

아주머니들이 기쁜 듯 소리를 높였다.

"이웃 사람에게 얻은 적이 있었는데 시어머니가 숨겨버리는 바람에 못 먹었지 뭐야."

모나카를 한 손에 들고 원망 섞인 푸념을 불쑥 토해놓는 아주머니.

"다 그런 거지 뭐."

"자유롭게 나다닐 수 있게 된 건 다들 요 몇 년 사이잖아."

"앞으로도 계속 오르자."

그렇게 말하고 다 같이 활기차게 웃는 소리가 듣기 좋았다.

흔해빠진 인스턴트커피 한 모금이 지친 위장에 천천히 스며들었다. 커피가 이렇게 맛있었나? 양갱을 베어 물었다. 온몸이 녹아버릴 것 같다.

아아, 호사롭다. 얼마나 멋진 목표인가. 아니, 아직 여기서 하산한 다음 외륜산을 넘어 산장을 향해 가야만 한다. 하지만 산장에는 차가운 맥주가 우리를 기다리고 있다.

어디가 목표인지는 알 수 없다. 무엇이 목표인지는 알 수 없다.

결혼을 하느냐 마느냐, 그게 문제가 아닐 것이다.

、
히
우
치
산

하늘을 향해 걸어왔을 텐데, 밤하늘은 지상에 있을 때보다 더 높이, 더 멀리 있다. 그래도 별은 지상에서 볼 때보다 훨씬 많다.

저녁 8시. 산은 밤이 이르다고 하지만, 산장에서 숙박하는 손님의 반수는 저녁을 먹고 난 뒤에도 방으로 가지 않고 바깥에 나와 있다. 저녁은 카레와 햄버그였다. 자못 산장다운 메뉴라며 당연하다는 듯 먹었지만, 간자키 씨는 입가심으로 커피나 마시자면서 나를 바깥으로 이끌었다.

산장 옆에는 목제 테이블과 의자 몇 개가 놓여 있고, 우리는 밤하늘이 가장 잘 보이는 습원 쪽에 자리를 잡았다. 간자키 씨는 가져온 가스스토브와 냄비로 물을 끓이고 있다. 둘 다 엄선한 물건인지, 가벼운 데다 이렇게 작게 접을 수 있다는 둥 티타늄 제품이라는 둥 연신 스펙을 자랑했다.

주위에는 낮에 묘코 산 정상에서 본 사람들도 있었는데, 다들 그렇게 지쳐 보이지는 않았다. 이야기하는 소리가 활기찼다.

제철이 아닌 귤을 먹으면서 캔 맥주를 한 손에 들고 결혼에 대해 이야기하는 여자 회사원 두 명.

익숙한 손놀림으로 차를 끓이고 각자 가지고 온 과자를 펼쳐 둔 아주머니 여섯 명. 낮에는 다 같은 스카프를 맸다. 과자는 파티라도 하듯 전부 펼쳐놓고 있어서 치우기도 어렵겠다 싶지만, 분명 눈 깜빡할 사이 없어질 것이다. 남편 흉이라도 보는 것 같은 분위기인데, 뜻밖에도 하쿠 산이 어떻고 야쿠시다케가 어떻고 하며 과거에 다녀온 듯한 산 이야기로 신이 나 있다.

"졸리지 않아요?"

간자키 씨가 알루미늄 컵 두 개를 나란히 놓으며 물었다. 하나는 새것이다. 나를 위해 샀을까?

"아뇨."

"그렇죠? 익숙하지 않은 일을 했다고는 해도 이제 8시 조금 넘었으니까."

간자키 씨는 눈을 깜박거리면서 말했다. 졸리는 건 이 사람일 것이다.

어젯밤 관공서 일을 끝내고 밤 9시에 출발해서 밤새도록 운전을 했으니까. 도중에 휴게소에서 두 시간쯤 선잠을 잤을 뿐이다.

나는 거의 잠들어 있었으니 나를 걱정할 이유는 어디에도 없다. 오히려 커피 정도는 내가 타는 편이 좋지 않을까 싶었지만, 낯선 도구인 만큼 물건 주인에게 맡겨두는 편이 좋을 것 같다고 생각했다.

"다리 아프지 않아요? 쿨링 스프레이랑 파스도 있으니까 편하게 말씀하세요."

"괜찮아요."

"내일 근육통이 없어야 할 텐데……. 제가 억지로 오자고 했으니까 조금이라도 마음에 걸리는 일이 있으면 무리하지 마시고."

간자키 씨는 여전히 나를 신경 쓰면서 알루미늄 팩을 열었다. 향긋한 커피콩 냄새가 훅 퍼졌다. 손잡이가 달린 천 필터에 눈금이 표시된 스푼으로 깎아서 한 스푼 커피를 넣고, 펄펄 끓인 냄비 물을 조금씩 신중하게 따른다.

전부 다 떨어지기 전에 뜨거운 물을 더 채우고…… 이렇게 혼잣말로 중얼거리며. 알루미늄 컵에 커피가 고이면서 향이 부드럽게 퍼져 커피 전문점 문을 열고 들어간 기분이 들었다. 인스턴트 커피를 마시는 사람들은 몇 명 있지만 드립 커피는 우리뿐이다.

"기다리셨죠. 다 됐습니다."

"고마워요."

컵을 받아들었다. 코끝에 가까이 대자 커피 깊숙한 곳에서 버찌 비슷한 향이 풍겨왔다.

"먼저 드세요."

간자키 씨는 자신이 마실 커피를 내리면서 말했다.

"그럼, 먼저."

맛을 보듯 입에 머금었다가 천천히 삼켰다. 향과 마찬가지로 버찌 비슷한 산미가 강하게 느껴졌다. 못 마실 정도는 아니지만 별로 좋아하는 맛은 아니다.

"연한가요?"

불안한 얼굴로 물어온다.

"아뇨, 딱 알맞게 진한 것 같아요. 그저 산미가 강한 커피를 좀 좋아하지 않아서."

"앗."

간자키 씨는 만화에서처럼 화들짝 놀라더니 제길, 하고 마찬가지로 과장되게 테이블에 엎드렸다.

"최상급 레드와인을 방불케 해서 여성들에게 인기가 높은 맛이라고 했는데……."

점원이 그렇게 권했는지, 가게의 광고판에 그렇게 적혀 있었는지. 듣고 보니 그 표현이 정확하다. 버찌가 아니라 레드와인이다.

"신경 쓰지 마세요. 와인이라고 생각하고 마시면 또 다르죠. 꽤 좋아하거든요."

"그렇습니까!"

그는 우는 시늉을 하다 웃는 아이처럼 기쁜 얼굴로 고개를 들더니 필터에 남은 물을 더 따랐다.

"설탕이랑 우유 있어요?"

"네?!"

또 다시 과장되게 놀라는 모습을 보고 나는 그가 어떤 이미지를 가지고 있는지 얼추 예상할 수 있었다.

"없어도 괜찮아요. 블랙으로 마시는 편이 익숙하거든요."

"역시. 미쓰코 씨는 '블랙파'일 줄 알았어요."

간자키 씨가 의기양양한 얼굴로 고개를 끄덕였다.

"하지만 피곤할 때는 몸이 당분을 원하니까요. 걱정 마세요. 초콜릿을 가지고 왔어요."

간자키 씨는 커피세트가 들어 있던 주머니에서 세로로 긴 상자를 꺼냈다. 고디바다. 묘코 산 정상에서 회사원들과 아주머니들이 고급 화과자를 먹던데, 그에 뒤지지 않는 일품이다. 요즘 산에서 고급 간식을 먹는 것이 유행인 걸까, 간자키 씨의 고유한 취향인 걸까? 어느 쪽이든 초콜릿이 고디바라면 커피도 그에 상응하는 물건이리라.

"이 커피, 엄청 좋은 원두 아니에요? 블루 마운틴이라든지."

"역시, 미쓰코 씨. 안목이 있으십니다. 하지만 블루 마운틴보다 더 좋은 원두예요. 스페셜티 커피라고 아세요?"

고개를 저었더니 간자키 씨는 스페셜티 커피에 대한 강의를 늘어놓았다. 풍미가 훌륭한 커피를 생산하는 것을 목표로 한다는 이념에 바탕을 두고 만들어져서 테이스팅에서 일정 수준 이상의 평가를 얻은 커피로, 백화점 등에서 일반적으로 고가에 팔리는 커피보다 더 고품질로 분류된다고 한다.

"참고로 이건 니카라과산인데 '컵 오브 엑셀런스'라는 세계적인 품평회에서 올해 2위를 한 원두예요."

"굉장하다. 인터넷에서 주문하세요?"

"아니, 아마추어가 인터넷에서 입수하기는 어려운 모양이에요. 이건 단골 커피숍 오너가 현지까지 가서 사들인 거예요."

단골 커피숍. 수수한 간자키 씨의 휴식처일 것이다.

"초콜릿도 커피에 맞춰서 늘 이런 걸 드시는 거예요?"

"설마요. 초콜릿은 엄청 좋아하지만 편의점에서 파는 거나 먹죠. 특별히 좋아하는 건 초코볼* 땅콩 맛인데, 제가 글쎄 장난감 통조림을 두 개나 받았어요."

나는 어릴 때 곧잘 캐러멜 맛을 먹었지만 천사 마크가 나온 적은 한 번도 없다. 장난감 통조림에는 대체 뭐가 들었을까?

"……아, 흥미 없으시죠, 이런 거. 죄송해요, 재미없는 이야기를 해서."

마음대로 이야기를 그만둔다.

"평소와는 달리 등산할 때만 사치를 부리는 거예요?"

---

* 일본 모리나가 제과의 초콜릿 과자로 천사 마크가 동봉된 경우 금색은 한 장, 은색은 다섯 장을 모아서 보내면 장난감 통조림을 받을 수 있다

"설마 그럴 리가요. 커피는 산에서도 신경 쓰긴 하지만, 간식은 항상 초코볼 정도죠. 이번에는 미쓰코 씨 입에 맞을 만한 것으로 골라봤어요. 제가 억지로 가자고 권했으니 조금이라도 즐겁게 해드려야지 하고요."

초콜릿은 고디바가 아니면 싫어! 이런 여자라고 생각하는 걸까? 거품경제가 붕괴한 지도 벌써 이십 년이 지났는데. 그나저나 이런 데까지 나는 대체 뭘 하러 온 걸까? 하지만 여섯 개의 초콜릿이 각각 어떤 맛인지 보기만 해도 떠올릴 수 있었다. 하나 골라 집었다.

"리큐어에 절인 체리가 든 비터 초콜릿이랑 산미가 강한 레드 와인은 잘 어울리니까 이 커피에도 맞을 것 같네."

한 알 삼백 엔짜리 초콜릿을 입속에 던져 넣었다. 바보 아닐까? 하지만 간자키 씨는 어이없다는 표정도 짓지 않았다.

"아아, 역시. 다행이다, 좋아해주셔서."

만족스럽게 말하더니 오렌지 리큐어가 든 초콜릿을 입에 넣었다. 그대로 커피를 한 모금 머금고 조금 얼굴을 찡그린다. 생선 가시라도 걸린 것처럼 초콜릿을 별로 씹지도 않고 꿀꺽 삼켰다.

역시 초코볼 쪽이 맛있네.

이 말을 기다려보았다. 그러면 장난감 통조림에 대해 물어볼 생각이었는데…… 각자 커피를 마저 마시고 초콜릿 상자도 비운 뒤 도구를 정리하고 남자 방과 여자 방으로 나뉘는 계단 앞에까지 와서도 물어보지 못했다.

"잠자리가 불편할지도 모르지만 그 부분은 좀 참고 푹 주무세요."

"그럼, 내일 봐요."

쌀쌀맞게 인사하고 2층 여자 방으로 올라갔지만, 고고한 척하는 기분 나쁜 여자라고 생각하지는 않을 것이다. 예상한 그대로의 행동은 그리 불쾌감을 주지 않는다는 사실을 몇 번이나 반복해서 학습했다.

방은 양쪽 끝이 로프트처럼 되어 있어서 내 짐은 동쪽 상단 안쪽에 두었다. 옆자리는 먼저 돌아온, 고급 화과자 회사원 두 명이다. 클렌징 티슈로 얼굴을 닦았다.

"아아, 기분 좋아. 리스코, 정말 준비성 좋다."

산에 오른다는데 마스카라까지 꼼꼼하게 바른 쪽이 호쾌하게 얼굴을 닦고 있다.

"오히려 그 얼굴을 어떻게 할 생각이었는지 구경하고 싶었는데 말이야."

"가방에 안 들어가서 그냥 리스코에게 빌려 쓰려고 했지."

"그런 발상이 열받는다고. ……아, 혹시 필요하시면 쓰세요."

리스코라 불린, 화장이 옅은 쪽이 갑자기 나에게 클렌징 티슈 케이스를 내밀었다. 네 그 두꺼운 화장도 어떻게 좀 하라는 뜻인가?

"리스코, 실례잖아. 이런 싸구려."

마스카라가 리스코의 팔을 당겼다.

"고마워요. 저도 가져와서 괜찮아요."

나도 배낭에서 클렌징 티슈를 꺼냈다.

"어? 같은 거네."

마스카라가 김이 샜다는 듯 말했다.

"해외 브랜드 거라도 꺼낼 줄 알았어요?"

"그럴 거라 생각했어요. 한 장 얻어 쓸 수 없을까 하고. 하지만 산에서는 이런 싸구려면 충분하죠."

"유미, 실례잖아."

리스코가 마스카라를 나무랐다. 이름이 유미인가. 서로 말하는 방식이 너무 직설적이라 만담이라도 보고 있는 것 같다. 리스코가 다시 내 쪽을 보았다.

"이거 싸고 간편한데 끈적거리지도 않고 자외선 방지도 되잖아요. 혹시 같은 사이트에서 검색하셨어요? '여자들의 등산 일기'."

"뭐야, 리스코, 그 촌스러운 이름은?"

"마운틴 걸들이 모이는 웹사이트. 베테랑도 있고 초보자도 있어서 갖가지 정보를 교환할 수 있어. 거기에 일반적인 준비물 리스트에 실려 있는 것 외에도 추천하는 물건이 있느냐는 질문이 올라왔는데, 답변으로 이 클렌징 티슈가 있었거든."

"와, 엄청 도움 되는 사이트잖아. 언니도 거기서 보셨어요?"

"네? 네……."

갑자기 언니라니 좀 깬다. 하지만 직장에서도 익숙한 호칭이다.

"우리도 산은 처음이에요. 하지만 꽤 즐겁죠?"

유미가 말했다. 우리도? 못 알아듣고 있다가 내 복장을 떠올리고 이해했다. 전부 새것이다. 그녀들과 마찬가지로. 유미는 달리기라도 하러 온 것 같은 차림이지만.

"배낭이 작네요. 20리터예요? 남편이 짐을 들어주다니 부러워라. 리스코, 역시 결혼해."

유미가 들뜬 목소리로 말했다. 하지만 두 사람 옆에 누워 있던 아주머니가 헛기침을 하자 어깨를 움츠렸다.

"죄송합니다."

리스코가 아주머니에게 사과했다.

유미가 폭주하면 리스코는 잘 무마한 뒤에 불평을 한다. 두 사람은 그렇게 사이가 좋아 보이지 않지만, 산은 반드시 친한 사람들끼리 오는 곳이 아니다. 리스코가 직장에서 같이 등산할 사람을 모았고 유미가 충동적으로 합류해서 결국 둘이서 오게 된 것 아닐까?

화장을 지우고 새 티슈로 목과 귀를 닦고 나니 기분이 상쾌했다. 두 사람에게 먼저 자겠다고 말하고 이불에 들어갔다. 같이 온 남자는 남편이 아니라고 부정하는 것을 잊었다. 남자친구도 아닌데. 하지만 이제 와서 그런 말을 할 필요는 없을 것이다. 지쳤다는 자각은 없었는데 눈을 감자마자 머릿속에 쿵 하고 막이 내렸다.

　— 미쓰코 씨는 보디콘 같은 거 입었어요?
　— 단상에서 춤추고 그랬어요?
　— 앗시 군이나 멧시 군이 있었겠죠?
　— 역시 차는 BMW가 아니면 안 되나요?*
　그런 시대에는 아직 갓난아기였을, 올해 갓 들어온 후배 고하나는 거품경제 시절을 소재로 한 영화 디브이디를 본 다음 날 이런 질문을 속사포처럼 내게 던졌다. 나 말고도 같은 사십대 여직원이 있지만 그들에게 물어보려는 기색은 없다.
　— 기억 안 나. 그런 시대는 한참 전에 끝났으니까.
　잘라 대답했는데도 고하나는 물러서지 않았다.
　— 또 그러신다, 거품경제 시대의 분위기가 미쓰코 씨한테는 고스란히 남아 있잖아요.
　배알이 뒤틀리는 것을 참으면서 고하나에게 어디가 그 시대

같으냐고 물어보았다.

— 머리 모양이라든지, 화장이라든지, 옷이라든지, 가방이라든지, 시계라든지, 구두라든지…….

그만 됐어, 하고 말을 끊었다.

고하나의 말을 듣고, 몇 년이나 새 가방과 시계를 사지 않았다는 사실을 깨달았다. 어깨 패드가 들어간 정장은 입지 않지만, 이십대 시절과 사이즈가 같으니 어색하지 않은 옷은 지금도 입는다. 구두는 굽을 갈아서 신는다. 머리는 손질이 편한 느슨한 롱 웨이브다.

겉에서 보면 거품이 남아 있는 것처럼 보인다는 생각은 해본 적도 없었다.

오 년 전 선을 봤을 때 있었던 일을 떠올렸다. 그전에도 몇 번 선을 봤지만 상대가 연하인 경우는 처음이었다. 관심 없다고 거절했는데 소개한 사람 체면이라도 세워달라고 부모님이 부탁해서 하는 수 없이 만나줬더니, 그날 중에 남자 쪽에서 거절 연락이 왔다. 상대 측에게 거절당하기는 처음이었다.

소개해준 아주머니가 그쪽에서 들은 이유를 열 배 희석해서 어머니에게 설명했는데, 요는 금전 감각이 희박해 보여서라는 것이었다. 내 롤렉스 손목시계에 정나미가 떨어졌다고 한다. 그렇다고 해서 롤렉스 손목시계를 거품경제와 연결해서 생각하지는 않았다. 삼십만 엔 정도 하는 손목시계 따위에 위축되는 가난

뱅이라니, 말할 거리도 안 된다며 아연실색했을 뿐이다.

그 뒤로 맞선은 연령에 관계없이 전부 거절하겠다고 마음속으로 결심했지만, 그게 마지막이었던 모양이다. 매달 한 건은 반드시 들어오던 맞선 이야기가 마흔이 된 순간 뚝 끊겼다. 그건 그것대로 상관없었다.

결혼하지 않아도 된다. 아이를 갖고 싶은 것도 아니다.

하지만 그렇게 생각한 것은 독신인 대학 친구들이 있었기 때문이다. 일 년에 한 번 만날까 말까 하는 사이지만, 친구가 있다는 사실이 마음에 여유를 주었다. 하지만 그것도 한 사람, 두 사람 줄어들다 올해 5월, 마침내 내가 마지막 한 사람으로 남은 뒤로는 이래도 되는 걸까 하는 불안이 이따금 고개를 들게 되었다.

그럴 때였다.

"미쓰코 씨는 점 같은 건 안 믿으시죠?"

부탁했던 서류를 받으려고 자리까지 갔더니 고하나는 무릎 위에 패션 잡지를 펼쳐놓고 있었다. 뭐라 주의를 주기도 전에 민망한 기색도 없이 "으앙, 미쓰코 씨, 최악이에요"라고 응석 섞인 목소리를 낸다. 거기에 넘어가 그만 어떻게 된 일이냐고 물었다.

"이번 달 행운의 색이 핑크예요."

"의미를 모르겠는데."

듣자니 며칠 전에 역 앞 쇼핑몰에서 좋아하는 가방 브랜드 신

상품이 나온 것을 보고 핑크로 할까 블루로 할까 한 시간 가까이 고민한 끝에 블루를 구입했다고 한다.

"바보 같아."

이렇게 내뱉었더니 돌아온 말이 좀 어쩌고였다. 고하나는 계속 말했다.

"그야 미쓰코 씨라면 둘 다 사면 되잖아라고 생각할 수도 있겠지만요."

한 개 오천팔백 엔. 그런 생각이 들지 않는 것도 아니었다.

"아무튼간에 이건 서류가 다 될 때까지 압수."

고하나에게서 잡지를 빼앗아서 자리로 돌아왔다. 점을 믿던 때도 있었다. 주문을 걸어본 적도 있다. 이런 게 팔랑팔랑한 차림을 한, 꿈꾸는 여자들의 전매특허는 아니다. 이십 년 전에는 실내 풀장이 있는 바의 구석 자리에서 심리 테스트를 해주겠다는 남자가 한 손 넘치게 있었다. 좁은 오두막 안에서 손금을 보거나 타로카드 점을 본 적도 있다.

단, 점이 즐거운 것은 연인이 있거나 짝사랑중이거나 백 번 양보해서 사랑을 포기하지 않은, 생활 중심에 연애가 있는 사람들의 이야기이다. 그런 게 아무래도 상관없다고 생각하게 된 순간 점도 아무 상관 없어진다. 금전 운과 건강 운을 필사적으로 본들 소용없다. 그런데 고하나가 열심히 읽고 있었기 때문인지 펼친 적이 있는 페이지가 열려서 무심코 게자리 운세를 보고 말았다.

심기일전을 꾀합시다 어쩌고. 행운의 색깔은 '초록색'. 행운의 아이템은 '망울구슬'.

한숨밖에 나오지 않았다. 초록색은 알겠는데 망울구슬은 또 뭐냐고.

하지만 세상에는 신기한 인력이 극히 드물게 존재한다.

점을 보고 나서 이틀 뒤에 조간신문 전단지에 지자체가 주최하는 맞선 파티 안내가 들어 있었다. 눈요기 정도로 봤더니 그 속에 '망울구슬'이라는 말이 있었다. 바베큐나 낚시 등 다양하게 공들인 파티가 많이 생겼다는 얘기는 들었지만, 망울구슬 파티는 들어본 적이 없었다.

"아름다운 망울구슬 만들기를 통해 이상적인 상대를 찾아요."

모집 인원은 남녀 스무 명씩. 버스를 타고 옆 도시에 있는 유리 공예관에 가서 아름다운 유리 공예품에 둘러싸인 채 점심을 먹고 그 뒤에 구슬을 만든다. 참가비 삼천 엔(재료비 포함). 남녀 모두 연령 불문.

맞선 파티에 신청하다니 재고라고 자진 신고하는 것이나 매한가지다. 이런 생각에 지금까지는 피해왔지만, 점에는 "심기일전을 꾀합시다"라고 되어 있었다. 유리 세공에도 흥미는 있다. 하지만 그보다는 역시 이대로는 안 되겠다는 불안이 내 등을 떠밀었을 것이다.

기왕 참가하기로 했으니 "좋은 사람이 있으면"이라는 가벼운 기분이 아니라 반드시 상대를 찾겠다는 강한 의지를 가지고 임하자고 다짐했다. 많은 사람들 앞에서 누구의 선택도 받지 못하고 비참함을 느끼는 일이 있어서는 안 된다. 5월에 결혼한 친구에게 전화를 걸어 조언을 구했다. 친구는 먼저 내 이런 자세에 놀라 칭찬하며 성의를 담아 이런 말을 해주었다.

미쓰코는 말이야, 상대방에게 요구하는 조건이 너무 많아. 키 180센티미터 이상, 국립대 졸업, 스포츠 만능, 대머리 안 됨, 뚱보 안 됨, 기념일을 잊지 않는다, 전화를 먼저 끊지 않는다, 그 외에도 여러 가지 있었지? 취미가 같아야 한다거나. 운이 좋다, 이런 건 영문도 모르겠고. 이것들을 전부 만족시키는 사람은 이 세상에 존재하지 않는다는 사실을 우선 깨달아야 해. 있어도 이미 결혼했어. 겉보기는 나쁘지 않다든지, 최소한의 조건에서 합격인 사람을 발견하면 그 사람 안에서 수많은 조건들 중 단 하나라도 해당하는 면면을 찾고 그다음에는 그 면만 계속 보는 거야. 하나면 돼.

그렇게까지 타협해야 하는 지경이 되었나 허무하기도 했지만, 결과가 나쁘면 점이랑 친구 탓으로 돌리면 되겠다고 생각을 고치기로 했다.

그렇다고 해서 당일에 참가한 남성 전원을 뚫어져라 관찰하지는 않았다. 집합 장소인 버스 터미널에는 삼십대 중반을 중심으로 한 남녀가 정원을 꽉 채워서 마흔 명 모였는데, 나는 처음부터 간자키 씨에게 눈이 갔다.

첫눈에 반한 건 아니다. 그가 초록색 폴로셔츠를 입고 있었기 때문이다.

랄프 로렌 폴로셔츠에 트레이닝복 상의를 어깨에 걸치고 소매를 가슴팍에서 묶었다. 언제 적 패션인가 하며 기가 막혔지만 한 걸음 물러서서 젊은 참가자들 입장에서 보면 우리는 같은 그룹으로 분류되지 않을까 싶었다. 파티라는 이름에 맞게 로페의 정장을 입고 왔는데 사람들은 대부분 캐주얼한 평상복 차림이었기 때문이다. 가방은 루이비통, 시계는 롤렉스, 구두는 페라가모.

거품 시절을 질질 끌고 있는 것도 아닌데 그렇게 보인다. 간자키 씨 같은 사람이 있어서 다행이었는지 모른다. 처음 하는 미팅에서 사투리 때문에 놀림받고 부끄러워하던 참에 남자 중에도 똑같은 사투리를 쓰는 사람이 있어서 안심한 것 같은 기분이었다.

내가 적극적으로 간자키 씨에게 가지 않아도 스태프의 유도를 받다 보니 버스 안에서나 점심 자리에서나 간자키 씨 옆자리가 되었다. 하지만 시대에 뒤처진 사람들끼리 어깨를 맞대겠다는 초라한 이유만으로 줄곧 함께 있었던 것은 아니다.

행운의 아이템은 '거품'이 아니다. '망울구슬'이다.

유리 막대기를 달구는 가스버너의 훅 하는 소리가 머릿속에서 울리며 조금 전에 가스스토브에서 나던 소리와 겹쳐진다. 커피 맛은 별로 좋지 않았지만 향이 무척 마음에 들었다는 말 정도는 했으면 좋았을지 모른다.

산은 아침이 빠르다. 아침 5시에 기상해서 5시 반부터 아침을 먹고 6시에는 산장을 나섰다.

우선 준비운동을 한다. 간자키 씨는 조식이 불만이었던 모양이다.

"아침이라고는 해도 역시 금방 데운 따뜻한 음식이 먹고 싶은데."

발목을 돌려 풀면서 이런 말을 꺼냈다. 롤빵, 햄, 치즈, 우유, 사과라는 급식 같은 메뉴는 내가 집에서 먹는 아침과 그리 다르지 않다.

"미쓰코 씨, 아킬레스건을 잘 풀어두는 편이 좋아요."

"알겠어요."

건전한 교제를 하고 있다고는 하지만 맞선 파티에서 만났으니까 사소한 대화를 계기로 갑자기 핵심을 찔러올 가능성은 있다. 된장국을 끓여달라고 말하기 위한 복선이었으면 어떡하지? 아니, 매니큐어를 빠뜨리지 않은 이 손톱을 보고 요리 같은 건 거리가 먼 사람이라고 생각할 것이 분명하다.

"산장에서 자면 가벼운 차림이면 되니까 처음에는 이용하는 편이 좋지만 역시 텐트를 치고 밥을 직접 해 먹는 편이 즐거워요."

된장국의 'ㄷ'자도 꺼내지 않은 채 간자키 씨는 스트레칭을 계속하였고 나도 그것을 따라하다 출발하게 됐다.

오늘 목적지는 히우치 산이다. 정상까지 올라간 다음 거기서부터 차를 세워둔 사사가미네까지 하산한다.

일단은 고야 연못 산장으로 향했다.

구로사와 연못과 습원을 바라보면서 가는, 완만한 산책길 같은 코스다. 아침 안개가 아직 낮은 곳에 있어서 온몸이 정화되는 기분이었다. 간자키 씨가 앞을 걷고 나는 조금 사이를 두고 따라갔다.

"라이징 선에서는 매번 산꼭대기 요리 대결을 해요."

걸음을 뗀 지 얼마 되지 않아서 간자키 씨는 직장의 산악 동호회 이야기를 시작했다. 어제부터 계속, 완만한 코스로 접어들면 간자키 씨는 산 이야기를 한다. 같은 과의 한 살 많은 선배의 권유로 동호회에 들어간 것이 등산을 시작한 계기였다는 이야기는 들었는데, 야쓰가타케八ヶ岳*, 기소코마가타케木曽駒ヶ岳** 등등 지금까지 오른 산의 에피소드만 계속 나왔다.

— 하지만 산을 탄다면 역시 야리가타케槍ヶ岳***에서 호타카穂高****로 종주해보고 싶고 쓰루기다케에도 가보고 싶은데.

---

* 야마나시 현과 나가노 현의 경계에 있는 화산군
** 나가노 현에 있는 산으로 해발 2956미터. 일본 100대 명산 중 하나로 기소 산맥의 최고봉
*** 나가노 현과 기후 현의 경계에 있는 산으로 해발 3180미터. 정상이 창끝처럼 뾰족한 모양
**** 나가노 현과 기후 현의 경계에 위치한 고산군으로 최고봉인 오쿠호타카다케는 해발 3190미터

이렇게 말한 뒤에 이번 묘코 산과 히우치 산도 난이도는 낮지만 볼거리가 많은 데다 덤으로 100대 명산을 두 군데나 제패할 수 있다며 나를 배려하는 말도 해주었다.

"등산을 한 번 나서면 대략 밥을 세 번 하는데, 누가 할지는 뽑기로 정하거든요."

그렇군요, 하고 대답을 할 필요는 없다. 어제 꽤 이른 단계에서 신경 써서 대답해주지 않아도 괜찮다는 말을 들었다. 미쓰코 씨는 초보자니까 호흡이 깨질 수도 있는 일은 하면 안 된다고.

그 말에 따라 잠자코 간자키 씨 이야기를 듣고 있다.

"동호회 멤버는 스무 명이지만 등산에 나서는 사람은 매번 여섯 명 정도예요. 메뉴를 정하는데, 전원이 먹을 재료를 준비해서 가지고 올라가야 하니까 어떻게 가볍고 적은 재료로 맛있는 음식을 만들까가 핵심이죠."

산에 와서 놀란 것은 간자키 씨가 평소의 열 배는 떠든다는 점이다. 파티를 포함해 아직 여섯 번째 만남이지만, 날씨 이야기로 시작해 신문 1면에 실려 있는 사건을 띄엄띄엄 이야기하다가 마지막으로 말이 필요 없는 영화관으로 달아나는 식의 데이트 흐름이 생기려는 참이었는데.

산이야말로 원래의 나 자신으로 돌아갈 수 있는 장소다. 이 모습을 봐줘! 중키에 적당히 살이 찐 조금 둥그런 등이 자신만만하게 이야기하고 있는 것 같아 무심코 발차기를 날리고 싶어진다.

혼자만 즐겁고. 치사하지 않은가.

"지난번에 기소코마가타케에 갔을 때는 제가 우승했어요. 우승이라 해봤자 진 멤버에게 맥주를 얻어 마시는 게 다지만요. 하지만 제가 만든 된장 볶음국수를 고정 메뉴로 하자는 의견이 나올 정도로 호평이었어요."

"된장 볶음국수?"

상상이 되지 않는 단어에 그만 반문하고 말았다. 간자키 씨는 걸음을 멈추고 돌아보더니 그것이 어떤 음식인지 설명해주었다. '삿포로 이치방 된장 라면'을 인스턴트 볶음국수를 만드는 요령으로 볶는다고 한다. 그럴 거면 보통 볶음국수로 만들면 되지 않나?

"면이 수분을 다 빨아들이면 분말수프를 넣고 섞으면서 볶아요. 볶음국수보다 수프 맛이 진해서 숙주나물이랑 소시지를 듬뿍 넣어도 전체적으로 맛이 잘 들어요."

앞에 한 말 취소, 맛있을 것 같다. 점심은 정상에서 간자키 씨가 만들어주기로 했는데 이걸 준비해왔다면 꽤 기대가 된다.

"아, 하지만 미쓰코 씨는 모르려나? 인스턴트라면 같은 거 안 드시죠."

"그렇지는 않지만…… 즐겨 먹지는 않아요."

"그렇죠? 하지만 걱정 마세요. 점심은 레토르트지만 인터넷에서 평이 좋은 해시드 비프를 주문했거든요."

"기대되네요."

간자키 씨는 기뻐하는 얼굴로 앞을 보더니 걷기 시작했다.

"조금 오르막이 될 테니까 힘들어지면 망설이지 말고 말씀하세요."

습원이 끝나고 오르막길로 접어들었지만 능선을 따라 이어지는 걷기 쉬운 코스다.

지치지는 않지만 짜증이 난다.

인스턴트라면은 어린 시절 토요일 점심으로 늘 먹는 메뉴였다. 어느 집에서나 그랬을 것이다. 늘 정해진 상품을 박스로 사는데, 우리 집은 '데마에 잇초', 너희 집은 '삿포로 이치방' 하며 노상 다투었다.

만난 것이 한 달 전이기는 하지만, 나 또한 간자키 씨와 마찬가지로 거품경제의 은혜라고는 받아본 적도 없는 쇠락한 시골 마을에서 태어나서 고등학교를 졸업할 때까지 거기서 자랐는데 어째서 인스턴트라면을 먹지 않는다고 생각할까?

내가 그 정도로 동동 떠다니는 걸까? 비슷한 연배의 사람이 봐도 한 시대 전에 멈추어 있는 사람처럼 보이는 걸까?

간자키 씨의 걸음에 맞추어 배낭의 지퍼에 달아놓은 망울구슬이 흔들린다.

보라색, 검은색, 흰색. 어째서 이런 색깔을 골랐을까?

구슬 만들기 초보자 코스는 세 가지 색깔의 유리 막대를 골라서 가스버너로 달구면서 물엿처럼 스테인리스 막대에 감아 둥근 형태를 만드는 것이 다였다. 유리 막대는 약 스무 가지 색깔이 준비되어 있었고 각자 좋아하는 색을 고를 수 있었다.

망설이지 않고 보라색을 집은 뒤 그것을 돋보이게 해줄 흰색과 검은색을 골랐다. 나와 같은 조합을 고른 여성은 아무도 없었다. 핑크색, 파란색, 오렌지색, 연두색 같은 파스텔 톤을 고르는 사람이 많았다.

간자키 씨는 초록색, 흰색, 노란색 조합이었다.

가스버너 다루는 솜씨가 참가자 중에 가장 뛰어나 다른 참가자들이 물감을 뒤섞은 것 같은 동그란 덩어리를 만드는 동안 불꽃과 유리 막대 사이의 거리에 미묘한 변화를 주면서 초록색 바탕에 번갈아가며 흰색과 노란색의 가느다란 선을 균등하게 집어넣었다.

예쁘네요, 하고 말을 걸자 "괜찮으시면 만들어드릴까요?"라며 내 유리 막대로 선이 더 미세하여 내다 팔아도 될 것 같은 망울 구슬을 만들어주었다. 전에도 만든 적이 있느냐고 묻자 "처음인데 가스스토브로 하는 요리를 연구하고 있어서 그럴까요?" 하고 수줍은 듯 머리를 긁었다.

웃는 얼굴이 매력적이라는 항목은 내 이상형 조건 중 하나로 들어 있었다. 거기에 손재주가 좋다는 항목을 추가하기로 했다. 좋은 점 두 가지면 충분하다.

망울구슬 만들기가 끝난 뒤에 스태프가 나누어준 용지에 간자키 씨의 이름을 적고, 봉투에 내가 만든 망울구슬과 함께 넣어 제출했다.

맞선 파티에서 고백은 "잠깐 기다려!"라면서 남성이 하는 법이라고 생각했지만, 이 파티에서는 그렇지 않았다. 제출한 봉투를 스태프가 돌려주는데 그 안에 자기가 만든 망울구슬이 들어있으면 커플이 되지 않은 것이고 상대방의 구슬이 들어있으면 커플이 성립되는 형식이다. 누가 누구에게 거절당했는지 모르기 때문에 커플이 되지 않아도 창피당할 일은 없다.

초록색, 흰색, 노란색. 봉투 안에 초록색이 보였을 때는 가슴이 꽉 조이는 듯한 기분이었다. 간자키 씨가 선택해주었다는 기쁨보다는 점이 맞았다는 데에 흥분했던 것 같다.

커플은 세 쌍 탄생했다. 잘 안 풀리는 것이 당연하다는 훈훈한 분위기 속에서 세 커플은 앞으로 불려나가 따뜻한 박수를 받았다. 사회자가 마이크를 건네며 무엇이 결정타였냐고 물어보기에 망울구슬을 만드는 솜씨가 좋아서요 하고 있는 그대로 대답하자 웃음이 섞인 박수가 일었다.

간자키 씨는 뭐라고 대답했었나.

— '쿨한 아름다움'에 끌렸습니다. 이렇게 근사한 사람이 망울구슬 정도를 가지고 왜 저를 선택해주었는지 믿어지지 않지만, 힐링을 주는 사람으로 받아들여주셨으면 좋겠습니다.

업무를 척척 해내는 커리어 우먼이라고 생각한 걸까? 업무는 그럭저럭 바쁘지만 요양시설에서 일하는 사무원에게 커리어 우먼이라는 말은 어울리지 않는다.

애초에 이런 말은 한참 전에 사어가 되었을 터이다. 그러면 지금은 뭐라 불리지? 어른 여자? 이것으로는 일하는 사람과 하지 않는 사람이 구별되지 않는다. 구별하면 안 되는 건가? 요즘은 일류, 이류 이런 말도 못 들어봤다.

태평한 세상이 되었구나 하고 새삼 깨달아봤자, 그래서 어떻게 하면 좋은지는 알 수 없다.

고야 연못 산장에 도착했다. 습원 가운데에 드문드문 작은 연못이 보인다.

"지당池塘이에요."

간자키 씨가 연못을 가리키며 말했다. 고층습원에 작은 연못이 점점이 있는 것을 지당이라고 부른단다.

"뜬 섬도 있네."

연못 안에 작은 섬이 떠 있는 것이 보였다.

"뜬 섬까지 볼 수 있는 곳은 한정돼 있는 모양이에요. 100대 명산 정상을 두 개 노릴 뿐 아니라 이런 진기한 경치를 즐길 수 있는 것도 이번 코스의 매력이지요."

그림책에 나오는 외국의 숲속 같은 풍경이다. 수면이 하늘과 똑같은 색으로 파랗게 빛나고 있다.

"이런 거 처음이에요."

"정말요? 역시 여기로 하기를 잘했어!"

간자키 씨는 승리 포즈를 취하면서 이렇게 말하더니 커피를 내리겠다며 산장 옆에 있는 공동 주방에서 어젯밤과 마찬가지로 드립 준비를 시작했다.

"아차, 초콜릿을 남겨둘걸 그랬네."

그렇게 중얼거리는 소리를 들으며 꺼낼까 말까 생각했다. 하지만 지금부터 다시 정상을 향해 가야 하니까 맛있게 마시는 편이 좋다. 알루미늄 컵 두 개에 커피가 담긴 시점에서 나는 배낭에서 튜브를 끄집어냈다.

"연유예요?"

마술이라도 본 사람처럼 간자키 씨가 말했다.

"어제 방에서 옆자리였던 회사원 두 명에게 받았어요. '여자들의 등산 일기'라고 마운틴 걸이 모이는 웹사이트에서 추천한 물품 중 튜브에 든 연유가 있었대요. 이거 하나로 설탕이랑 우유를 대신할 수 있다나 봐요."

"그렇구나. 튜브니까 손에 묻지도 않고 쓰레기도 안 생기겠네. 하지만 미쓰코 씨는 블랙을 좋아하시는 것 아니에요?"

"뭐 그렇기는 하지만 베트남에서는 커피에 연유를 넣는 게 일상적이라고 하고 요즘은 일본에서도 카페 메뉴에 베트남 커피가 있는 곳이 많은 모양이라서 한번 마셔보고 싶기는 했어요."

"베트남 커피라. 맛있겠네요. 넣어보죠."

컵 오브 엑셀런스에게는 미안하지만 원을 두 번 그리며 연유를 짜 넣었다. 가볍게 섞어서 한 모금 마신다. 역시, 컵 오브 엑셀런스. 맛이 지지 않는다. 연유를 잘 감싸며 질 좋은 리큐어가 든 초콜릿 같은 맛으로 바뀌었다.

"이야, 이건 대발견인데."

간자키 씨도 맛있게 마셨다.

"좋은 걸 배웠습니다. 다음부터는 빼놓지 않고 가지고 올게요. ……라이징 선 멤버들에게도 가르쳐줘야겠네."

밀고 당기는 작전 같은 것이 간자키 씨에게도 있는 것이리라. 이 사람과 또 산에 오를 일이 있을까? 우리는 언제 그것을 확인하게 될까?

"슬슬 갈까요."

간자키 씨의 말에 뒷정리를 했다.

하산 길에도 이곳을 지나기 때문에 나만 산장에 짐을 맡겼다.

히우치 산 해발 2462미터의 정상을 노린다.

"여기서부터는 해발고도차가 400미터에 조금 못 미치니까 무리하지 말고 천천히 가요."

간자키 씨는 이렇게 말하고 발목을 돌렸다. 나도 따라했다. 이 사람은 어째서 눈치채지 못할까? 내가 여기까지 오면서 아직 한 번도 약한 소리를 내뱉지 않았다는 것을.

"신발은 익숙해졌어요?"

"예. 발이 굉장히 편해요."

"다행이다."

간자키 씨는 내 신발 끈이 잘 묶여 있는 것을 확인하더니 고야 연못을 향해 걷기 시작했다. 연못을 돌아서 들어가면 널빤지를 걸쳐놓은 바위밭으로 접어든다.

"조심하세요. 괜찮아요?"

돌아본 간자키 씨가 손을 내밀었지만 손을 잡고 따라가는 것이 더 위험하다.

"이 정도는 아무렇지 않아요."

"알았습니다. 이 부근은 고산식물도 예쁘니까 천천히 가죠. 눈에 띈 꽃 이름은 말씀드릴게요. 전부 다 알지는 못할 수도 있어요. 죄송해요."

보기보다 대단한 바위밭은 아니다. 백산앵초, 알류샨 뱀무, 황새풀……. 간자키 씨는 가련하게 핀 꽃들의 이름을 나열하면서 계속 걸어갔다.

그가 내게 이 신발을 선물한 것은 단지 자신의 이런 모습을 보여주고 싶었기 때문이었을까?

맞선 파티 후에 둘이서 이야기하는 내용이라면 역시 자기소개가 맞겠지만, 생일을 묻기에 나는 조금 망설였다. 고작 두 주 뒤였기 때문이다. 생일을 함께 보낼 상대가 필요해서 파티에 참가했다고 생각되는 건 싫었다. 생일을 즐길 만한 연령도 아니지만. 아무렇지 않게 대답하고 그게 뭐 어쨌냐는 표정을 지어 보였다.

하지만 평일이기는 했어도 역시 생일에는 간자키 씨와 만나게 되었다. 인터넷에서 평이 좋다는 프렌치 코스의 별실을 예약해 놓더니 식사가 끝나갈 무렵에 선물 상자를 내밀었다. 반짝반짝 빛나는 작은 돌이 달린 액세서리가 들어 있을 것 같은 상자가 아니었다. 두 손으로 들어야 할 크기였다. 가게에 들어왔을 때부터 저 마루후쿠 백화점 쇼핑백은 뭘까 생각했는데 그게 선물이리라고는 예상치 못했다.

가방일 수도 있겠다는 생각이 들기는 했지만 그런 것 치고는 조금 묵직했다.

"열어봐도 돼요?"

"그럼요."

간자키 씨가 긴장한 얼굴로 대답했다. 내가 마음에 들어할지 어떨지 모를, 안나 수이 같이 개성이 강한 브랜드일까 예상하며 열어보니 신발이 들어 있었다.

대너 등산화. 갈색 몸체에 노란색과 빨간색을 섞어 짠 끈이 달린 심플한 디자인은 일상에서 못 신을 것도 없어 보였다.

어떻게 반응하면 좋을지 몰라서 잠깐 말없이 있었다.

"……좀 깨죠, 이런 거."

"아뇨, 기뻐요. 심플한데 존재감이 있어서 엄청 좋아요."

"정말입니까? 저는 직장 산악 동호회에 가입했는데 휴일이면 동료들과 산에 올라요. 벌써 사십 년이 넘게 살았는데 아직 주변에 내가 모르는 이렇게 멋진 세계가 있었구나 하는 감동과 놀라움의 연속이에요. 그래서 미쓰코 씨한테도 한번 가보지 않겠느냐고 권할 생각으로 이걸 골랐는데요……."

"가고 싶어요."

"정말입니까? 아아, 다행이다. 어디 가고 싶은 곳 있으세요? 여자들에게는 후지 산이나 야쿠시마가 인기가 있는 모양인데, 둘 중 한 군데로 할까요?"

"북적거리는 곳은 좀……."

"그렇죠. 미쓰코 씨한테는 그런 유행 타는 곳은 어울리지 않으니까요. 그럼, 저한테 맡겨주세요."

이렇게 해서 골라온 곳이 묘코 산과 히우치 산 종주였다. 처음 가는 산이다.

간자키 씨에게 얼마나 전해졌는지는 모르지만 등산화를 선물받은 것은 기뻤다. 맞선 상대든, 회사 사람들이든, 내가 그런 것에 흥미를 느끼는 여자라고 생각해준 사람은 한 명도 없었다.

마운틴 걸에 흥미를 가진 고하나가 멋진 등산복이 실린 홈쇼핑 카탈로그를 한 손에 들고 동료를 꼬드기고 있었지만, 나에게는 눈길만 힐끗 주었을 뿐 말을 건네지는 않았다. 내 쪽에서 카탈로그를 보여달라고 했을 때에는 눈을 둥그렇게 뜨며 놀랐다. 이런 게 취미인 남자친구가 생긴 거냐고 추궁하기에 카탈로그를 보고 싶을 뿐이라고 하자 그렇죠 하며 순순히 수긍했다.

— 미쓰코 씨가 등산 같은 걸 할 리가 없겠죠.

컬러풀한 타이츠나 랩 스커트 따위가 실려 있었는데, 색이 마음에 들지 않아서 정통적인 것을 주문했다. 보라색 배낭이 눈에 들어왔지만 끈을 단 망울구슬이 어울리도록 초록색을 골랐다.

바위밭을 다 올라가자 아래쪽에 습원이 펼쳐졌다.

"덴구天狗*의 정원이에요."

초록색 습원에 하얗고 노란 고산식물 꽃이 흐드러지게 피어 있다.

"망울구슬 같다."

"네? 아아, 제가 만든 거요. 정말이네. 좋아하는 색깔을 세 개 골랐을 뿐인데 우연히도 이런 예쁜 경치와 똑같아졌다니. 하지만 다음에 또 만든다면 파란색도 넣을 거예요."

간자키 씨가 무슨 말을 하고 싶은지는 이해가 되었다. 아까보다 더 큰 지당이 보였다. 새파란 수면에 비치는 것은 히우치 산

---

* 깊은 산속에 산다는 요괴로 얼굴이 빨갛고 코가 크다

꼭대기다.

"저기를 목표로 가는 거죠?"

말하면서 웃고 말았다. 간자키 씨가 미간을 찌푸렸다.

"위를 목표로 가는데 아래를 보면서 말하는 게 우습지 않아요?"

"그렇구나. 하지만 목적지는 과거 속에 있을지도 모르지요."

뭔가 무척 의미심장한 말을 한 것처럼 들렸지만 의미가 퍼뜩 와닿지는 않았다. 아름다운 풍경 속에서는 뭐든지 가능하다는 뜻인가?

"그럼 저기를 목표로 갑시다."

간자키 씨는 커다란 손짓으로 수면을 가리키더니 몸을 히우치 산 쪽으로 돌렸다.

조금 걸으면 능선 길이 나온다. 간자키 씨는 산악 동호회 이야기도, 다른 산 이야기도 하지 않았다. 그럴 형편이 아닐 것이다. 몸 전체가 눈이 되어, 보이는 모든 것을 뇌리에 새기면서 걷고 있음이 분명하다. 내가 그렇게 하듯. 돌아보니 저 너머에 덴구의 정원이 보였다.

얼룩조릿대가 무성한 관목대로 들어섰다. 그저 한없이 걸었다. 빠져나오면 또 바위밭이다. 헤치고 나아가서 계단을 오른다.

"뇌조 평원이에요."

간자키 씨가 목소리를 낮추어 말했다. 뇌조를 찾고 있나 보다.

있었으면 좋겠다는 생각도 들지만 너무 풀코스가 되면 그 기세에 밀려 결혼 이야기가 나오고 모호한 기분인 채 고개를 끄덕일 우려가 있다. 실제로 어젯밤에는 조금 실망했으면서 여기에 이르고 보니 급격히 간자키 씨의 인상이 좋아진 느낌이다. 나를 대하는 방식은 전혀 달라지지 않았건만.

'망울구슬'이라고 무심코 말해버렸지만, 걷는 동안 줄곧 눈에 들어오는 것이 내가 만든 망울구슬 쪽이라서 다행이었다. 간자키 씨가 만든 망울구슬은 이 경치를 응축한 것만 같아서 정상에 가까이 갈수록 이곳에 넘치도록 가득한 에너지를 더 진하고 더 깊게 빨아들이고 있는 것처럼 느껴졌기 때문이다.

이것을 가지고 있으면 행복해질 수 있다. 그런 착각을 해버릴 것만 같은.

혹시 간자키 씨도 그걸 노리고 나를 산으로 데려온 걸까? 거품 시절의 잔해를 몸에 두르고 있는 내게 자연의 아름다움을 가르쳐줘서 개심시키려고 하고 있지는 않은가? 개심이라고 부르는 게 맞을까? 그렇지는 않을 것이다. 쿨한 미인이라서 좋다고 하지 않았던가. 그 말 자체도 좀 어떤가 싶지만 간자키 씨는 거품 시절의 잔해를 두르고 있는 내가 좋은 것이다.

산에 데리고 온 이유는 나를 변화시키고 싶어서가 아니다. 자신의 용감한 모습을 보여주고 싶었을 뿐이다. 가스버너를 잘 다루고 망울구슬을 잘 만든다며 외모가 시원찮은 자신에게 다가온 여자에게 한층 더 자신 있는 부분을 드러내 대단하다는 말이 듣고 싶은 것이리라.

"없네요."

간자키 씨가 걸음을 멈추고 아쉽다는 듯 돌아보았다.

"미쓰코 씨에게 보여주고 싶었는데."

"저를 위해서였다면 신경 쓰지 않으셔도 돼요."

"새에는 관심 없으신가요?"

"없지는 않지만…… 아쉽다고 생각하지는 않아요."

"그러면 다행이다."

간자키 씨는 다시 앞을 보고 걸음을 옮겼다. 목제 계단이 설치된 오르막 경사면을 만났다.

"여기를 올라가면 정상이에요. 좀 쉴까요?"

"물만 마시면 괜찮아요."

"그럼 단숨에 오릅시다."

간자키 씨가 건네준 물을 선 채로 마셨다. 몸 전체에 피가 도는 것이 느껴진다. 머릿속이 투명해졌다. 아무것도 생각하지 않고 계단을 오른다. 무릎이 묵직하다며 우는소리를 하지 않는 것은 신발 덕분일까? 발을 내디딜 때마다 다리에 걸리는 체중을 신발이 흡수해주는 느낌이다.

"간자키 씨."

간자키 씨가 걸음을 멈추고 돌아보았다. 조금 숨이 찬 듯하다.

"힘들어요? 쉬었다 갈래요?"

"아니요, 힘들지 않아요. ……제 신발 사이즈 어떻게 알았어요?"

"생일 앞 주에 초밥집 방에 들어갈 때 사이즈를 살짝 확인했어요. 실은, 그러려고 그 가게를 골랐거든요."

"그렇게까지 해서 등산화를 샀는데 만일 제가 필요 없다고 하면 어쩔 생각이었어요? 아무리 봐도 산에 오를 타입은 아니잖아요?"

"다른 선물도 준비했었어요. 이건 여동생이 부탁한 거고 좀 놀래려고 했을 뿐이에요, 라는 변명까지 생각했고요. 그래서 받아주셨을 때는 기뻤습니다. 게다가…….."

"뭐죠?"

"신발을 고르면서 미쓰코 씨에게 의외로 산이 어울리지 않나 생각했어요."

대꾸를 하지 못하자 간자키 씨도 그럼, 하고 앞을 보고 계단을 오르기 시작했다.

산이 어울린다ㅡ. 거품 시절의 잔해 사이로 그런 모습을 알아채주었구나.

시야가 열렸다. 정상이다. 묘코 산 정상보다 넓고 파노라마처럼 경치가 펼쳐져 있다. 아래쪽에는 고야 연못이, 시선을 조금 멀리 던지면 묘코 산이, 방향을 바꾸면 바다가 보인다. 저 끝에 떠 있는 섬은 사도佐渡 섬일까? 바람의 흐름이 빨라 구름이 그라 데이션을 그린다.

"수고하셨습니다."

간자키 씨가 말했다.

"고마웠어요."

"네?"

"정말 예뻐서 감사 인사를 해버렸네요."

"다행이다. 저는 날씨에는 자신이 있거든요. 북알프스도 무척 선명하게 보이네요. 연기를 뿜고 있는 것이 야케다케燒岳*예요. 그 너머로 보이는 게…… 어? 뭐더라?"

간자키 씨는 배낭을 내려서 지도를 꺼내려 했다. 그보다 먼저 "시로우마다케白馬岳**예요"라고 말한 뒤 입술을 깨물었다. 이렇게 라도 하지 않으면 둑을 터뜨린 것처럼 말이 넘쳐서 터져나올 것 같다. 그런데도 이제 그만 됐지 않았느냐며 바람이 등을 떠민다. 북알프스의 산들도 말해버리라고 멀리서 부추긴다.

"제가 처음으로 오른 산이에요."

간자키 씨가 입을 떡 벌리고 나를 보았다.

"저, 대학생 때 산악부였어요. 사 년 동안 산에 빠져 지냈죠. 쓰루기다케도, 야리가타케도, 호타카도 남, 북, 중앙 알프스 전체

---

* 나가노 현과 기후 현의 경계에 있는 히다 산맥 남부의 활화산으로 해발 2455미터
** 나가노 현과 도야마 현의 경계에 있는 산으로 해발 2932미터

의 주요 산은 다 제패했어요. 뇌조도 몇 번이나 봤고요."

"왜 말하지 않았어요?"

"안 물어봤잖아요. 처음부터 저를 초보자라고 단정 짓고."

"하지만 아까도 지당을 보면서 이런 거 처음이라고."

"맨 처음이 시로우마다케였고, 그 뒤로는 난이도가 높은 곳만 도전하느라 지당이 있는 한가로운 산은 처음이었거든요."

"······웃겼겠네요, 제 모습이."

"그렇지 않아요. 감사하고 있어요. 여기까지 데려와주신 걸."

"제가 없어도 미쓰코 씨는 혼자서 오를 수 있잖아요."

"산을 오를 수는 있어요. 하지만 산에 가자는 마음은 제 안에 요만큼도 남아 있지 않았어요."

"왜요?"

"······아마 휩쓸려버렸던 것 아닐까요."

내가 지금도 잔해를 짊어지고 있는 거품 시절에.

시골 출신의 여자 대학생에게 도쿄의 대기업에 들어갈 수 있는 친인척 인맥은 없었지만, 취업은 그리 힘들지 않았다. 면접 때 산악부에서 활동한 것을 의기양양하게 이야기하다 보니 사무직이기는 하지만 대형 증권회사에 취직할 수 있었다. 시골 사람들도 텔레비전 광고로 회사 이름을 알고 있었기 때문에 부모님은 기고만장 뻐기고 다녔지만, 아무것도 없는 곳에 사는 사람들의 반응이야 아무래도 상관없었다.

사회인이 된 뒤에도 산행은 계속할 작정이었다.

산에서 기른 강한 정신력과 체력으로 사무직 일 정도는 간단히 해낼 수 있다고 생각했다. 하지만 입사 후에 예상도 못한 일이 일어났다. 신입사원 연수 일주일 뒤였다.

일이 끝난 뒤에 여자 탈의실에서 선배들이 갑자기 사복 체크를 했다. 근무중에는 유니폼이기 때문에 나는 학창 시절의 연장같은 면 셔츠에 바지, 그 위에 저렴한 카디건을 걸친 차림으로 출근하고 있었다. 선배들은 합격자와 불합격자를 나누었다. 첫날 합격자는 좋은 집 딸들이 다니는 여대를 나와 부모 연줄로 입사한 두 명뿐이었다.

"너희한테는 일본을 대표하는 일류 회사 직원이라는 자각이 결여돼 있어. 이런 차림으로 너희가 회사에서 나가는 것을 사람들이 본다면 회사의 수치야. 내일부터는 제대로 일류에 걸맞은 복장을 하고 와."

그런 말을 들어봤자 일류의 의미를 알 수 없어서 입사 동기인 애들과 회사를 나와 곧장 백화점으로 간 다음, 있는 돈 없는 돈 다 털어서 니콜의 수트를 샀다. 하지만 그것만으로는 합격으로 인정받지 못한다. 옷의 경우에는 콤사, 와이즈, 니콜, 로페 같은 적당한 가격의 브랜드가 주류였지만…….

구두나 가방, 손목시계 같은 액세서리의 경우에는 일류 브랜드를 갖추어야 했다. 머리 스타일이나 메이크업도 까다로운 지시를 받았다. 립스틱과 매니큐어는 같은 색으로. 마스카라는 옷 색깔에 맞춰서. 너 매일 똑같은 색 립스틱이랑 매니큐어잖아. '나의 색깔' 세 가지는 사람들이 기억할 수 있게 해. 샤넬, 크리스챤 디올, 랑콤……. 뭐니, 그 지갑은? 노 액세서리는 알몸이나 매한가지야. 티파니, 까르띠에, 불가리…….

일이 끝난 뒤 설교를 듣지 않게 되기까지 반년은 걸렸다. 단, 그렇게 되고 나자 화려한 장소에 데려가주는 사람이 점점 많아져서 내 안에서도 특별한 의식이 싹트기 시작했다. 그러던 어느 날 거래처와의 술자리에서 취미가 뭐냐는 질문을 받았다. 망설임 없이 등산이라고 대답하자 귀를 의심할 만한 말이 날아왔다.

"그런 야만적인 걸 해?"

야만이니, 괴짜니, 불결이니, 업신여기는 말만 난무하고 긍정적인 말은 무엇 하나 돌아오지 않았다.

"즐거워요. 직접 밥도 해 먹고, 텐트를 지고 며칠씩 산을 걷다 보면 자연의 일부가 된 기분이 들거든요. 일출이라든지 무지개라든지……."

"적당히 좀 해!"

산의 좋은 점을 이야기하고 싶었을 뿐인데 선배는 내 팔을 끌고 화장실로 데려갔다.

"겨우 노멀이 된 줄 알았더니. 우리 말이 통하지 않았던 거야?

네가 이상한 소리를 하면 거래처 사람들이 우리까지 이상하게 볼 거 아냐. 산 이야기 같은 건 두 번 다시 하지 마."

그렇게 산을 봉인했다. 그 후 같은 회사 남성과 사귀게 되어 맨션 현관문을 통과할 수 없을 정도로 큰 꽃다발을 받고, 반지가 든 칵테일 이벤트도 받았다. 호텔 스위트룸에도 머물렀다. 후배가 들어오면 과거에 자신이 어떤 마음이었는지는 완전히 망각한 채 탈의실에서 일류 회사원을 위한 잔소리 강좌를 열고, 산악부 친구가 보낸 산에 다녀왔다는 그림엽서가 도착해도 전혀 부럽다고 느끼지도 않게 됐을 무렵…….

거품이 붕괴하여 회사가 도산했다.

"고향에 돌아와 직업 소개소에서 추천받은 곳 중 가장 급료가 높았던 곳이 지금의 직장이에요. 요양시설 사무직. 세금 떼고 월에 십이 만 엔이죠."

말하다 지쳐서 울퉁불퉁한 돌 위에 주저앉았다. 이제 겉을 꾸밀 필요는 없다. 주머니에서 튜브에 든 연유를 꺼내 뚜껑을 열고 입에 물었다. 쪽 빨아들이자 농축된 단맛이 입안 가득 퍼졌다.

조용히 이야기를 들어주던 간자키 씨가 조금 어이없다는 표정을 지었다.

"에너지 충전이에요. 누구에게 받았다는 건 거짓말이고 제가 가지고 왔어요. 등산 필수 아이템. 거품이 무너져 낙향한 비참한

몰골이 지금의 저예요. 그걸 깨닫지 못하게끔 저 자신을 속이면서 생활해왔는데, 단 한 번 산에 오른 것만으로 이 모양이네요. 그래서 무의식중에 산을 피하고 있었는지도 모르죠."

"……미안해요."

"간자키 씨가 사과할 필요는 없어요. 애써 스페셜티 커피랑 고디바까지 준비해주셨는데, 거기에 걸맞지 않은 여자라서 정말 죄송해요."

"초코볼을 가져왔으면 좋았을걸."

이렇게 말하면서 간자키 씨도 조금 사이를 두고 옆에 앉았다.

"저도 마찬가지예요. 고향에 있는 대학을 나와 그길로 지방 공공기관에 취직했어요. 그러니까 거품에 들뜬 사람들은 텔레비전에서밖에 본 적이 없지만, 역시 동경하지 않았나 싶어요. 이상이라는 게 세월이 흐른다고 그렇게 바뀌지는 않잖아요. 임팩트가 셀수록 오래도록 남아 있죠. 그래서 봉투에 미쓰코 씨의 망울구슬이 들어 있었을 때는 엄청 기뻤어요. 그런데 저를 싫어할까 봐 폼 잡고 헛도느라 미쓰코 씨가 떠올리고 싶지 않았던 것까지 이야기하게 만들었군요."

"둘 다 꼴이 말이 아니네요. 하지만……."

멀리 펼쳐진 북알프스를 바라보았다. 거품 시절보다 더 오래된 과거. 아래쪽 습원으로 시선을 옮겼다. 이것이 현재. 초록색이 기분 좋다. 초록색이 따뜻하다. 초록색이 다정하다. 간자키 씨를 보았다. 이 사람 그 자체 아닌가. 하늘을 올려다보았다. 선명한 색깔의 미래는 바로 곁에 있는 것 같으면서도 손을 뻗기가 두렵다. 닿지 않는다는 것을 알기에. 하지만 느낄 수는 있다.

"지금, 마음이 아주 편해요. 덴구의 정원을 보면서 간자키 씨가 말했죠. 목적지는 과거 속에 있다. 제게 그건 산에 돌아오는 일일까요?"

간자키 씨도 하늘을 올려다보았다. 눈물이 글썽한 것처럼 보이는 것은 기분 탓일까?

"그 산에 함께 올라도 될까요?"

조용한 목소리였다. 뭐라고 대답해야 할까? 돌에 놓인 간자키 씨의 손 위에 내 손을 포개면 말로 하지 않아도 알아줄까? 망설이다가 연유 튜브를 물어버렸다.

— 다 왔다! 다 왔어!

뒤에서 커다란 목소리가 들렸다. 고급 화과자를 먹던 회사원 두 명이다. 표주로 달려오더니 바다 쪽을 향해 만세 삼창을 했다.

— 부장 바보!

유미가 외쳤다.

— 시부모랑 같이 살기 싫어!

리스코가 외쳤다.

— 이혼해!

유미가 외쳤다.

―결혼해줄게!

리스코가 외쳤다.

시끄럽고 민폐인 데다 외치는 말도 지리멸렬하지만 기분이 좋아 보인다. 저 애들은 폼을 잡을 생각은 요만큼도 하지 않는다. 산을 즐기고 있는 것이리라. 뭐가 야만적이고 괴짜에 불결해? 예상 외로 그 선배들도 지금쯤 어디 산에 오르고 있을지 모른다. 유행의 중심에 있지 않으면 성이 차지 않는 사람들이었으니까.

시시한, 시시한, 시시한 잔해 따위 벗어버려!

튜브 뚜껑을 닫고 일어섰다. 간자키 씨가 놀란 얼굴로 나를 올려다보았다.

"저도 외치고 올게요. 각오하세요."

2462미터 꼭대기에서 외칠 말은 벌써 정해놓았다.

、
야
리
가
타
케

야리가타케 정상을 노리는 것은 이번이 세 번째다.

해발 3080미터 지점에 있는 야리가타케 산장, 즉 야리가타케의 어깨까지는 두 번이나 오른 적이 있는데, 두 번 다 정상에 도전하는 것은 포기해야만 했다.

세 번째야말로 분명 이루어질 것이다.

가미코치 버스 터미널에서 강을 따라 난 산책길을 상류를 향해 걸었다. 하늘이 파랗다. 가미코치의 파랑은 특별하다. 하지만 이제부터 목표로 하는 곳에는 더 짙은 색들이 기다리고 있다.

아침 5시. 산에서는 결코 이른 시간이 아니지만 사람 모습은 드문드문 보일 뿐이었다. 육십대쯤 되었을까, 부부처럼 보이는 두 사람과 오십대쯤 되는 아주머니 세 사람이 조금 앞에서 걷고 있다. 다들 산에는 익숙한지 오래 사용한 것처럼 보이는 배낭을 메고 가벼운 발걸음으로 완만한 길을 걷고 있다.

여름 바겐세일이 끝난 직후에 얻은 사흘간의 휴가. 이럴 때면 백화점에 취직하기를 잘했다는 생각이 든다. 불과 며칠 전에 학창 시절의 등산 친구였던 도와코 씨에게서 전화가 걸려온 참이었다.

—마운틴 걸 유행인지 뭔지 몰라도 하여튼 사람이 너무 많아서 앞으로 갈 수가 없어. 느릿느릿 걸어가는 주제에 길을 비켜주지도 않고, 좁은 곳에서도 아무렇지 않게 멈춰 서서 휴식을 취한다니까. 산장에 도착하면 좁다느니, 더럽다느니 불평하면서 있는 대로 짐을 늘어놓지를 않나, 왜 등산 붐 같은 게 생겼는지…….

모처럼의 주말 등산이 허사가 됐다며 푸념을 늘어놓는 도와코 씨에게 맞장구를 치면서 마루후쿠 백화점 여름 아웃도어 페어를 떠올렸다. 요 일 년 사이에 열린 주얼리 페어, 생활 가전 페어, 겨울 스포츠 페어 등은 전부 할당치를 달성하기 위해 내 쪽에서 일정 부분 부담을 해야만 했는데, 이번만은 그럴 필요가 없었다. 그렇기는커녕 등산복이나 모자 같은 소품 등 마음에 든 상품은 따로 빼두어야 할 정도였다.

판매하는 입장에서는 고마운 붐이다. 하지만 그전부터 등산을 하는 입장에서는 별로 환영할 만한 일이 아닐지 모른다. 한 층 올라갈 때도 반드시 엘리베이터를 이용하는 연약한 후배까지 등산을 시작하겠다더니 실제로 묘코 산, 히우치 산을 종주하고 왔다. 세상은 내가 상상하는 이상으로 등산 붐이라 주말은 인파로 붐빌 것이다.

아웃도어 페어에는 내 부모님 세대인 중장년도 많이 왔다. 대부분 옛날부터 등산을 하던 사람들일 것이다. 헤드랜턴이 어디 있냐고 물어서 안내해주면 어디어디 텐트장은 바위가 쉽게 무너져서…… 하고 중얼거리고, 신발 사이즈를 찾는 동안에도 무슨 무슨 산을 종주했을 때는…… 하며 체험담을 꺼내놓는 사람들이 대부분이었으니까.

등산 붐에는 주기가 있다. 저 사람들이 학생이었던 시절에는 지금보다 더 성황이지 않았을까. 내 아버지도 같은 세대로, 등산에 빠진 한 사람이다.

덕분에 내 등산 이력은 나이에 비해 길다.

아버지는 아들을 원했다고 한다. 남자끼리 산에 오르겠다고 부풀어 있었는데, 태어난 아이는 아쉽게도 딸이었다. 딸이라도 등산을 시키면 된다고 위로하는 옛날 등산 친구도 있었던 모양이지만, 아버지에게는 '산에 오르는 것은 남자, 여자는 밑에서 기다리는 법'이라는 낡아빠진 생각이 강하게 자리 잡고 있었다.

어머니는 일 년 삼백육십오 일 치마를 입고 지내는, 돌에 걸려 넘어지기만 해도 뼈가 부러질 것처럼 가냘픈 몸매를 한 사람이었다.

변화가 찾아온 것은 어머니가 둘째 아이를 임신했을 때였다. 입덧으로 고생하는 어머니가 느긋하게 쉴 수 있도록 아버지는 어쩔 수 없이 갓 세 살이 된 나를 데리고 나갔다. 이렇다 할 목적지도 없이 집에서 차로 십오 분 정도 거리의, 시내에서 가장 높은 산(이라 해봤자 600미터 정도지만)의 기슭에 있는 공원으로 가서, 산책 겸 등산로 입구까지 온 김에 어디까지 걸을 수 있나 시험 삼아 오르기 시작했더니 정상까지 가버렸다고 한다.

이것이 내 등산 데뷔인 셈일까? 우는소리도 하지 않고 그리 지친 기색도 보이지 않으며 산에 오른 나에게 아버지는 본격적으로 등산을 가르치기로 했다. 아니, 가르친다기보다는 그저 아버지가 산에 가고 싶었던 것이리라. 임신한 아내를 내버려두고 나가는 것은 뒤가 켕긴다. 하지만 나를 데리고 감으로써 큰애를 돌보는 아내의 부담을 경감해준다는 대의명분이 생기니, 이 찬스를 놓칠 수 없었던 것이라 하겠다.

게다가 둘째도 딸이었다. 그렇다면 이대로 장녀를 단련시키자. 분명 그런 생각에 힘입어 아버지는 일 년에 두세 번 나를 산으로 데려가게 되었다.

그리고 초등학교에 들어간 뒤부터는 여름방학에 2000-3000미터쯤 되는 산을 둘이서 오르는 것이 연례행사가 되었다.

그동안 어머니와 동생은 등산로 입구 근처 고원의 펜션이나 온천에서 우리가 하산하기를 기다렸다. 넘어지거나 땀을 흘려서

곤죽이 된 몸으로 하산하면 엄마는 "힘들지" 하며 욕실에서 몸을 깨끗이 씻어주고, 동생과 커플인 팔랑팔랑한, 요즘 말로 숲 소녀森ガール*가 즐겨 입을 것 같은 원피스를 입혀주었다. 가끔씩 드라이플라워로 된 코르사주나 망울구슬 펜던트를 동생이 달고 있기도 했는데, 우리가 등산을 하는 동안 둘이서 이런 걸 하고 있었나 부럽게 느낀 적도 있다.

하지만 내 몫은 어머니가 만들어주었고, 등산과 수예 둘 중에 고를 수 있다면 역시 등산이겠거니 생각했다.

숲속으로 들어갔다 나왔다 하면서 묘진에 도착했다. 아직 등산이라기보다는 피크닉 기분이다. 하지만 눈앞에 있는 사람, 사람, 사람에 전율이 일었다. 평일이지만 역시 등산 붐이구나 하고 실감했다. 투어로 보이는 단체가 두 팀이나 있었으니까. 둘 다 남녀가 섞인 중장년 단체다. 이미 퇴직해서 평일, 휴일 관계없는 사람들일 것이다.

이 사람들 뒤를 따라가는 것은 페이스 면에서 괴롭다. 조금 쉴까 싶었지만 걸음을 멈추지 않고 단체 옆을 지나쳤다. 그러자 새된 소리가 귀를 찔렀다. 한쪽 단체의 인솔자는 삼사십대로 보이는 여성이다. 부모만큼 나이 차이가 나는 연장자들에게 큰 소리

---

* 면 원피스나 털모자, 낙낙한 레이어드 스타일 등 동화 속 숲속에 사는 소녀를 테마로 한 듯한 패션 스타일을 즐겨 입는 여성들을 가리키는 말로 2000년대에 유행

로 외쳤다.

"신발 끈은 단단히 매세요. 사탕이랑 초콜릿은 꺼내기 쉬운 곳에 두 개씩 넣어두시고요. 고르지 말고 어서어서 봉지를 돌리세요. ……아, 정말, 셔츠 소매는 접지 말고 잘 펴세요. 다칠 수도 있어요!"

백화점에서 이런 식으로 말하다가는 즉시 클레임이 들어올 것이다. 산에서 고령자에게 일어나는 사고에 대해서는 얼마 전에도 텔레비전에서 들었다. 연령과는 관계없이 엄중하게 주의를 주지 않으면 안 되는 일도 있을 것이다. 많은 인원을 인솔하는 만큼 여자다, 나이가 어리다는 이유로 얕보지 않게끔 의연한 태도를 취할 필요도 있을지 모른다. 하지만 이런 사소한 내용까지 싸울 기세로 험악하게 말하지 않아도 되지 않을까?

강을 바라보면서 느긋하게 걸으니 대학 산악부가 떠올랐다.

─1학년, 모두 신발 끈을 풀고 다시 고쳐 매. 끝난 사람부터 사탕이나 초콜릿을 먹도록.

여자대학이었기 때문에 여자만 열 명 안 되게 모인 집단에서 고작 한두 살 차이밖에 나지 않는 선배들에게 의미 없이 야단을 맞는 것이 싫어서 1학년 여름이 끝날 즈음에는 산악부를 그만두었다. 어째서 단단히 묶여 있는 신발 끈을 다시 한 번 풀어야만 하나. 어째서 원하지도 않는 사탕이나 초콜릿을 먹어야만 하나.

그리고 탈락자가 한 사람 생기면 어째서 모두 다 등정을 포기해야만 하나. 야리가타케의 정상이 눈앞에 있는데. 이것을 위해 올라왔는데.

여덟 명이서 오르다 도중에 있는 루트에서 누군가 한 사람이 몸이 안 좋다고 호소하면 쾌청한 하늘 아래 산꼭대기가 눈앞에 선명하게 솟아 있어도 다 같이 발을 돌리지 않으면 안 될지도 모른다. 설사 혼자서도 하산할 수 있으니 예정대로 올라가달라는 말을 들어도 마음만 받아야지 실제로는 하산하게 되고, 그렇게 된 것을 탓하거나 본인 앞에서 한탄해서는 안 된다는 것도 알고 있다.

하지만 그때는 야리가타케 산장에 도착한 뒤였다. 날씨도 다소 흐리기는 했지만 정상이 보였고, 시간 여유도 있었다. 그런데도 3학년인 가와다 선배가 오른쪽 무릎이 전혀 움직이지 않는다고 호소하여 다 같이 정상에 오르는 것은 중지되었다.

— 혼자 가도 돼요?

중고등학생 부 활동도 아니고 필요 이상으로 선배를 신경 쓰지는 않아도 되겠지 싶어서 물어보자 2학년 선배 세 사람의 안색이 바뀌고 3학년 선배 두 사람의 얼굴에서 표정이 사라졌다. 가와다 선배만이 그럼 다들 갔다 오면 어떻겠느냐고 말해주었지만, 눈물을 흘리면서 한 말이었으므로 나는 완전히 악역이었다.

— 내일이면 선배도 회복할 테니까 아침에 올라가자.

2학년인 도와코 씨가 한마디 거들어주어서 그 이상으로 욕을

먹지는 않았지만…… 밤중이 지나고부터 비가 내리기 시작했다. 다음 날 아침, 하산하는 것도 위태로울 정도의 폭풍우 속에서 아무도 정상의 'ス'자도 입 밖으로 내지 않고 산장을 뒤로했다.

산에 '내일'은 없다.

미련이 남아 돌아보았지만 정상은커녕 5미터 뒤도 보이지 않았다.

그래도 가와다 선배를 탓해서는 안 된다고 생각은 했다. 가와다 선배는 일주일에 세 번 있는 합동 트레이닝을 게을리하지 않았다. 오히려 다른 사람들이 아르바이트나 모임을 핑계로 간간이 빠지는 중에도 누구보다 참석율이 높았다. 트레이닝 효과가 트레이닝에 나간 시간만큼 모두에게 평등하게 나타난다면 가와다 선배가 가장 튼튼했을 터였다. 하지만 유감스럽게도 체력에는 개인차가 있다.

하산한 뒤에 도와코 씨에게 들은 이야기에 따르면 가와다 선배는 1학년 때 무리해서 무릎을 다친 뒤로 장시간 산행하면 통증이 생긴다고 한다.

그러면 산악부를 그만두라고 말할 수도 없고, 하물며 등산을 그만두라고도 할 수 없다. 협조성이 없는 내가 그만두면 될 뿐이다. 애초에 등산이 좋다는 이유로 산악부에 들었지만 선배들에게서 배울 것은 하나도 없었지 않은가.

혼자 있는 것을 싫어하지 않는다. 그렇다고 여자끼리의 집단

행동이 싫은 것도 아니다. 누가 점심을 같이 먹자거나 쇼핑을 같이 가자고 하면 기쁜 마음으로 받아들인다. 하지만 산에서는 양보할 수 없는 것이 있다.

산악부에 들어온 동급생 중에는 산에 오르는 것보다도 대자연을 상대로 싸우는 힘겨운 상황 속에서 동료와 서로 협력할 수 있다는 데에 매력을 느낀다는 사람도 있었다. 산에서 사귄 친구는 평생 가지 않나, 그런 진한 연결 속에 들어가서 동료와 강한 유대감으로 맺어져 있음을 실감하고 싶다고.

그런 생각은 해본 적도 없다. 나는 단순히 산의 풍경이 좋다. 이 산은 어떤 모습을 보여줄까, 정상에서는 어떤 풍경이 보일까?

역시 나는 집단으로 등산을 할 필요가 없는 사람이다.

도와코 씨는 나와 같은 생각이지만 만에 하나의 경우가 걱정이라고 했다. 하지만 내가 산악부를 그만두고 나서 한 달 뒤에 도와코 씨도 그만두었다. 내가 집단행동을 부정하는 바람에 남은 사람들이 집단의 결속력을 더 강화하려고 해서 도와코 씨는 거기에 질려버렸다고 했다. 내가 미안한 일을 했다.

도와코 씨는 체력도 있고 시원시원한 성격이라 신경이 쓰이지 않아서 둘이서 산에 올랐다. 하지만 도와코 씨가 우체국 직원, 내가 백화점 사원이 된 뒤로는 서로 휴일이 맞지 않아서 나 혼자 산에 오르게 되었다.

그리고 깨달았다. 나는 혼자 오르는 것을 정말 좋아한다.

숲을 지나 초원 캠프장으로 나왔다. 도쿠사와다. 여기에는 단체 등산객의 모습은 없고 부부로 보이는 나이 지긋한 두 사람이 물을 마시며 지도를 펼치고 있었다. 안녕하세요, 인사를 하자 두 사람 다 온화하게 "수고하십니다"라고 답했다.

조금 떨어진 곳에 앉아 나도 수분을 보충했다.

"단체분들 만나셨어요?"

아저씨가 물었다.

"묘진에서 만났어요. 제가 나설 때는 아직 출발할 낌새는 없었는데요."

"그렇구나. 그럼 휩쓸리기 전에 출발할까?"

아저씨가 아주머니에게 말하자 두 사람은 페트병을 배낭에 넣고 영차 일어났다.

"배낭 벨트는 좀 더 단단히 조이는 편이 좋아요."

아저씨의 말을 듣고 아주머니는 이 정도면 되겠느냐며 가슴과 허리의 벨트를 조절했다.

"어머나, 정말이네. 짐이 조금 가벼워진 것 같아."

감탄한 듯 고개를 끄덕인다. 아저씨의 배낭이나 등산복에는 세월의 흔적이 묻어 있었지만 아주머니 쪽은 거의 전부 새것으로 보였다. 먼저 갑니다, 내게 인사를 하고 두 사람은 출발했다. 지치지는 않았지만 두 사람과 조금 거리를 두기 위해 약간 길게 휴식을 취하기로 했다.

아저씨를 따라 걷는 아주머니. 저런 모습을 보면 부부가 같이 등산하는 것도 좋을지 모른다는 생각이 조금은 든다. 무엇보다도 산에 도착하기 전에는 동행이 있는 편이 좋다. 가미코치까지는 버스로 왔는데, 차를 태워주는 사람이 있으면 더 고맙다. 산에 대한 지식이 풍부한 사람이라면 내가 막연히 이런 코스를 걷고 싶다고 말하기만 해도 그에 걸맞은 루트를 가르쳐주거나 짐을 더 들어줄지도 모른다.

아니, 이렇게 좋은 점만 있지는 않을 터다.

도와코 씨는 역시 혼자서는 무섭다며 단골 아웃도어 가게가 주최하는 산악 투어에 신청했다가 거기서 만난 사람과 산에 가게 됐다. 내년쯤 결혼할 수도 있다고 한다. 산에서의 파트너가 평생 파트너가 되고, 앞으로도 줄곧 둘이서 산에 오르게 되리라.

하지만 도와코 씨도 그 사람과 사귀기 시작했을 무렵에는 한탄하지 않았던가.

도와코 씨는 얼굴에 땀이 많이 난다. 여름철이면 냉방이 없는 곳에 한 시간만 있어도 화장이 전부 무너져 없어질 정도다. 산에 화장을 하고 간들 별 수 없지만, 막 사귀기 시작한 남자친구에게 태양 빛 아래 민낯을 보여줄 용기는 없었다. 안 한 것보다는 나은 정도로 화장을 해서 간다. 하지만 한 시간만 걸으면 흐물흐물 무너져서 민낯보다 부끄러운 꼴을 보이게 되는 것이다.

게다가 산을 걷고 있는 동안에는 씻을 수가 없다. 하루 정도라면 그렇게 신경 쓰이지 않지만 서로 산에 대한 경험이 있다 보니 3박쯤 되는 코스를 고르고 만다. 거기에다 도와코 씨의 남자친구는 텐트파다. 상대방에게서 땀 냄새가 나는 것보다 그것과 똑같은 냄새가 자기 몸에서도 난다는 걸 들키는 쪽이 괴롭다고 했다.

텐트는 각자 1인용을 지참하자고 제안했더니, 우리가 산에 오르는 것은 휴일 붐빌 때뿐인데 장소를 두 구획이나 쓰는 것은 좋지 않다고 신사적인 말로 타이르기에 포기했다고도.

간이 화장실을 지참해야 하는 산에서는 누가 식료품을 들고 누가 사용한 화장실을 들지를 가위바위보로 정한다는데, 어떤 결과가 나와도 미묘한 기분이라서 반드시 변비에 걸리고 만다고 했다.

그런 기분까지 느끼면서 왜 둘이서 오르느냐고 물었더니 의지가 된다며 얼굴에 웃음을 띠면서 대답했다.

—이 사람이 하는 말을 듣고 뒤에서 따라가면 괜찮다는 생각이 들어. 남자친구는 진중한 스타일이니까 너랑 내 이야기를 들으면 일일이 깜짝 놀란다니까.

애인 자랑을 하는 듯하면서 넌지시 나를 비난하는 것 같다는 느낌도 들었다.

코스 소요 시간이 열 시간 이내라면 통상 이틀로 나누는 코스도 하루 만에 걷는다. 익숙한 사람이라면 누구나 하는 일이다. 사천 엔짜리 텐트? 우산보다 싸다는 것은 도와코 씨 어머니가 한 말이지만, 오 년 넘게 비바람에 지지 않고 가격을 떠올리지 않을 만큼 제 역할을 잘해주었다. 또 놀랄 일이 뭐지? 100대 명산을 반이나 제패했는데도 고산식물 이름을 한 손으로 꼽을 정도밖에 대답하지 못한다는 것? 아니면 산에서 찍은 사진이 한 장도 없는 것……?

생각나는 것은 이 정도인데, 아무리 산에 해박하다 해도 이 정도 가지고 놀라는 사람은 나와는 맞지 않는 게 아닐까. 분명 학창 시절에 산악부에서 집단행동을 제대로 하던 사람일 것이다.

슬슬 출발할까? 조금 걸으면 또 숲이 우거진 지대로 들어간다. 숲 지대는 지루해서 별로 좋아하지 않는다.

— 취미가 똑같으면 좋아. 남편 등산 친구 한 명 소개해줄까?

이런 말을 들어도 별반 내키지 않았다. 내 성역에 누구도 들어오지 말았으면 좋겠다는 것이 본심이다. 칠 년 동안 혼자 스무 개 가까운 산의 정상을 제패하는 사이에 그런 마음이 점점 커졌다. 반대로, 산에 오르고 싶다고 생각한 적은 한 번도 없다는 직장 동료와 사귀어본 적은 있다. 하지만 어느 날 나랑 산 중에서 어느 쪽이 더 중요하냐고 캐묻기에 지체 없이 산이라고 대답한 뒤 그의 휴대전화에서 삭제당했다.

산에 가는 것보다 그 사람과 만나는 횟수가 더 많았고 등산을 이유로 그의 제안을 거절한 적도 없었다. 그런데 대체 뭐가 마음에 들지 않았을까? 함께 있으면 무척 편해서 결혼해도 되겠다는 생각까지 하던 사람이었지만, 등산을 그만두자는 생각은 추호도 들지 않았으니 그 정도 마음이었을 것이다.

하산한 나를 "새까맣게 탔잖아……" 하면서 웃으며 맞아줄 사람은 없을까? 아버지는 정말로 귀중한 반려인을 찾았다고 생각한다. 아니, 생각했다.

싸우는 모습을 한 번도 본 적이 없는 부모님이었는데, 동생에게서 "지난달 말부터 두 사람 사이에 냉기가 흐르기 시작했어"라는 문자가 왔다.

내가 보낸 선물이 원인이라고 한다. 지난달에 나는 아버지의 퇴직을 축하한다는 의미를 담아 아웃도어 페어에서 산 모자와 함께 마루후쿠 백화점 상품권을 보냈다. 등산용품 코너의 상품이지만 자외선 차단 소재로 되어 있었기 때문에 어머니도 평소에 쓸 수 있겠지 하고 두 사람에게 각각 다른 색깔을 선물했다.

그 모자를 쓰면서 어머니가 아버지에게 "나도 등산을 해볼까?"라고 가볍게 말했더니 아버지가 "관둬"라고 쌀쌀맞게 넘겼다는 것이다. 그때는 별다른 일 없이 대화가 끝났지만, 그 뒤로 서서히 두 사람의 대화가 어긋나거나 서로 데면데면한 태도를 취하게 됐다고 한다.

아버지가 어머니를 등산에 데려가지 않는 건 어제오늘 일이 아니다. 어머니도 충분히 알고 있다.

모자 때문은 아니라고 생각해. 그렇게 동생에게 반박은 했지만 조금은 생각을 해보면 어떻겠느냐는 차가운 핀잔을 들은 뒤로 오늘에 이르렀다. 동생은 알고 있을까? 자못 여자아이답게 피부가 희고 몽글몽글 귀여웠던 동생은 대학생이 되어 해양 스포츠에 몰두하더니 강사까지 되었다.

바다를 사랑하는 동생이 등산용 모자로 싸우는 부부의 마음을 알 턱이 없을 것 같지만.

강에 가까이 가기도 하고 멀어지기도 하면서 걷다 보니 요코오에 도착했다. 도쿠사와에서 만난 부부도 쉬고 있었다. 도중에 따라잡을까 싶었는데 비슷한 페이스였던 셈이다. 부부 둘 다 산에 오르는 것이 익숙한 모양이다. 아주머니 짐은 그냥 새로 사서 바꾸었을 뿐인가?

두 사람 앞에는 전병 봉지와 초콜릿 상자가 펼쳐져 있다. 아주머니가 커다란 입을 벌리고 김이 붙은 전병을 덥석 물었다. 저만한 나이가 되면 온 얼굴이 땀투성이가 되거나 몸에서 이상한 냄새가 나도 신경 쓰이지 않을 테니, 고군분투할 필요는 전혀 없을지 모른다.

"여, 고생하셨네."

아저씨가 한 손을 흔들어 맞아주었다. 괜찮으면 하나 먹으라며 초콜릿 상자를 내민다. 옛날에 먹던 그대로의 밀크 초콜릿이다. 잘 먹겠습니다 하고 받아서 그대로 입속에 넣자 이어서 어디에서 왔느냐고 묻는다.

"도쿄예요."

"그럼, 기무라 씨랑 같네."

아저씨가 아주머니 쪽을 보면서 말하자 아주머니는 빙긋 웃으며 고개를 끄덕였다. 아무래도 부부가 아닌 모양이다.

"나는 나고야에서 왔는데 기무라 씨와는 아침에 호텔 로비에서 도시락을 함께 받은 인연으로 같이 왔죠."

"같이 가달라고 내가 혼고 씨한테 부탁했어. 여행은 길동무가 있어야 든든하다고 하잖아."

혼고 씨와 기무라 씨. 두 사람은 가미코치의 데이코쿠 호텔에 묵고 있다고 한다. 정말이지 부러울 따름이다. 하지만 데이코쿠 호텔에 혼자 묵기는 조금 쓸쓸하지 않나? 아니, 고급 호텔에서 혼자만의 시간을 즐기는 것이 어른의 여유일지 모른다.

"그런데 아가씨는 이제부터 어디를 향해 가시나?"

혼고 씨가 물었다. 요코오는 야리가타케, 호타카 연봉, 조가타케蝶ヶ岳* 방면 등의 분기점이 되는 장소다.

"야리가타케요."

"어머, 우리랑 같네."

기무리 씨가 기쁜 듯 소리쳤다.

---

* 나가노 현 북서부, 북알프스 남동부에 있는 산으로 해발 2677미터

"그럼 같이 가지."

혼고 씨가 기무라 씨에게 그렇지 않느냐는 식으로 동의를 구하고 둘이서 같이 웃는다. 잠깐만. 어째서 같이 가야만 하지? 그렇게 묻고 싶지만 가급적이면 모가 나지 않는 편이 좋을 것이다.

"말씀은 고마운데 저는 야간 버스로 와서 별로 자지를 못해서요. 여기서 조금 오래 쉬었다 갈 생각이에요. 단체분들이 오면 길도 붐빌 테고, 먼저 가세요."

"어머, 버스라니 가엾어라. 그러면 좀 쉬어야겠네. 그렇죠?"

기무라 씨가 혼고 씨를 올려다보자, 혼고 씨도 고개를 끄덕였다. 같이 가자는 말은 인사치레 같은 것이었는지도 모른다.

혼고 씨와 기무라 씨, 서로 어떤 위치에 있는 사람인지는 몰라도 혼자 고급 호텔에 묵고 있는 사람들이다. 독신이거나, 이혼했거나, 배우자와 사별했거나, 그저 혼자가 좋거나. 어떤 이유로든 산에 혼자 오기는 했지만 출발 단계에서 동행을 만든 것을 보면 만남을 찾아 산에 왔는지도 모른다.

그렇다면 나는 훼방꾼일 터다.

"조심히 가세요."

나는 배낭을 메고 걷기 시작하는 두 사람을 향해 짧은 인사를 건네고 눈으로 배웅했다. 두 사람이 동시에 돌아보고 손을 흔들었다. 응, 어울려. 조금 좋은 일을 한 것 같은 기분이 든다. 하지만 이제부터 또 어떻게 시간을 죽이나? 이 부근에서 우물쭈물하

다가는 정상 도전을 또 내일로 연기해야 한다. 일기예보도 내일
은 흐린 뒤 비라는 미묘한 형세다. 지상에서는 작은 비라도 산에
서는 큰비가 될 가능성이 크다.

하지만 익숙해 보이는 두 사람이니 반시간쯤 차를 두면 따라
잡지는 못할 것이다. 오전 8시. 늦게 출근하는 날의 기상 시각이
다. 가미코치에서 주먹밥을 하나 먹었지만 두 번째 조식을 먹어
볼까.

요코오까지 와서 매번 드는 생각은 여기까지는 차로 올 수 있
지 않을까 하는 것이다. 길 폭이 넓은 이유도 있지만, 등산로 입
구라고 생각하고 걷다 보면 또 등산로 입구가 나타나고 거기서
주차장을 발견해 낙담한 경험이 몇 번 있다. 그것과 인상이 겹쳐
지는지도 모른다.

나는 해발 0미터 지점에서 정상을 목표하고 싶은 것은 아니어
서 케이블카 등은 적극적으로 활용한다. 산의 즐거움은 뭐니 뭐
니 해도 능선을 따라 걷는 데 있다. 하지만 쉬는 날이 한정돼 있
는 사회인이 되고 나서는 산 하나만 올라갔다 내려오는 코스가
많아졌다.

강을 따라 난 길은 변함없이 완만하다. 길 폭이 조금 좁아지기
시작했지만 아직은 피크닉하듯 걸을 수 있다.

야리사와 코스는 그다지 험한 곳이 아니다. 야리가타케라는
이름만 보고 상급자 코스를 연상하는 사람도 많지만, 사슬을 잡

고 넘거나 바위밭을 오르지 않아도 계속 걷기만 하면 정상의 어깨까지는 갈 수 있다.

그 때문에 사회인이 되어 도와코 씨와도 같이 등산을 할 수 없게 된 뒤의 첫 번째 단독 등산은 야리가타케, 야리사와 코스로 정했다. 산악부 합숙의 설욕을 하고 싶다는 목적도 있었다. 거기에 그만 동행이 생기고 말았다. 아버지였다. 가스스토브의 헤드 부분을 빌리러 집에 갔더니 아버지가 어디를 오르느냐고 물었다. 야리가타케라고 대답하자 아버지도 같이 가자고 말을 꺼냈다.

단독 등산이 조금 불안하기도 했고 아버지라면 다소 의견 차가 생겨도 조심할 필요가 뭐 있겠냐 싶어 흔쾌히 동의했다. 뭐니 뭐니 해도 교통이나 숙박 등의 비용을 전부 내주는 것이 고마웠다. 게다가 어머니 도시락도 따라온다.

아버지와 등산하는 것은 중학교 2학년 여름 이래로 구 년 만이었다. 초등학생 때는 기대가 돼서 어쩔 줄 몰랐는데 중학생이 되니 점점 귀찮은 일로 여겨졌기 때문이다. 하지만 그런 반항기도 오래전에 끝났겠다, 직장에 대한 불평도 털어놓으면서 또 즐겁게 오를 수 있겠지 하고 대범하게 생각했건만 역시 순조롭지 않았다.

각자의 일 관계상 야리사와 코스를 이틀 동안 올라갔다 내려오는 여정을 짰다. 열 시간 반, 그저 계속해서 걷기만 하는 것에 대해 불안은 없었다. 아버지도 충분히 가능하다며 만만히 보았다.

하지만 아버지 무릎이 비명을 내질렀다. 설마 하던, 가와다 선배와 같은 패턴. 그것뿐이었다면 아버지를 야리가타케 산장에 남겨두고 나 혼자 정상에 도전할 수 있었다. 하지만 출발이 늦어진 데다 예정된 시간에서 두 시간 가까이 지체됐기 때문에 산장에 도착한 것은 오후 5시 반이었다. 산에서의 5시 반은 지상의 밤이나 매한가지다. 정상을 노리는 것은 내일로 미룰 수밖에 없었다. 그리고 다음 날은 큰 폭풍.

중요한 순간에 두 번이나 폭풍을 만났으니 나는 비를 몰고 다니는 여자인지도 모르겠다. 하지만 혼자 왔다면 맑을 때 정상에 도전할 수 있었을 테니 목적을 달성하지 못한 것은 꼭 날씨 복이 없어서가 아니다.

그 증거로 오늘은 날씨가 이렇게나 좋다. 그리고 발목을 잡는 사람도 없다.

정상이 보였다. 오늘은 저 끝에 설 수 있다. 이치노마타 다리를 건너자 쉬고 있는 혼고 씨와 기무리 씨가 있었다. 생각보다 가까운 곳에서 따라잡고 말았다.

"어머, 고생 많아요."

기무라 씨가 말을 걸었다. 하지만 아까 만났을 때의 웃는 얼굴이 아니다.

"역시 젊은 사람은 빠르네. 대학생?"

혼고 씨가 물었다. 이쪽은 아직 여유가 있는 듯하다.

"아뇨, 벌써 서른이 넘은걸요."

"그럼 우리 아들이랑 또래인가?"

혼고 씨는 그렇게 말하고 내게 무슨 띠냐고 물었다. 혼고 씨 아들이 나보다 두 살 위인 듯했다. 이어서 내가 혼고 씨의 띠를 묻고 아버지와 같은 나이임을 알았다.

"야리가타케는 처음이세요?"

"아니, 젊을 적부터 몇 번이나 왔지."

"기무라 씨도요?"

"……응?"

얼굴을 들고 눈도 뜨고 있지만 마음은 멀리 있는 듯하다. 그보다는 상당히 지쳤는지도 모른다. 띠 이야기 같은 걸 좋아할 것 같은데 끼어들지 않다니.

"기무라 씨는 야리가타케는커녕 본격적인 등산 자체가 처음이라고 하네."

혼고 씨가 말했다. 설마…….

"괜찮으세요?"

기무라 씨는 눈에 힘을 주며 고개를 끄덕였다.

"괜찮아. 이걸 위해 매일 한 시간씩 꼬박꼬박 조깅했으니까."

목소리에 힘이 들어가 있다. 어쩌 정색하는 것 같다. 자기 식으로 등산을 해온 나로서는 조깅으로 단련되는 근육과 등산에 필요한 근육이 같은지 아닌지는 알 수 없는 탓에 그럼 안심이네 요 하고 가볍게 말할 수는 없다.

"뭐, 체력적으로는 괜찮다고 해도 등산은 마음도 중요하지. 이 렇게 같이 가고 있으니까 알겠는데 기무라 씨는 처음이라고는 생각도 못 할 정도로 잘 걷고 있어요."

혼고 씨의 말을 듣고 기무라 씨가 겨우 얼굴을 풀었다.

"오늘은 맛있는 채소 절임을 가지고 왔는데 괜찮다면 야리사 와 로지lodge까지 같이 걸어가서 점심을 같이 하는 건 어떠신가?"

혼고 씨가 내게 말하면서 기무라 씨를 흘끗 보았다. 기무라 씨 에게는 그렇게 말했지만 채소 절임은 구실이고 초보자인 기무라 씨를 혼자 챙기는 데 지친 것 아닐까? 단체 행동은 사절이지만, 초보자를 버려두고 혼자 가는 것도 기분 좋은 일은 아니다. 야리 사와 로지까지는 한 시간이 채 안 걸린다. 이 정도라면 함께 걸 어도 괜찮을 것이다.

혼고 씨, 기무라 씨, 그리고 나. 이 순서로 걷기 시작했다. 얕은 골짜기를 끼고 앞으로 나아가다 보니 경사가 조금씩 급해졌다. 기무라 씨가 숨을 헐떡거리는 것이 느껴진다. 하지만 기무라 씨 는 아래를 보며 묵묵히 다리를 움직이고 있다.

"그런데 아가씨는 무슨 일을 하시나?"

혼고 씨는 시선은 앞을 향한 채 아마 내게 물었을 것이다. 백 화점요 하고 대답하자 기무라 씨가 어머, 어딜까 하고 숨이 막

120

끊어질 듯 물어보기에 기무라 씨가 말을 많이 하지 않아도 되게 끔 나는 묻지 않은 내용까지 대답하기로 했다.

평소에는 기프트 매장을 담당하고 있어요. 지난달에는 행사장에서 아웃도어 페어가 있어서 거기에 지원을 갔고요. 등산복이 점점 예뻐지고 도구도 기능이 향상돼서 손님에게 설명하면서 제가 제일 두근거렸을지도 모르겠어요. 이런 내용 말이다.

혼고 씨의 등산복은 체크 면 셔츠 위에 조끼, 니커보커스 풍의 바지라는 전통적인 스타일이다. 기무라 씨는 처음에 생각했던 것처럼 가지고 있는 물건이 전부 새것이다. 소매가 긴 셔츠 위에 나일론 파카, 롱 팬츠, 보라색을 기조로 침착한 색으로 통일했다. 하지만 둘 다 근육의 압축을 조절해주는 기능성 내의는 착용하지 않았다. 스틱도 가지고 있지 않다.

판매원으로서 가장 추천하고 싶은 아이템이건만.

"좋아, 여기서 물을 마시지."

걷기 시작한 지 아직 삼십 분도 지나지 않았는데 혼고 씨가 니노마타 다리에서 걸음을 멈추었다. 혼고 씨와 기무라 씨는 배낭에서 페트병을 꺼내 물을 입에 머금었지만, 내 몸은 아직 수분을 요구하지 않는다. 계곡이라도 보고 있자.

"아가씨는 짐이 아주 적은 것 같은데 물은 2리터 잘 챙겨왔나?"

"있어요."

"그럼 마시는 편이 좋아."

혼고 씨의 말에 하는 수 없이 물을 마셨다. 이래서 단체 행동이 싫은 것이다. 기무라 씨를 위해 잠시 멈췄다는 것은 알지만.

"방한복은?"

혼고 씨는 내 30리터 사이즈 배낭을 쳐다보면서 또 물었다.

"다운재킷을 가지고 있어요. 이 페트병보다 작게 갤 수 있는 편리한 물건이에요."

"그렇군. 그렇다 쳐도 짐이 적은데. 비상식량은?"

"단것, 매운 것 둘 다 충분히 들어 있어요."

"흠……."

혼고 씨는 아무래도 납득할 수 없는 모양이었지만, 기무라 씨가 페트병을 집어넣는 것을 확인하자 그럼 갑시다 하고 걸음을 옮겼다. 혼고 씨가 하고 싶은 말은 잘 안다. 하지만 배낭 내용물을 펼쳐본들 거의 똑같은 물건이 들어 있을 것이다. 단, 각각의 크기가 다르지 않을까.

방한복이든 헤드라이트든, 가스스토브든, 최근 십 년 동안의 물건만 비교해봐도 더 간편해졌으니까. 내 짐도 물론 더 작게 만들 수 있을 것이다. 하지만 옛날부터 애용하던 것을 새로 사는 데에는 용기가 필요하다. 특히 학창 시절에 아르바이트를 해서 구입한 물건은 쓸 수 있을 때까지 계속 가지고 있고 싶다.

그래도 다시 검토해야만 하는 물건이 많이 있다.

야리사와 로지에 도착했다. 오전 10시 30분. 야리사와 코스에서 야리가타케 정상을 노릴 경우 이곳에 1박하는 사람이 많다. 정상을 노리는 사람은 이미 출발했고 숙박하는 사람은 점심때가 지나서 도착하게끔 시간을 설정하기 때문인지, 로지 앞에는 우리밖에 없었다.

털썩 주저앉은 기무라 씨를 사이에 두고 서로 수고했다는 인사를 나눈 뒤 혼고 씨가 꺼낸 비닐 시트에 함께 점심을 펼쳤다.

"어머, 샌드위치."

기무라 씨가 말했다. 혼고 씨와 기무라 씨는 호텔에서 만들어준 주먹밥이다.

"산에서 먹는 점심은 늘 이거예요."

프랑스빵에 치즈와 생햄을 끼운, 아버지가 좋아하는 음식이다. 산에 갈 때마다 어머니가 들려주던 샌드위치다. 혼자 살기 시작해서 산에서 먹을 점심을 직접 준비하게 된 뒤에도 나는 늘 이 샌드위치를 만들었다.

"빵에 어울릴지 어떨지 모르겠지만 이것도 잡숴보시게."

혼고 씨가 작은 종이 팩을 시트 한가운데 놓았다. 오이를 살짝 절인 것일까?

"잘 먹겠습니다."

손으로 집어서 입에 넣었다. 조금 소금기가 강한 채소 절임은 평소에 집에서 먹으면 짜겠지만 계속 걸어온 몸에는 딱 좋다. 맛있다고 말하자 혼고 씨는 산에 가기 전에는 꼭 만든다며 기쁘게 웃었다.

"다들 이런 식으로 산을 즐기는구나."

기무라 씨가 진지하게 말했다.

"기무라 씨도 이제부터예요. 음식에 집중해도 좋고, 꽃 이름을 기억하는 것도 좋고, 등산 일기를 쓰는 것도 좋고. 그림이나 카메라, 즐길 수 있는 요소는 무한히 있어요. 산, 좋지요?"

혼고 씨의 말에 고개를 끄덕이면서 오이 절임을 또 하나 먹었다. 하지만 느긋하게 앉아 있을 시간은 없다.

"그럼, 수고들 하셨습니다. 저는 야리가타케 산장까지 가야 해서 그만 실례할게요."

"어, 아가씨도? 오늘은 밤부터 날씨가 나빠진다고 하니까 출발하는 편이 좋겠네."

혼고 씨도 위에까지 가나 경계했지만 기무라 씨가 없으면 같이 오르자고 하지는 않을 것이다. 내가 일어서자 혼고 씨도 짐을 정리하기 시작했다.

"두 분 다 오늘 중에 정상까지 가는 거예요?"

기무라 씨가 물었다.

"쉴 수 있는 날이 정해져 있어서 단숨에 올라가려고요."

"거리는 길지만 익숙한 사람은 하루 만에 올라갈 수 있는 코스예요. 그럼, 몸조심하시고요."

"잠깐만요."

기무라 씨가 불러 세운 사람은 혼고 씨라고 생각했지만 나도 걸음을 멈추고 말았다.

"저도 야리가타케 산장까지 같이 가게 해주세요."

"네?"

혼고 씨가 곤혹스러운 표정으로 나를 보았다. 어떻게 하느냐고 상담이라도 하듯이. 잠깐만. 애초에 나와 혼고 씨는 동행이 아니지 않은가. 다만 혼고 씨가 난처해하는 것도 이해는 간다.

"처음이니까 오늘은 여기까지로 하면 어떻겠습니까? 야리가타케 산장까지 가면 오늘만 열 시간을 걷는 게 돼요. 다리가 아플 염려도 있고, 시간이 있으면 무리하지 마세요."

혼고 씨도 옆에서 신묘한 표정으로 고개를 끄덕여 보였다.

"괜찮아요. 여기까지도 생각보다 편하게 왔고 다리도 아직 잘 움직여요."

기무라 씨는 그 자리에서 크게 발을 디뎌 보였다. 그럼 혼자 가면 될 것 아닌가 하고 생각한 나는 차가운 인간일까? 하지만 만일 정말로 기무라 씨가 그렇게 하다 만에 하나의 일이 생기면 어떡하나. 시간상 이 뒤에서 정상을 노리고 오는 사람은 별로 없지 않을까?

"저기, 만일 여기서 혼자 묵는 게 불안해서 같이 오르고 싶다고 하시는 거면, 걱정하지 않으셔도 될 거예요. 아마 이 뒤로 오는 사람들 대부분이 여기서 묵을 거거든요."

가능한 한 온화하게 말해보았다.

"그런 게 아니야. 나도 두 사람처럼 오늘 정상까지 올라가고 싶어."

"하지만 처음에는 여기까지 올 예정이지 않았습니까? 왜 갑자기 계획을 변경하는지 모르겠네요."

혼고 씨가 말했다.

"그게……."

세 사람 중 두 사람은 더 먼 곳을 목표로 가는데 혼자만 여기에 남는다는 사실에 기이한 패배감을 느끼는 걸까? 그런 마음으로 산에 오르면 안 된다. 산은 누군가와 겨루는 장소가 아니다.

"무슨 일이 있어도 야리가타케 정상에 서서 남편이 날 다시 보게 하고 싶어요!"

기무라 씨는 이렇게 말하더니 두 손으로 얼굴을 감쌌다. 겨루고 싶은 상대는 있지만 그건 아무래도 혼고 씨나 내가 아닌 모양이다.

"결혼하고 삼십 년 동안 줄곧 너는 아무것도 못 한다는 말만 들었어요. 그래도 일을 해서 나를 지켜주는 사람이라고 나 자신을 타일렀는데, 정년퇴직을 하더니 지역 등산 모임에 혼자 들어가지 뭐예요. 나도 함께 들어가고 싶다고 했더니 너한테는 무리라는 말만 하고. 그런데 산에서 돌아오면 아무개 씨는 겉보기는 약해 보이는데 다리가 튼튼해서 요전에는 야리가타케에 올라갔다 왔다는 둥 다른 여자를 칭찬해요. 분하고 억울해서 요 한 달 트레이닝에 힘썼어요. 내가 혼자서 올라가 보이겠다고. 그런데 내일은 날씨가 나빠질 수도 있다잖아요?"

분한 마음은 모르지 않겠지만 생각하는 방식이 사리에 맞지 않아도 너무 맞지 않다.

"그렇게까지 말씀하신다면 같이 가시죠."

혼고 씨가 말했다. "그렇죠?" 하면서 내 쪽을 본다. 앞으로 다섯 시간, 정상까지 셋이 함께 오르자는 말인 걸까? 기세 하나만으로 온 데다 생판 타인에게 떼를 쓰는 아주머니를 데리고?

"하지만 무리하지 않는 편이……."

"무리라고 단정하지 마! 아가씨 쪽이 마르고 다리도 금방 부러질 것 같은걸. 산에 거절을 당했다면 포기할 수 있어요. 하지만 왜 남이 정하는 건데……."

완전히 분풀이 아닌가. 그 말은 집에 돌아가서 남편에게 해보면 어떨까 싶으면서도 문득 머릿속에 어머니가 떠올랐다.

어머니도 실은 산에 오르고 싶었던 게 아닐까? 갑자기 높은 산에 가려면 저항감이 들겠지만, 정년퇴직해서 시간이 생긴 아버지가 느긋하게 오를 수 있는 산에 데려가주리라고 생각했을지도 모른다.

가고 싶지 않은 사람을 억지로 데려가는 것은 좋지 않다. 하지만 가고 싶은 사람에게 집에서 기다려달라고만 하다니, 생각해보면 엄청 제멋대로 아닌가. 딱히 아버지라고 시험을 쳐서 산에 올라갈 허가를 받은 것도 아닌데 말이다.

마운틴 걸이든, 고령자 투어든, 받아들이는 것은 산이지 사람이 아니다. 붐이 생기기 전부터 등산을 했다니, 입 밖에 내기에도 주제넘은 말이었다.

그러니까 내게는 기무라 씨를 말릴 근거가 없다. 하지만 함께 올라야만 하는 걸까? 아버지도 무릎 통증을 호소했는데. 나를 그렇게 의지하는 것은 아니니까 혼고 씨에게 맡겨두면 좋을지도 모른다. 하지만 혼고 씨도 자신이 없어서 나를 끌어들이는 것이고…….

아버지도, 어머니가 집에서 기다려주는 아름다운 존재로 있어주기를 바라서가 아니라 나와 등산을 하며 무릎이 상한 탓에 자신감을 잃어서 같이 가자고 말할 수 없었던 게 아닐까?

지금의 어머니는 걸려 넘어지기만 해도 다리가 부러져버릴 것 같은 가녀린 체형이 아니다. 산에 오르지는 않았어도 어머니는 가정을 지탱하며 계속해서 몸을 움직여왔으니까. 친가 쪽 조부모도 외가 쪽 조부모도 같이 살지는 않았지만, 돌아가시기 몇 년 전부터는 입원과 퇴원을 되풀이하는 등 돌봄이 필요한 몸이 되었다. 어머니가 다니면서 네 사람 전부의 간병을 도맡았다.

기껏해야 일 년에 몇 번 산에 오르는 주제에 어째서 자신들이 더 체력이 좋다고 자신할 수 있을까.

"정상을 노리겠다면 슬슬 출발하죠."

각오했다. 혼고 씨가 안심한 듯 나를 다시 보았다.

"그러게, 기무라 씨, 짐을 정리하는 편이 좋겠어요."

혼고 씨가 말하자 기무라 씨는 고맙다며 혼고 씨의 손을 잡으면서 일어났다. 내 쪽을 흘끗 본다. 혼고 씨는 자기편이고 반대하는 사람은 나라는 구도가 만들어진 건가?

그건 그것대로 상관없다. 목표는 어디까지나 오늘 안에 야리가타케의 정상에 오르는 것이고, 그것을 위해서 지금은 기무라 씨를 데리고 올라갈 뿐이다.

"두 분 다 괜찮으시면 이걸 드세요."

배낭에서 정제가 든 주머니를 꺼내서 건넸다.

"뭔가, 이건?"

"아미노산이에요."

"아가씨는 이런 걸 먹으면서 산에 오르나? 자연을 상대로 자기 체력을 정면에서 부딪치는 진검 승부의 장에서 약의 힘에 의지하는 건 좀 그렇지 않나 싶은데."

"그래, 어쩐지 공정하지 않은 느낌이 들어."

무슨 소리를 하는 거람, 이 두 사람은. 올림픽 선수가 도핑을 하는 기분이기라도 한 걸까? 척 보기에도 기운이 넘치는 사람에게는 나도 이런 걸 권하지 않는다. 혼고 씨는 별수 없다. 하지만 기무라 씨, 그렇게 얼굴을 찌푸리면 내게 실례 아닌가요? 이런 아주머니라면 남편도 산에 데려가고 싶지 않겠지…….

벌써부터 기운이 빠질 것 같지만 이 연령대 사람들은 영양제에 익숙하지 않을 테고 자기 규칙을 지키지 않으면 성취감도 반감될 것이다.

"그럼 만에 하나의 경우를 위해서 주머니에 넣어두기라도 하세요. 그리고 기무라 씨는 이걸 쓰시고요."

스틱 한쪽을 기무라 씨에게 내밀었다.

"스틱이라고 하는 거지? 마운틴 걸이라 불리는 젊은 애들은 다들 이걸 쓴다면서. 아웃도어 가게에서 추천하기에 나도 사기는 했는데 이런 걸 쓰는 건 정통이 아니고 자연 파괴로도 이어진다고 남편이 말해서 두고 왔어."

대단한 베테랑 나셨다. 역시 이런 사람과 다섯 시간 가까이 함께 지낼 자신은 없다.

"아니, 스틱은 쓰는 편이 좋아요. 조금 더 올라가서 꺼내려고 했는데 나도 준비해두지요."

혼고 씨가 배낭에서 접이식 싱글 스틱을 꺼냈다.

"젊은 사람들 유행이 아니에요. 나는 이걸 벌써 이십 년 넘게 애용하고 있어요. 후지 산에 오른 사람이 기념으로 지팡이를 사와서 보여준 적 없습니까?"

기무라 씨가 앗 손뼉을 쳤다.

"그러고 보니 저희 부모님이 집에 장식해뒀었어요. 등정한 날짜를 적어서. 아버지 것에는 깃발이, 어머니 것에는 방울이 달려 있었어요."

"그것과 같아요. 사용법은 제가 가르쳐줄 테니 편리한 도구는 유효하게 활용합시다."

아무래도 혼고 씨에게 영양제와 스틱은 별개인 모양이다. 그런 마음가짐으로 기능성 속옷도 써보시면 어떻습니까, 하고 여기서 권하지는 않겠지만.

"하지만 자연 파괴가……."

"괜찮아요, 이 아가씨 스틱에는 고무 캡도 잘 달려 있고."

"그럼 써볼까?"

쓰게 해주세요, 빌려주세요가 아니라? 불만은 남았지만 여기 있어요 하며 웃는 얼굴로 스틱을 건네고 나보다 10센티미터쯤 키가 작은 기무라 씨를 위해 길이 조절까지 해주었다. 겉멋으로 구 년 동안 백화점에서 일하고 있는 게 아니다.

그래, 이건 일이라고 생각하자. 아웃도어 페어의 연장이라고.

아까와 마찬가지로 혼고 씨, 기무라 씨, 그리고 나 순으로 출발했다. 숲 지대는 약간 오르막이기는 하지만 그나마 완만한 편이다. 혼고 씨는 기무라 씨에게 스틱을 짚는 법을 설명하면서 걸음을 옮겼다.

"어머, 정말 편하네."

기무라 씨가 신이 난 목소리로 말했다. 더블 스틱 쪽이 훨씬 편한데. 다만 그리 지치지는 않아서 기무라 씨에게 하나를 빌려준 것이 힘들지는 않다. 여차하면 양쪽 다 빌려줘도 상관없지만 혼고 씨가 싱글을 쓰고 있으니 하나면 충분하다고 딱 거절하겠지.

어째서 중장년 층은 젊은 사람이 하는 말을 순순히 듣지 않는 걸까?

아버지와 이 루트를 올랐을 때도 아버지는 스틱과 영양제를 거부했을 뿐 아니라 네가 그런 데 의지하게 되다니, 하며 어이 없다는 듯 말했다. 딱 이 부근에 왔을 즈음이었다.

— 아빠 비옷도 고어텍스로 바꾸는 편이 좋아요.

— 나는 지금 걸로 충분해. 벌써 십오 년도 더 전에 샀지만 별로 쓰지도 않았어. 날씨 운이 좋거든.

— 구두도 가볍고 방수 기능이 되는 걸 비교적 싸게 팔고 있으니까 새로 사시면 어때요?

— 사라, 사라, 사라, 사라. 우리 집에 화수분이라도 있는 게냐?

이런 식으로 언제나 오래된 물건을 계속 썼다. 그날까지만 해도 그런 부분이 조금 멋있다고 생각했다. 산에서 내려온 아버지는 매번 도구를 정성껏 닦아 정리했기 때문에 오래되기는 했어도 더럽거나 초라하지는 않았고, 아버지가 올라갔다 온 산의 추억이 깃들어 있는 것처럼 보였기 때문이다.

앞에서 걷고 있는 혼고 씨의 뒷모습도 아버지와 많이 닮았다.

두툼한 포목으로 된 배낭은 비어 있어도 상당히 무게가 나갈 터다. 길은 숲 지대를 지나 시야가 탁 트인 바위밭으로 이어졌다. 그대로 관목 지대를 지나 바바다이라에 도착했다.

"물 좀 마실까요."

혼고 씨가 돌아보고 걸음을 멈추었다. 기무라 씨는 꿀꺽꿀꺽 목을 울리며 물을 마시고 있다.

"아가씨도 물 좀 마셔요."

기무라 씨의 말에 원하지도 않는 물을 입에 머금었다. 태양 빛에 반사되는 눈 계곡이 예쁘다.

"여름인데 눈을 볼 수 있다니 굉장하네."

기무라 씨가 신이 난 목소리로 말했다. 꽤 좋은 페이스로 나아가고 있다. 정말로 아무 걱정 하지 않아도 좋을지 모른다.

오 분 정도 쉬고 곧장 출발했다. 꽃밭이 펼쳐진 완만한 코스다.

"애기미나리아재비예요."

걸으면서 혼고 씨가 기무라 씨에게 꽃 이름을 가르쳐주었다. 그러자 기무라 씨는 멈춰 서서 배낭에서 작은 메모장을 꺼내 꽃 이름을 적었다. 메모장은 나일론 재킷 주머니에 넣어두었다가 혼고 씨가 꽃 이름을 말할 때마다 꺼내서 기록한다.

"알류샨 뱀무? 어머, 귀여운 꽃이다. 꽃은 잘 안다고 생각했는데 여기 피어 있는 꽃은 모르는 것뿐이네."

기무라 씨가 하는 말을 들으면서 어머니도 꽃을 좋아하는데, 생각했다.

"망아지풀도 보고 싶은데 야리가타케에 피어 있을까요?"

"어땠더라."

혼고 씨가 나를 보았다.

"야리사와 코스에서는 어떨지 모르겠네요. 쓰바쿠로다케燕岳[*] 방면에는 많이 피어 있지만요."

"뭐, 망아지풀은 고산식물의 여왕이라고 불리기는 해도 그렇게 진기한 꽃은 아니지. 좀 더 높은 곳에 가면 그 근방에 불쑥 피어 있을지도 몰라요."

혼고 씨가 이렇게 말하자 기무라 씨는 기대된다며 미소를 지었다. 망아지풀 같은 건 혼고 씨 말마따나 어디서 봤는지도 기억하지 못할 정도로 여기저기서 흔히 봐왔는데, 어머니는 한 번도 본 적이 없지 않을까?

미나마타놋코시 분기로 나왔다. 꽃밭은 계속 이어진다.

"애기미나리아재비네."

기무라 씨가 금방 배운 꽃 이름을 이야기했다.

"어머, 이 보라색 꽃은 뭘까?"

기무라 씨가 꽃 앞에 쪼그리고 앉았다.

[*]　나가노 현 북서부, 히다 산맥 중부의 산으로 해발 2763미터

"이건…… 뭐였더라."

혼고 씨가 꽃을 들여다보고 나를 돌아보았다.

"모르겠어요."

이렇게 대답하자 혼고 씨는 배낭에서 손바닥 사이즈만 한 식물도감을 꺼냈다. 고산식물 전용으로 꽃 색깔별로 분류되어 있는 모양이다. 보라색, 보라색, 하고 중얼거리면서 페이지를 넘겼다.

"하늘매발톱이군, 이건."

혼고 씨 말에 기무라 씨가 꽃 이름을 복창하며 메모했다. 그리고 나를 올려다보았다.

"아가씨는 왜 메모를 안 해? 일껏 혼고 씨가 찾아봐주었는데. 아가씨도 이 꽃 이름 몰랐잖아."

"아, 관심이 없어서요."

"세상에…… 꽃에 관심 없는 사람이 있다니, 믿을 수가 없어라."

기무라 씨가 야만적인 사람이라도 본 듯한 눈길을 보냈다. 내가 여기서 뭘 하고 있는 거지?

"이름에 관심이 없어요. 노란 꽃이 귀엽네, 보라색 꽃이 예쁘게 피어 있네로 저는 만족하거든요."

"하지만 이름을 모르면 곤란한 일도 있잖아. 여기서 본 꽃을 산을 내려가서 누군가에게 가르쳐주고 싶다고 생각하지 않아?"

"생각한 적 없는데요."

"불쌍한 사람이네."

먼저 가도 될까요? 이런 눈으로 혼고 씨를 보자 혼고 씨가 크게 헛기침을 하더니 앞으로 갑시다 하면서 기무라 씨를 재촉했다. 스틱을 잘 쓰시게 되었느니 어쩌느니 하며 혼고 씨가 치켜세워주자 기무라 씨는 무척 만족한 기색이다.

하산한 뒤에 스틱을 잘 쓴다고 칭찬받았다며 속이 좁을 것 같은 남편에게 자랑할까? 나에게 산에서 있었던 일을 이야기할 사람이 없는 것은 사실이다. 내가 만족하면 그만이다. 아무리 말을 거듭하고 사진을 늘어놓아도 산에서 본 풍경을 백 퍼센트 지상에서 재현하기란 불가능하다. 감동을 공유하고 싶은 상대가 생긴다면 함께 오를 수밖에 없다.

하지만 아버지는 곧잘 가족 앞에서 산 이야기를 했다. 아버지 이야기를 듣고 가보자고 생각한 코스가 몇 개나 있다. 그 이야기를 어머니나 동생은 어떤 기분으로 들었을까?

서서히 경사가 급해지기 시작했다.

꽃밭은 여전히 계속되고 이 부근에서부터 볼 수 있는 꽃도 있지만 혼고 씨나 기무라 씨나 꽃 이야기는 전혀 입에 담지 않게 되었다. 거친 호흡을 되풀이하면서 발을 무겁게 앞으로 내려놓는다.

덴구하라 분기에 도착했다. 야리가타케의 뾰족한 봉우리가 선명하게 보인다. 하지만 아직 갈 길이 멀다. 지그재그로 된 길이 끝없이 이어진다.

혼고 씨와 기무라 씨는 내내 아래를 향한 채 야리가타케를 올려다보려고도 하지 않는다. 기무라 씨가 신발 바닥을 지면에 끌듯이 앞으로 내디딜 때마다 발밑에 자갈이 굴러온다. 혼고 씨는 돌이 굴러가는 소리가 나도 발길을 멈추거나 돌아보는 기색이 없다. 발에 차인 듯 옆으로 굴러간 자갈이 노란 꽃 바로 앞에서 멈췄다.

"애기금매화예요."

소리를 높여서 말했다. 응? 혼고 씨가 돌아보고 기무라 씨도 발걸음을 멈췄다.

"애기금매화예요. 저도 이름을 아는 유명한 꽃인데 그냥 지나쳐도 되는 거예요?"

"아아, 그래……?"

기무라 씨가 께느른하게 메모장을 꺼냈다.

"애기 뭐라 그랬더라?"

"금매화요. 말 나온 김에 저는 지쳤으니까 물을 마시고 간식도 좀 먹을게요."

내가 배낭을 내려놓자 혼고 씨도 배낭을 내려놓았고 기무라 씨는 배낭을 짊어진 채 그 자리에 털썩 주저앉았다. 둘 다 물을 벌컥벌컥 마신다. 큰소리 친 체면이 있어서 기무라 씨는 쉬자는 말을 꺼내지 못했고, 혼고 씨도 기무라 씨의 그런 상태를 알아채지 못할 정도로 지쳤던 게 아닐까?

개별 포장된 아몬드 초콜릿을 기무라 씨와 혼고 씨에게 하나씩 건넸다.

"애기금매화를 좋아하나?"

혼고 씨가 초콜릿을 입에 넣으면서 말했다.

"제가 아니라 아버지가 좋아하세요."

"호, 아버지도 산을?"

"학창 시절부터 오르셔서 저도 철들 무렵부터 훈련을 받았죠."

"딸과 함께 등산이라니 부럽구먼. ……참, 기무라 씨. 아미노산 먹어보지 않을래요?"

기무라 씨는 고개만 들었다.

"화제의 영양제를 남편분보다 먼저 먹어보고 효과를 가르쳐주는 것도 좋지 않겠습니까?"

혼고 씨는 이렇게 말하고 주머니에서 내가 준 아미노산 정제 봉지를 꺼내 입에 털어 넣고 물을 마셨다.

"레몬 맛이네. 입안이 상쾌한 게, 그것만으로도 나쁘지 않아."

혼고 씨의 모습을 보면서 기무라 씨도 아미노산을 입에 넣었다. 물을 마신다.

"라무네* 같아."

---

* 탄산음료의 한 종류로 이름은 레모네이드에서 유래되었다고 전해진다

두 사람 다에게 맛은 합격점인 모양이다. 나도 먹어두었다.

"기무라 씨, 빨리 올라가려고 할 필요는 없어요. 한 걸음씩 천천히 발을 내디디다 보면 목적지에 확실히 도착하니까."

"하지만 시간이."

"무얼, 그렇게 달라지지도 않아요. 그렇게 차이가 나지도 않아요. 조금 더 가면 꽃이 없는 돌투성이 길이 나와요. 그런 곳에서는 머릿속에서 음악을 틀면 지루하지 않게 올라갈 수 있어요. 나는 〈태양을 향해 짖어라!〉*의 주제가를 떠올리는데 끝없이 되풀이되는 게 문제야. 정상에 도착해도 멈추지 않을 때가 있어요."

"아아, 저도요! 제 경우는 '손바닥을 태양에'**지만요."

끝없이 되풀이되는 노래 증후군에 걸린 사람이 나 말고도 있었구나 기뻐서 그만 소리를 높이고 말았다. 기무라 씨가 후후 웃었다.

"둘 다 태양 관련이네. 나는 '하늘에 태양이 있는 한'***으로 할까?"

아미노산 효과가 이렇게 빨리 나타날 줄 몰랐는데, 기무라 씨의 표정에 명랑함이 돌아오더니 영차 하고 활기차게 일어났다.

"안 되겠어, 벌써 음악이 흐르고 있어."

---

* 1970-1980년대에 방영된 형사 드라마 시리즈
** 1961년에 만들어진 일본의 동요
*** 1971년에 발매된 가수 니시키노 아키라의 노래

기무라 씨가 이렇게 말한 것을 신호로 그럼 하고 혼고 씨와 나도 배낭을 메고 야리가타케 산장을 목표로 걷기 시작했다.

— 애기금매화야.

등 뒤에서 아버지 목소리가 들렸는데 나는 뒤도 돌아보지 않은 채 관심 없다고 대답하고 걸음을 멈추지 않았다. 실은 아버지는 쉬어가자고 말하고 싶었던 게 아니었을까 이제 와서 깨닫는다. 그 시절의 나는 아버지가 지친다고는 상상도 할 수 없었다.

아버지가 무릎이 아팠던 것은 아미노산이나 경량화된 도구를 부정한 결과가 가져온 자업자득이라고 생각했다. 그래서 하산한 뒤에 말해버렸다.

— 아빠랑은 두 번 다시 안 오를 거야.

지치면 머릿속에서 '손바닥을 하늘에'가 흐르는 이유는 내가 기진맥진했을 때 아버지가 늘 불러주었기 때문이다. 페이스를 맞춰준 사람이 있었기 때문에 나는 산에 오를 수 있게 되었다. 그런데 정신을 차려 보니 처음부터 나 혼자 힘으로 오를 수 있었던 것처럼 페이스를 흐트러뜨리는 사람과는 같이 오르고 싶지 않다고 생각하게 되었다. 그리고 그것을 염치도 없이 상대방에게 말했다.

여유를 가질 수 없는 것이야말로 미숙하다는 증거다.

그렇기 때문에 그 상징인 야리가타케 정상에 거절당한 것인지도 모른다. 그 증거로 예정보다 조금 늦어졌지만 오늘은 날씨가 나빠질 기미가 전혀 없다.

　지그재그로 된 길을 계속 올라갔다. 기무라 씨는 스틱을 잘 쓰게 되었다. 걸음걸이는 느렸지만 페이스가 흔들리는 일 없이 확실히 앞으로 나아가고 있다.

　오후 4시. 야리가타케 산장 앞, 정상의 어깨에 도착했다. 빨간 지붕을 한 오두막이 반겨주었다.

　"아아, 도착했다."

　혼고 씨가 온 길을 돌아보았다.

　"도착했네요."

　기무라 씨가 감개무량하게 말하더니 배낭을 짊어진 채 하늘을 올려다보았다.

　"고마워요. 혼고 씨 덕분이에요."

　기무라 씨는 혼고 씨에게 깊이 고개를 숙이더니 나를 돌아보았다.

　"아가씨에게도 감사하다고 해야지."

　어째서 이렇게 되는지는 모르겠지만 도착했으니까 아무래도 상관없다.

　"감사했습니다."

　혼고 씨에게 말했다.

　"인사를 할 사람은 이쪽이야. 아가씨 덕에 여기까지 올 수 있

었어. 줄곧 혼자 올라서 산에는 자신이 있었는데, 누군가를 안내
한다는 게 이렇게 압박감이 클 줄이야. 젊은 사람이 끌어줘서 든
든했네."

혼고 씨가 오른손을 내밀었다. 그 손을 잡았다. 조금 눈물이
날 것 같다.

"어머, 악수? 나도 할래요."

기무라 씨는 혼고 씨와 악수를 하더니 내게도 손을 내밀었다.
악수를 나눴다. 지쳤다. 기무라 씨에게는 이 한마디로 족하다.

"예뻐라. 정말로 이런 곳까지 올 수 있다니."

기무라 씨가 산의 능선을 바라보면서 말했다.

"자기 힘으로 오신 겁니다."

혼고 씨가 기무라 씨에게 대답했다. 셋이서 나란히 야리가타
케의 정상을 올려다보았다.

이런 식으로 아버지와 내게 여기까지 안내를 받는다면 어머니
는 어떤 표정을 지을까? 나는 이제 처음으로 산에 올랐을 때의
기분이 떠오르지 않는다. 하지만 첫 등산의 기쁨을 곱씹는 사람
을 보고 있으니 나 또한 처음 온 장소에 서 있는 기분에 잠길 수
있었다.

눈앞에 펼쳐진 산의 이름이나 꽃 이름도 가르쳐주고 싶다. 동
생까지 온 가족이 함께 오르는 것은 어떨까? 하지만 다음 계획
을 생각하기 전에 내게는 할 일이 있다.

"그럼, 고생하셨습니다."

혼고 씨와 기무라 씨와의 등산은 여기서 종료다.

역시 야리가타케 정상은 혼자 오르고 싶다······.

、
리
시
리
산

두꺼운 커튼 아래, 빗방울이 유리창을 두드려대는 소리가 들린다.

테이블 위에 놓인 호화로운 요리들 가운데 작은 전골 요리가 있어서 마음이 놓인다.

7월에 접어든 지 얼마 되지도 않았건만, 덥다는 말을 달고 살던 매일매일이 거짓말이기라도 한 양 리시리 섬의 밤은 기분 좋게 서늘하다. 하지만 비는 싫다.

예상한 일이기는 하지만.

점심때가 지나서 왓카나이 공항에 도착한 뒤 페리로 리시리 섬에 건너왔을 때는 홋카이도 명물 과자의 포장지로 친숙한 리시리 산 꼭대기에서부터, 초록색 크림을 끼얹은 에클레어가 파란 바다에 납작하게 솟아 있는 듯한 그 옆 레분 섬의 모습까지 전부 뚜렷이 보일 정도로 하늘이 쾌청했다. 하지만 저녁이 되고 바다에 면한 호텔 노천탕 저편으로 저물어가는 저녁 해를 보면서 일말의 불안을 느꼈다. 공기가 맑아 색채의 대비가 뚜렷한 곳이지만, 그래도 붉은색이 너무 강하다.

분명 비가 올 것이다.

욕탕에 들어가 있던 언니도 저녁 해를 물끄러미 바라보고 있었으니 똑같은 생각을 했을 터이다. 십오 년 동안 땅을 밟을 필요가 없는 사모님으로 살다 보니 농갓집 딸의 감은 잃어버렸는지도 모른다. 하지만 나고 자란 집에서 만들어진 징크스는 잊지 않았으리라.

미야가와 집안에 이벤트가 있으면 반드시 비가 내린다.

부모님과 언니와 나. 넷 중 누가 비를 부르는 사람인지는 분명하지 않다. 각자의 이벤트 때는 맑기 때문이다. 언니와 나는 세 살 터울이다. 각자의 초등학교 입학식, 졸업식, 수학여행 때는 맑았다. 운동회나 한 해에 두 번, 봄과 가을에 있는 소풍도 언니가 1학년 때부터 3학년 때까지는 늘 날씨 덕을 보았다.

하지만 같은 초등학교에 내가 입학하고 언니가 졸업할 때까지 함께 다닌 삼 년 동안의 행사는 모조리 비를 만났다.

시골 마을이라고는 해도 한 학년에 세 반이 있었고 우리처럼 형제가 함께 다니는 집도 몇 집 있었지만 나와 언니는 비가 오는 것이 우리 때문이라고 생각했다. 초등학생이 되고 개별 이벤트가 생기고 나서야 혼자서는 그 힘을 발휘할 수 없다는 것을 알게 되었지만, 철들 무렵부터 가족 이벤트 때마다 비가 내렸기 때문이다.

우리 집은 양파 농가였기 때문에 달력의 휴일에 맞춰 쉬지는 않았다. 수확기에는 아이들도 밭에 끌려 나갔다. 이런 달갑지 않은 상황일 때는 아무리 빌어도 비가 내리지 않는다. 다만 부모님이 두 분 다 여행을 좋아해서 삼백육십오 일 일만 하는 것은 아니었다.

우리 가족의 여행은 대체로 이랬다. 아버지가 문득 '다음 달쯤 어디 갔다 올까'라는 말을 꺼내는 것을 계기로 가족회의가 시작된다. 대개 텔레비전 여행 프로그램이나 드라마의 무대가 된 장소였다. 단순히 영향을 받는 것이다. 아버지를 필두로 가족 모두에게 그런 경향이 있었다. 그런데 텔레비전과 똑같은 경치를 본 적은 없다.

하늘 색깔이 전혀 다르다.

그래도 우리 가족은 리포터나 배우가 걷던 길과 똑같은 코스를 돌았다. 우산을 쓰고 비옷을 걸치고 장화를 신고.

미야가와 가의 사전에 '우천 시 취소'라는 말은 없다.

하지만 등산은 어떨까?

입에서 녹는 듯한 성게를 볼이 미어지도록 먹으면서 마주 앉은 언니를 보았다.

"너를 닮았나?"

언니가 불쑥 중얼거렸다.

"응? 뭐가?"

"나나카도 성게를 엄청 좋아해. 남편이랑 나는 못 먹는데. 초등학생 주제에 초밥집에 데려가도 맨 먼저 성게부터 주문하지 뭐야."

아마도 회전하지 않는 고급 초밥집일 것이다. 아, 그래? 웃으면서 대꾸했더니 성게가 든 작은 유리그릇을 내 쪽으로 내민다. 고맙게 받아먹었다.

"……그러고 보니 기누에 고모도 성게를 좋아하지 않았나?"

그 이름을 꺼내다니. 기누에 고모는 아버지의 누나다. 한결같이 뻔뻔한 사람으로 할아버지, 할머니가 돌아가신 뒤에도 친정인 우리 집을 찾아와서 당연하다는 양 냉장고에 있는 음식을 꺼내 먹곤 했다. 언니와 나도 몇 번이나 피해를 입었다. 이웃 사람이 선물로 가져온 성게 병조림을 마음대로 가지고 가서 엄마가 기가 막혀 한 적도 있었다.

"그런 스트레이트하지 않은 유전도 있지."

언니는 나나카가 나와 같은 성질을 갖고 있는 것을 분명 좋게 생각하지 않는 모양이다. 넌지시 그 뜻을 전하려고 기누에 고모와 나를 나란히 놓다니. 하지만 반박하면 나를 향한 잔소리가 총

알처럼 날아올 것이 분명하다. 반년 전처럼.

여행 와서 설교를 듣다니 딱 질색이다.

게 크림 크로켓이 나왔다. 그야말로 구조의 손길이다. 금방 튀긴 줄 알면서도 있는 힘껏 덥석 깨물고 앗 뜨거…… 소리를 지르며 잔에 든 맥주를 들이켰다.

"정말, 어쩔 수 없다니까."

언니가 어이 없다는 듯 맥주를 따라주었다. 병이 비었지만 추가 주문은 하지 않는다. 내일 등산에 대비하여 둘이서 한 병만 먹자고 처음부터 언니가 못을 박아두었다. 하지만 빗소리는 서서히 격해졌다.

"내일은 그칠까?"

"무리 아냐? 일기예보에 비 표시가 있었는걸."

조금 기다려보았지만 '입산 중지'라는 말은 없다. 역시 결행인가 하고 마음속으로 한숨을 쉬었다. 언니가 결혼해 성씨가 바뀌었으니 어쩌면 가족의 징크스도 바뀔지 모른다는 옅은 기대는 김빠진 맥주 거품처럼 부슬부슬 사라져버렸다.

밤 9시에 잠자리에 들었다. 이렇게 일찍 이불 속에 들어간 것은 초등학생 때 이후로 처음인 것 같다. 여행 전날은 일찍 자는 것이 규칙이었다. 서른다섯 살이 되었는데도 지키고 있는 이유는 내일 집합 시간이 오전 5시이기 때문이다. 휴대용 알람시계는 오전 4시에 맞춰두었다.

하지만 도무지 잠이 오지 않는다. 비행기에서나 페리에서 이동 중에 거의 잠만 잤으니 어쩔 수 없다. 게다가 빗소리가 제법 귀를 찌른다. 아예 태풍이 오거나 경보가 뜨면 좋을 텐데, 창문을 향해 빌어보았지만, 그렇게까지 심한 비가 내리지는 않는 것이 미야가와 가의 비 오는 날이다.

가랑비가 계속해서 부슬부슬 내리는 상태. 중산층 언저리를 간신히 맴돌아온 미야가와 가 그 자체를 보여준다.

유리를 손톱으로 긁는 듯한 빠득빠득 소리가 옆 이불에서 들렸다. 언니가 이 가는 소리다. 듣는 것은 이십 년 만일까? 언니가 고등학교를 졸업할 때까지 우리 자매는 아이들 방인 다다미 여섯 장 넓이의 일본식 방에서 나란히 이불을 깔고 잤다. 평소에는 조용하게 자는데 일주일에 한 번꼴로 언니는 이를 갈았다. 빠득빠득, 뽀득뽀득, 얼굴에 베개라도 덮어줄까 싶을 정도로 귀에 거슬리는 기분 나쁜 소리 때문에 한숨도 못 자는 날도 있었다.

내 방이 필요해! 이런 집, 고등학교를 졸업하면 당장 나가서 두 번 다시 돌아오지 않을 거야! 월급 많이 주는 회사에 들어가서 킹사이즈 침대를 사고 말 거야!

잠들지 못하는 밤마다 이런 생각을 거듭했는데, 대학 진학을 계기로 집을 나가버린 쪽은 언니였다. 단둘인 자매의 장녀인데. 대단한 일족은 아니지만 본가인데. 내가 대학을 졸업하기도 전에 냉큼 미야가와 성씨를 버렸다.

언니의 성이 아마노가 된 뒤부터 매년 집에 오는 연하장에는 남편이랑 딸과 함께 간 여행지 사진이 인쇄돼 있었는데, 배경에는 전부 구름 한 점 없는 파란 하늘이 펼쳐져 있었다.

의사 사모님은 비를 맞을 일도 없구나.

비를 몰고 다니는 재수 없는 집을 떠난 주제에 자기가 없으면 미야가와 가가 성립하지 않는다는 양 석 달에 한 번은 집에 왔다.

부탁하지도 않은 식사 준비를 하고, 어머니가 요리 솜씨를 칭찬할 때마다 이 정도는 당연하다, 그보다 노조미는 결혼 안 하느냐며 화살을 내게 돌린다. 집에 오는 이유는 부모님에게 손자 얼굴을 보여주기 위해서라고 말했지만 백 퍼센트 내게 설교하기 위해서다.

여행지의 푹신푹신한 이불 속에서조차 빠득빠득 이를 갈 정도로 무엇이 그렇게 스트레스인지는 모른다. 다만 언니는 옛날부터 '꼭 이렇게 해야만 한다'라는 딱딱한 생각을 늘 가지고 있는 측면이 있었다.

숙제를 잊어버리면 안 된다. 지각을 하면 안 된다. 규칙을 지키지 않으면 안 된다.

대학에 간다면 기능을 익히거나 자격을 딸 수 있는 학부여야만 한다. 당연히 졸업 후에는 그것을 살려서 취직해야만 한다. 그렇게 해서 영양사 자격을 따서 현립 병원에 취직한 뒤에도 언니에게는 여전히 해야만 하는 일이 있었다.

여자니까 당연히 결혼해서 남편에게 정성을 다하고 아이를 낳아야만 한다.

세상에 언니 같은 사람들뿐이면 국가 경제는 조금 더 윤택할지 모른다. 만혼이며 저출생 같은 문제는 생기지도 않을 것이다. 반대로 언니같이 케케묵은 생각을 품고 있는 여자가 늘 일정 비율 존재해서 결혼하지 않는 여자는 떳떳하지 못한 것 같은 사회적 분위기도 언제까지나 이어진다.

자신이 그렇게 하고 싶다면 의지를 관철하면 된다. 반짝이는 내가 멋지다는 등 자기도취를 하면서 그런 특집만 꾸미는 가벼운 여성지라도 보면 그만이다. 내게 강요하지 않았으면 좋겠다.

그래도 든든한 내 편이 있는 동안에는 괜찮았는데.

"언니는 노력하는 타입, 노조미는 천재 타입. 노조미는 머리도 좋고 융통성도 있으니까 기회만 잘 만나면 스케일이 큰 일을 맡아서 멋지게 활약할 거야. 그러니까 결혼은 아직 생각하지 않아도 돼."

이렇게 말해주던 엄마는 육 년 전에 세상을 떠났다.

빗소리가 한층 더 격해졌다.

일어나! 언니의 일갈에 졸리는 눈을 비비면서 어찌어찌 채비를 하고 로비로 갔다. 휴대용 알람시계는 모르는 사이에 꺼져 있었다.

5시 정각인데 등산로 입구까지 태워다주는 호텔 담당 직원 한 명과 노부부 한 쌍이 있을 뿐이었다. 어제저녁 식사 전에 입산 신청서를 제출할 때 이 호텔에서 열 명이 간다고 들었는데, 다른 여섯 명은 아직 준비중인 걸까?

"다른 분들로부터는 오늘 아침에 취소 연락을 받았는데요, 여기 모이신 분들은 등산하신다고 생각하면 되겠습니까?"

담당 직원의 물음에 나를 제외한 세 사람이 네 하고 동시에 대답했다. 부부나 우리나 비옷을 위아래 단단히 챙겨 입었다. 물어볼 필요도 없이 올라갈 의지가 차고 넘친다는 사실을 알았을 것이다. 주먹밥 두 개들이 팩이 두 개 들어 있는 비닐봉투를 저마다 받아 들고 호텔 이름이 적힌 밴에 올라탔다.

차는 와이퍼를 최고 속도로 움직이면서 해안을 따라 달린다. 리시리 섬은 둘레 63.3킬로미터로, 리시리 산 가장자리가 고스란히 바다에 잠긴 듯한 화산섬이다. 이런 날씨에 이런 시간부터 활동하는 생명체는 우리랑 괭이갈매기 정도다.

등산로 입구까지는 약 십오 분. 그사이 조식용 주먹밥을 먹어두어야 한다. 한 입 베어 물자마자 다시마의 씹는 맛이 완연히 느껴졌다.

과연, 리시리 다시마의 산지답다.

리시리 산의 해발고도는 1721미터. 리시리 후지 산이라고도 불릴 정도로 균형 잡힌 아름다운 자태를 자랑하건만, 지금은 두꺼운 구름에 뒤덮여 꼭대기는커녕 산기슭까지 그 모습을 감추고 있다.

바다를 보면서 등산할 수 있는, 일본 100대 명산 중 가장 북쪽에 있는 산 아니던가.

학창 시절에 산악부였던 언니와는 달리 나는 그렇게까지 본격적인 등산 경험이 있지는 않다. 100대 명산은 몇 군데 오른 적이 있지만 전부 당일치기였고, 케이블카 같은 설비가 충실한 하이킹 코스뿐이었다. 게다가 내가 원해서 갔다기보다는 같은 공동주택에 살던 아웃도어 애호가 친구가 반강제적으로 데리고 간 것이라 그다지 감동한 기억도 없다.

언니가 산악부에 들어간 것도 이해할 수 없었다.

목적지를 향해 오로지 걷는 행위 자체는 언니 성격에 잘 맞다고 생각한다. 하지만 농갓집 딸이 겨우 흙에서 해방되더니 흙길을 걷는 데 흥미를 가지는 것은 이해할 수 없었다.

리시리 산은 꽃의 명산이기도 해서 거기에서만 볼 수 있는 꽃도 몇 종류 있대. 이런 말을 들은들, 들판에 피는 꽃이야 질릴 정도로 봐왔고 그 꽃을 여름철에 하루 종일 뽑아야 했던 적도 있는데 이제 와서 뭐가 즐겁다는 걸까?

"두 분이 리시리 섬에 온 건 영화 때문인가요?"

앞자리에 앉아 있던 노부부의 아주머니 쪽이 돌아보더니 언니에게 물었다.

"맞아요. 그런데 어떻게?"

"배낭에 있는 배지. 나도 가지고 있거든요."

언니의 배낭은 방수 커버에 덮여 있다. 로비에 모였을 때 눈치 챘을까? 언니는 옛날부터 배지를 좋아해서 여행을 갈 때마다 사곤 했다. 설마 영화관에서도 샀을 줄이야. 하지만 어떤 게 달려 있었더라?

언니는 아주머니와 신나게 영화 이야기를 했다. 아저씨도 가세했다. 영화를 보지 않은 나는 대화에 끼어들 수 없었지만, 울었다는 둥 값싼 감상밖에 나오지 않는 대화라서 딱히 아쉽다는 생각도 들지 않았다. 일본 영화 따위 텔레비전 화면이면 충분하다.

애초에 처음 보는 사람과 이야기하고 싶지도 않았다. 헤실헤실 웃으면서 맞장구 치는 언니를 보기만 해도 피곤했다.

그래도 리시리 섬에 온 이유가 예기치 않게 단순했다는 사실에 안심했다.

언니가 여행 가자고 전화를 걸어온 것은 어머니 칠 주기가 끝난 다음 달이었다. 남편이 급한 볼일이 생겨서 못 가게 됐으니 대신 가달라고 했다. 양호한 관계를 쌓지 못한 상태에서 받은 제안이라 마음이 썩 내키지는 않았지만 여름의 홋카이도는 매력적이었다.

설마 등산을 하리라고는 꿈에도 생각지 못했다.

리시리 산의 등산 코스는 두 종류, 상급자용 구쓰가타 코스와 중급자용 오시도마리 코스가 있다. 차는 오시도마리 코스의 등산로 입구인 호쿠로쿠 야영장에 도착했다. 비는 다소 잦아든 것 같았지만 다른 등산객의 모습은 보이지 않는다.

"분명 취소한 사람이 많을 거야."

"마운틴 걸이니 하는 사람들도 없는 것 같군."

"어머, 실례의 말씀, 나나 이분들도 마운틴 걸이에요. 자매라네요."

"거, 사이가 좋아서 부럽구먼."

사이가 좋아 보이는 부부에게 이런 말을 들어도 이쪽은 쓴웃음을 지을 뿐이다. 언니는 고맙습니다 하며 웃는 얼굴로 대답했다. 여행지의 매너라고 생각하고 있을지도 모른다.

잦아들었다고는 해도 비옷을 벗을 정도는 아니다. 언니랑 노부부를 보며 준비운동을 따라한 뒤에 지퍼를 끝까지 올리고 배낭을 멨다.

"바로 따라잡으시겠지만, 우리 먼저 갑니다."

아저씨가 이렇게 말하고 출발했다. 준비체조에도 익숙한 눈치였고, 걷는 뒷모습을 봐도 자세가 곧고 발걸음이 힘차다. 눈 깜빡할 사이에 두 사람의 모습이 사라졌다. 어쩌면 따라잡지 못하지 않을까.

그보다도 등산로 입구가 이 부 능선에서부터 시작하는 것은 어찌된 일인가? 후지 산도 오 부 능선까지 차로 갈 수 있는데. 해발 210미터. 남은 약 1500미터를 당일치기로 올라갔다 내려와야 한다니.

"슬슬 갈까? 너무 빠르다 싶으면 말해."

"알았어."

우는소리를 하거나 나약하게 굴 생각은 없다. 두 손에 스틱을 쥐고 언니 뒤를 걷기 시작했다. 언니는 약수터에서 신발 바닥을 북북 문질러 씻었다. 나도 따라했다. 비가 오든 말든 관계없다. 외래종을 지닌 채 산에 들어가지 않기 위해서다. 이외에도 리시리 산에는 이곳 특유의 규칙이 있다.

1. 휴대용 화장실을 사용한다.

2. 스틱에 고무 캡을 씌운다.

3. 식물 위에 앉지 않는다. 밟지 않는다.

어쩐지 언니와 잘 맞을 것 같은 산이다.

등산로라고는 하지만 아직 포장된 넓은 길이라 걷기 쉽다. 그래도 한 줄이다. 어떤 놀이를 하든지 언니 뒤를 따라가는 스타일은 옛날부터 바뀌지 않는다. 다만, 넘어져서 무릎이 까지든, 숨이 차서 멈춰 서든, 언니는 발을 멈추고 돌아보며 격려는 해주어도 그만둬도 된다고 해준 적은 없다.

부부는 우리 사이가 좋다고 했지만, 나는 그렇게 느낀 적이 한 번도 없다. 사이가 나쁘다고 느낀 적도 없었다. 나이가 세 살 터울의 자매는 가깝지도 멀지도 않은 거리에 있는 존재라고 생각했다.

어쩌면 사이가 나쁠지도 모른다고 의식하게 된 것은 요 이삼 년의 일이다. 같은 꽂꽂이 교실에 다니는 사키와 대화하다가 별생각 없이 언니의 휴대전화 메일 주소를 모른다고 말했더니 사키가 몹시 놀랐기 때문이다.

혹시 불화라도 있느냐고 물어보기까지 했다. 그런 건 없다. 잔소리가 마음에 안 들기는 했어도 그래서 언니가 싫은 것은 아니었다. 주말 숙제는 금요일 중에 해라, 이를 닦은 뒤에 주스를 마시지 마라, 방을 나갈 때는 불을 꺼라……. 언니의 잔소리는 어릴 적부터 되풀이되었기 때문에 세상 언니들은 다 그런 줄 알았다.

몇 안 되는 마음 맞는 친구들 역시 막내가 많았고 다들 언니나 오빠에 대한 푸념을 시종 늘어놓았기 때문에 언니가 엄격한 편이라고 느끼면서도 그렇게 큰 차이는 없겠지 싶었다. 나 자신을 불행하다고 여긴 적은 없다.

여름방학 숙제나 소풍 준비는 잔소리를 하면서도 결국은 거들어주기 때문에 의지하는 부분도 있었다. 서로 떨어져 살게 되고 특히 언니가 결혼한 뒤로 자연히 볼일이 없어진 것뿐이다.

거꾸로 사키에게 자매끼리 어떤 메일을 주고받느냐고 물어봤다. 오늘 드라마 재미있었지, 새 구두를 샀어, 이런 싱거운 대화를 주고받는다고 한다. 시간 낭비다.

그런 내용에는 나 자신이 관심이 없다. 애초에 메일에 전혀 관심이 없다. 아마 언니도 그럴 것이다. 나뿐만 아니라 부모님에게도 용건이 있을 때 외에는 연락을 하지 않으니까. 자매의 문제라기보다는 개인의 성향으로, 우리는 우리 나름대로 양호한 관계를 쌓아왔던 것이다.

그날까지는…….

삼 부 능선에 도착했다. 걷기 시작한 지 아직 십 분 정도밖에 지나지 않았다. 이대로 가면 그렇게까지 지치지 않고 정상에 닿을 수 있지 않을까?

바위 틈새에서 용수가 나오고 있었다.

"감로천수, 좋은 물 100선에 뽑힌 용수래. 마실래?"

언니가 말했다. 이름도 맛있게 들리고 바위밭 구석에 플라스틱 컵이 놓여 있기도 했지만 마실 기분은 들지 않았다. 좌우지간 춥기 때문이다.

고개를 가로젓자 언니도 올 때 마시자며 걸음을 재촉했다. 쉴 생각은 없는 모양이다. 당연히 내 의사를 확인하는 일도 없다.

언니, 잠깐만. 언니, 좀 천천히. 이런 식으로 이쪽이 부탁하기를 기다리고 있는 것이다. 그렇게 해서 언니는 늘 한발 앞의 조금 높은 곳에서 나를 깔보고 있었다. 어린 시절에는 지력과 체력 둘 다 세 살만큼 뒤떨어진 채 언니를 따르고 있었지만 지금의 우리는 다르다.

하지만 언니는 여전히 나를 깔보고 있다.

이 사실을 안 것은 일 년 전에 기누에 고모가 돌아가셨을 때였다. 간호사로 일하면서 평생 독신으로 살아온 고모의 셋집을 정리하는 일을 우리 자매가 맡았다. 하루면 되겠지 생각했는데 세탁소 옷걸이부터 망가진 세탁기까지 좌우간 필요 없는 물건으로 넘쳐나는 탓에 일주일이 통째로 걸리는 작업이 되었다. 그 맨 마지막 날에 언니는 말했다.

― 제 마음대로 살아온 사람이니 죽어서도 조카들에게 민폐를 끼칠 거라고는 생각도 안 했겠지. 그래도 착실히 일해서 장례비 정도를 남겨준 건 훌륭하지만. 결혼도 안 해, 일도 안 해. 죽으면 그냥 죽는 거지, 하는 건 최악이잖아.

기누에 고모에 대한 불평이 아니라 명백히 나에게 하는 말이었다. 언니가 나를 이렇게 생각하고 있었다니. 하지만 내가 일을 하지 않는 것은 아니다.

이번 여행 대금도 내겠다고 했지만 언니가 필요 없다고 거절했다. 게다가 몽벨의 최신 모델 등산화까지 보내주었다. 등산화값을 보내겠다, 나도 신발 살 돈 정도는 있다고 세게 나가자, 부모님 연금을 자기가 어떻게 받겠느냐는 한숨 섞인 말이 돌아와서 아무 대꾸도 할 수 없었다.

확실히 이 돈은 아버지 연금이다. 물론, 내가 밭일을 하고 받은 임금이니 떳떳하지 못할 것은 없다. 하지만 언니가 보면 일을 거들어주고 받는 심부름 값, 오히려 무직인 나를 불민하게 여겨 부모가 준 용돈일지도 모른다. 가끔 번역 일로 버는 몇천 엔 따위는 셈에 넣지도 않을 것이다.

하지만 자기도 일을 안 하지 않나. 의사 부인이 그렇게 잘났나? 무슨 착각을 하고 있는 것 아닐까?

안일하게 승리자, 패배자라는 말을 쓰고 싶지 않지만 자신은 승리자라는 양지바른 곳에 해당한다고 생각하는 것이 분명하다.

그리고 나는 패배자가 아니다. 도쿄의 이름 있는 외국어대에 갔지만 언니가 결혼한 뒤에 부모님을 내버려둘 수가 없어서 고향으로 돌아왔다. 인터넷도 발달했겠다, 번역 일은 집에서도 할 수 있다고 생각했기 때문이다. 하지만 현실은 엄혹했다. 이런 시골에 있어서는 대학 시절의 지도 교수가 주는 적선 정도의 일밖에 얻지 못한다.

도쿄에 그대로 있었다면 번역가로 활동할 수 있었을 터이다.

하지만 돌아오는 길을 선택한 사람은 나니까 밭일은 열심히 하고 있다. 괜찮은 상대가 있다면 맞선도 볼 것이고 조금쯤은 타협도 각오하고 있다. 아버지는 집안일이 얼추 가능하지만, 그래도 무슨 일이 있으면 내가 시중도 들어야 한다. 내가 깔보일 이유는 어디에도 없다.

하지만 나를 깔보는 사람은 언니만이 아니다. 어머니 칠 주기 법회가 끝난 뒤에 아버지가 언니에게 몰래 하는 말을 들었다.

—나 혼자라면 어떻게든 할 수 있고 요양시설에 들어갈 생각
도 있는데, 노조미를 먹여 살리는 건 솔직히 힘들어. 저 녀석은
대체 앞으로 어쩔 생각일까?

　내게 직접 말하면 되는데 언니에게 상담하는 것이 분해서 나
는 울었다. 가족이라고는 해도 이렇다. 이제 나를 이해해주는 사
람은 이 세상에 없다.

　—내가 때를 봐서 이야기해볼게.

　언니는 이렇게 대답했다. 하지만 그 뒤에 그런 분위기의 이야
기를 들은 적은 없다. 어느 날 전화가 걸려와서 꽤 방어적으로
받았더니 여행을 가지 않겠느냐는 용건이라서 맥이 빠졌다. 가
볍게 대답해버린 데에는 이런 원인이 있었을지 모른다.

　사 부 능선에 도착했다. 해발 390미터, 팻말에는 '들새의 숲'이
라 적혀 있다. 과연, 얼굴을 들고 귀를 기울이면 키 큰 가문비나
무와 분비나무가 무성한 숲에서 희미하게 메아리치는 새소리가
들린다. 맑았다면 더 아름다운 합창을 들을 수 있었을 것이다.

　언니가 배낭에서 페트병을 꺼내기에 나도 수분을 보충했다.

　언니가 시키는 대로 500밀리리터 페트병을 네 병이나 샀지만
이 상태라면 두 병으로 충분하지 않을까? 아마 등산에 필요한
물은 하루에 2리터가 상식이고, 언니는 그 상식에 따르고 있음
이 분명하다.

마시고 싶을 때만 마신다. 그게 왜 나빠?

언니는 페트병을 집어넣고 이번에는 개별 포장된 초콜릿을 꺼내 내게도 두 개 주었다. 아몬드 초콜릿은 싫어하지 않지만 기껏 물을 마셨는데 또 목이 마르지 않나. 그런 순서는 매뉴얼에 안 나오는 걸까?

방수 커버가 반쯤 벗겨진 언니의 배낭에는 로고 옆에 새 모양의 배지가 달려 있다. 이것이었나?

"이 새, 뭐야?"

"카나리아."

"영화 무대라서 골랐다니 아빠가 정하는 방식이랑 똑같네. 형부도 그런 거 오케이야?"

"뭐? 아니……. 이번에는 내가 정해도 된다고 해서."

언니가 드물게 어물거린다.

"산에 관한 영화였어?"

"아니, 영화에서는 산에 안 올라가."

"그렇구나. 하지만 의외네. 형부도 등산을 한다니. 아웃도어가 어울리지 않는 건 아니지만 흉내 나는 일은 싫어할 것 같은데."

"뭐…… 유행이니까."

아무래도 상관없다는 대꾸다.

"갈 길이 머니까 이제 갈까?"

언니는 배낭을 커버로 덮고 다시 짊어졌다. 또 다시 숲속을 걸어간다. 하지만 얼마 지나 조릿대나무 숲으로 나왔다. 비를 직접 맞으면서 걷게 된다. 흡사 수행승같다.

언니의 남편, 그러니까 형부를 나는 별로 좋아하지 않는다. 하늘이 여러 가지를 몰아준 듯한 사람으로, 의사에 스포츠도 잘하고 키도 크고 얼굴도 그럭저럭 깔끔하다. 솔직히 이런 사람이 왜 언니를 선택했는지 잘 이해가 되지 않았다. 언니를 한마디로 표현하면 성실한 것이 유일한 장점인 평범한 사람이다. 사내 결혼이라지만 의사가 영양사에게 첫눈에 반하는 경우도 있나?

사키에게 이렇게 이야기하자 언니를 질투하는 것 아니냐며 웃었다. 그만하라고 가볍게 대꾸했지만 마음속으로는 상당히 열을 받았다. 농담 반 진담 반으로라도 그렇게 생각되고 싶지 않다.

어쨌든 형부는 언니보다 더 나를 깔보고 있으니까. 아직 엄마가 살아 계실 무렵이었다.

─처제는 번역 수입으로 자립도 못 하는데 자기를 번역가라고 부르는 건 좀 그런 것 같은데. 자칭으로 만족하는 사람이 프로가 됐다는 이야기, 나는 들어본 적이 없는데.

이렇게 말하며 "가난한 집에서 태어난 내가 노력으로 의사가 되기까지" 같은 이야기를 끝없이 늘어놓았다. 대단하네, 근성 있어, 하고 어머니는 진심으로 감탄한 듯 칭찬하고 언니는 그런 남편을 존경의 눈빛으로 바라본다. 아버지는 존재를 지우기라도 할 것처럼 등을 구부린 채 잠자코 고개만 끄덕였다.

— 노력하면 뭐든지 할 수 있어. 꿈을 이루지 못하는 건 노력이 부족하기 때문이야. 자기 노력이 부족한 건 제쳐두고 전부 주위 탓으로 돌리는 인간이 너무 많아. 그러니까 이 나라가······.

지긋지긋했다. 그런데 한술 더 뜬다.

— 게다가 처제는 자기가 어느 정도의 인간인지 좀 더 아는 편이 좋겠어. 결혼 상대 선택권은 여자한테만 있다고 생각하는 동안에는 주변에 아무리 좋은 남자가 있어도 깨닫지 못할 테니까.

내가 왜 이런 말까지 들어야 하는 거지? 본인에게 직접 말하지는 못하고 언니에게 따지자 언니는 노조미 너를 걱정해서 하는 말이라며 되레 화를 냈다.

부부가 어찌나 닮았는지. 언니가 형부와 결혼한 것도 충분히 이해가 갔다. 자신은 성공한 사람이라고 자신만만해하며 타인의 마음속 아픔은 이해하지 못하는, 마음이 가난한 사람들이다.

하지만 태양은 그런 사람들을 비춘다.

다시 숲속으로 들어가서 오 부 능선에 도착했다. '뇌조 이정표'라고 되어 있지만 보이는 모습은 없다. 뇌조는 이렇게 비 내리는 날 쌕쌕거리며 걷고 있는 유별난 인간을 둥지에서 바라보며 바보 아니냐고 생각할지 모른다.

진창에 발이 미끄러져 균형을 잃었다. 이 산길은 내 인생인가, 아니면 언니 눈에 비친 내 인생인가. 길이 질척거리는 데다 높게

죽죽 뻗어 있었을 나무들이 여기 와서 마구잡이로 구부러져 길을 막고 있는 것 같다.

눈에 띄는 것은 부자연스러운 모양의 나무뿐이다.

"나무가 이렇게 구부러지던가?"

언니 등 뒤에서 말을 걸었다.

"고채목? 해발고도가 올라가면 바람이 세지고 겨울에는 무거운 눈이 쌓이니까 이런 형태가 되는 것 아닐까?"

언니는 돌아보지 않고 앞으로 나아가면서 대답했다. 고채목은 다른 산에서도 본 적이 있다. 과연, 바람을 맞고 눈에 눌리면서 고생했겠구나. 나무에 동정이 간다. 실은 원하는 방향으로 뻗어 가고 싶었지?

혹시…….

이 등산 여행은 형부 대타로 불려온 것이 아니라 처음부터 나를 위해 계획된 것 아닐까? 안정적인 수입을 얻을 수 있는 직업을 가져라, 결혼해라,하고 잔소리하는 것만으로는 전달이 안 되니까 뭔가 정신적인 성취감을 느끼게 한 다음, 인생에 대해 이야기하려는 작전 아닌가?

그래서 언니가 계획한 것일까. 리시리 섬을 선택한 이유는 자연 속에서 인생을 다시 바라보는 장면이 영화에 나와서인지도 모른다. 게다가 정신 수양에 안성맞춤이면서 적당한 정도의 농사일을 하고 있는 나라면 어찌어찌 올라갈 수 있을 당일치기 가

168

능한 산이다. 갑자기 땅끝 섬이나 등산 이야기를 꺼내면 수상하게 여기겠지만, 초여름 홋카이도라고 하면 좋아서 따라올 것이 뻔하다.

그리고 취소 위약금이 드는 기간에 접어들 때를 기다려 상세한 내용을 휴대전화 문자로 보낸다. 한 번에 이렇게 많은 글자를 보낼 수가 있나 하고 이쪽이 아연실색할 정도로 세세하게 적혀 있었던 이유는 어지간히 싫지 않은 다음에야 내가 답장을 보내지 않으리라고 예상했기 때문임이 분명하다.

어째서 더 빨리 눈치채지 못했을까? 애초에 나나카가 같이 가지 않는다는 것을 안 시점에서 이상하다고 생각해야만 했다.

— 일주일간 초등학교 자연학교에 가게 됐어.

그렇구나 하고 수긍해버렸지만, 외동딸인 나나카를 끔찍이 아끼는 언니가 아이 없이 여행할 리가 없다. 두 주만 더 있으면 여름방학인데. 이날을 생각해서 계획을 세운 것이다.

나를 맥없이 구부러진 고채목처럼 만들기 위해.

그런데 고채목도 더는 눈에 들어오지 않고 키 작은 관목 터널이 뻗어 있다. 경치가 바뀌는 것이 혼슈*에 있는 산보다 빠르다. 이곳은 화산의 산길이 흔히 그렇듯, 꼭대기는 바로 앞에 있는 것 같은데 완만하게 구부러진 길을 계속 나아가는 코스와는 달랐

* 일본 열도의 한가운데에 있는 가장 큰 섬

다. 오히려 각각의 스테이지를 거의 똑바로 나아가고 있는 느낌이다.

터널을 빠져나가자 시야가 열렸다. 육 부 능선, 760미터, '제1전망대'라고 쓰여 있다. 빗발은 안개비 정도로 잦아들었지만 주위는 하얀 가스에 감싸인 것처럼 아무것도 보이지 않았다. 표식이 없었으면 어느 정도 높이에 있는지 짐작도 가지 않았을 것이다.

입산 신청서를 내고 받은 안내서에는 여기서 북쪽으로는 레이분 섬, 수평선에서는 사할린까지 보인다고 적혀 있었다. 평소라면 볼 수 있었을 이런 풍경을 비 때문에 보지 못한다는 사실을 통감할 때 나와 미야가와 가가 운이 없음을 느낀다. 그래서 나는 가족 여행을 할 때 가급적 사전조사를 하지 않으려고 했다.

그 때문은 아니지만 리시리 산의 해발고도는 물론이고 올라가는 데 다섯 시간 반, 내려가는 데 네 시간 반, 합해서 열 시간이 걸린다는 것을 어제 호텔에서 처음 알고 단숨에 우울해졌다.

그래도 반은 올라왔다. 아직 체력이 남아 있다.

언니는 배낭을 내려놓고 휴식을 취하기 시작했다. 아까와 똑같은 초콜릿을 이번에는 곧장 주었다. 나도 배낭에서 스낵을 꺼내 언니에게 내밀었다.

"와, 이거 피자 맛도 있었구나. 역시 간식 장관."

하나 집어먹고 언니가 웃었다. 가족 여행에서 간식을 고르는 것은 내 역할이었다. 텔레비전은 거실에 한 대뿐이라 자매가 거의 똑같은 방송을 보는데도 언니의 안테나에 과자 광고는 별로 걸리지 않았던 모양이다.

무슨무슨 과자의 딸기 맛으로 하자. 이거 한정판매래. 내가 제안하면 언니는 잘 모르겠으니까 노조미가 골라도 된다며 신나는 역할을 전부 내게 일임했다.

여행지에서 과자를 꺼낼 때마다 내가 이건 새로 나온 거야 하며 일일이 해설을 늘어놓아서 가족은 나를 '간식 장관'이라 불렀다. 분명 아버지나 언니에게 내 존재 의의는 지금도 그 정도일 것이다. 아니, 의의 같은 건 아예 없을지도 모른다.

"아무것도 안 보이네."

간식 장관에 대해서는 언급하지 않고 주위를 둘러보았다. 우리가 걸어온 길도, 앞으로 걸어갈 길도 거의 보이지 않는다. 보통 관광지라면 비가 내려도 나름대로 즐길 거리가 있지만, 산의 경우에는 경치 말고 무엇을 목적으로 삼으면 좋을지 알 수가 없다.

"형부랑 왔으면 맑았을지도 몰라."

"글쎄. 누구랑 오든 오늘 날씨는 똑같겠지."

"아니. 형부 대신 내가 와서 비가 내리는 거야."

"그럼, 운이 좋네."

"뭐?"

"나, 학교 다닐 때의 체력은 꿈이 아니었을까 싶을 정도로 지

171

금 지쳤거든. 리시리 산은 지금이 가장 좋은 시즌이래."

"그래서?"

"그런데 앞뒤로 아무도 없잖아. 맑았으면 분명 사람들이 몇십 명씩 줄을 이었겠지. 길이 좁으니까 간단히 앞질러가게 할 수도 없을 테고, 거꾸로 앞질러갈 수도 없고. 자기 페이스대로 못 가는 게 제일 힘들잖아."

"그러게. 그러고 보니 아빠도 곧잘 그랬지. 오늘은 우리가 통째로 빌렸다면서. 하지만 비를 만난 것을 스스로 위안하는 것뿐이라고 마음속으로 지적하곤 했어."

"스페이스 랜드에서 연속으로 제트코스터 다섯 번 탔다고 이 친구, 저 친구한테 자랑하고 다녔으면서?"

"비가 와서 그렇다고는 안 하고 말이지."

"노조미답다."

가만히 있어봐야 몸만 식을 것이다. 언니와 나는 배낭을 메고 신발 끈을 다시 묶었다. 삼림한계선을 넘었으므로 하얀 가스 말고는 시야를 차단하는 것이 없다. 울퉁불퉁한 바위가 계단처럼 놓여 있어 길도 올라가기 편하다. 리시리 섬은 다른 산보다 삼림한계선이 약 1000미터나 낮다고 한다. 맑았으면 얼마나 상쾌한 경치가 펼쳐졌을지.

계속해서 언니, 나 순으로 걷기 시작했다.

언니와 짧은 추억담을 나누다 깨달았다. 아버지가 옛날에는 비교적 긍정적인 말을 했었구나. 어쩐지 아버지는 말이 없고 어머니가 명랑하게 자리의 흥을 돋우는 존재라고 생각했는데, 그러고 보니 일 년에 몇 번쯤 거짓말인지 정말인지 알 수 없는 재미있는 이야기를 해서 배를 잡을 정도로 웃게 해주던 사람은 아버지였다.

아버지와의 대화를 피하게 된 것은 서른을 넘었을 즈음부터다. 일본 경제부터 시작해서 앞집 개 이야기까지 어떤 이야기를 하든 아버지는 앞으로 어쩔 생각이냐고 나직이 물어와서 언짢아지기 때문이었다.

아버지가 어머니의 칠 주기 때 언니에게 그런 말을 한 이유는 내가 서른다섯 살이 되었기 때문일 것이다.

마흔이 되면 더 심각하게 볼 것이다. 쉰이 되면…… 어떻게 될까? 지금보다 더 무거운 공기가 떠다니리라는 것은 간단히 예측할 수 있다.

물론, 아버지가 시설에 들어가도 좋을지 모르겠다고 생각할 만도 하다. 하지만 노인 복지시설에 그렇게 간단히 들어갈 수는 없는 노릇이다. 치매 증상이 나타나기 시작한 사키의 여든다섯 살 된 할아버지조차 순서를 기다리고 있다고 했다. 아버지는 이제 환갑을 조금 넘었을 뿐이다. 건강이 안 좋은 기미도 없다. 설사 십 년, 십오 년 뒤라도 공립 시설에 들어가기는 어렵지 않겠는가.

지난달에 이웃 마을에 생긴 맨션 타입의 시설은 어떨까? 바다를 내려다보는 언덕 위에 있고 외관도 제법 근사하다. 식사도 나오고 미니 극장과 체육관도 있다고 한다. 하지만 연금으로 충당할 수 있는 금액은 아닐 터다.

집과 밭을 팔면 종신으로 못 들어갈 것도 없다.

하지만 나는 어떻게 될까?

번역 일이 최악의 경우 제로가 되더라도 집과 밭만 있으면 나하나 정도는 어떻게 먹고살 수 있다. 어째서 언니나 아버지는 그걸 모를까 생각했지만, 집과 밭을 내가 물려받겠다고 마음대로 결정하면 안 되는 것이었을까? 언니에게는 우리 집의 미미한 재산 따위 필요 없겠지 하고 일단 언니는 고려했지만, 아버지 노후까지는 깊이 생각하지 않았다.

아니, 이건 너무 극단적인 이야기다. 언니가 따지고 들 것 같다고 상상해놓고 허둥대서 뭐 하나. 지금 집에서 아버지와 함께 밭일을 하면서 평온하게 지내면 되는 일 아닌가.

이렇다 할 불화가 있는 것도 아니다. 요양시설에 들어가겠다느니 강한 척 이야기하지만, 어지간한 사정이 없는 다음에야 나고 자란 이 집을 아버지도 진심으로 나가고 싶지는 않을 터다.

게다가 서로 입 밖으로는 내지 않지만 요즘은 취미도 맞아가고 있다. 연애물에 관심이 없어진 내가 빌려온 외화 판타지 디브이디를 아버지도 끝까지 함께 보곤 한다. 서스펜스물에 흥미가 떨어졌는지 텔레비전을 독점한다고 내게 불평하는 일도 없다. 〈반지의 제왕〉 같은 것은 아버지가 인터넷 쇼핑으로 구입했을 정도다.

아버지가 앞일을 물어도 이리저리 피하다 보면 언젠가는 포기해주리라는 전개도 크게 기대해봄직하다.

키 큰 나무가 없어서인지 바람이 강하게 느껴졌다. 가스가 흘러가서 아래쪽이 조금 밝아진 것 아닌가?

"언니, 비 그친 것 같지 않아?"

말을 걸자 언니는 발길을 멈추었다. 하늘을 올려다본다.

"글쎄. 안개비인지 구름 속 수증기인지 잘 모르겠네. 만일 구름 속이라면 정상에 도착할 무렵에는 갠다든가?"

"정말? ……아니, 기대는 하지 말자."

"좀 있으면 '제2전망대'니까 거기서 비옷을 벗을까?"

언니는 조금 기쁜 듯이 말하고 다시 앞을 보았다. 어린 시절과 똑같다고 생각하고 있을지도 모른다. 빗속의 가족 여행에서 비가 조금 잦아들 때마다 좀 있으면 개는 것 아니냐며 들떠서 이야기하다 온 가족의 쓴웃음을 사곤 했으니까.

구불구불한 칠 부 능선을 통과해 해발 1120미터에 있는 '제2전망대'에 도착했다.

뺨에 수증기조차 느껴지지 않을 정도로 비는 완전히 그쳤다.

변함없이 온 사방이 새하얗지만 비가 그쳤다는 것만으로도 기분이 상쾌했다. 추워서 방한복 삼아 비옷을 입고는 있지만 후드는 접어서 옷깃 속에 집어넣었다. 배낭에서 모자를 꺼내 썼다.

"그거 귀엽다."

언니가 모자를 가리키며 말했다. 소가죽을 일곱 종류의 초록색으로 물들여 패치워크로 연결한 등산모다.

"혹시 유즈키?"

"어, 어떻게 알아?'

"'여자들의 등산 일기'라는 산 좋아하는 여자들이 모이는 사이트가 있는데, 거기서 화제거든. 수제라서 지금은 주문해도 반년에서 일 년은 기다려야 한다고 적혀 있던데 네가 가지고 있다니, 내가 더 놀랐어."

"친구인걸."

언니에게 유즈키에 대해 이야기했다.

다치바나 유즈키는 나의 대학 시절 친구다. 열심히 구직 활동을 해서 대형 여행사에 들어갔는데 삼 년 뒤에 갑자기 모자 디자이너가 되겠다며 회사를 그만두었다. 학창 시절부터 멋진 모자는 꽤 가지고 있었지만, 전문적인 공부를 한 적이 있다는 말은 들어보지 못했다. 어느 틈에 그런 준비를 했느냐고 물어봤더니 이제부터 전문학교에 들어간다고 태연한 얼굴로 대답했다. 십 년 전 일이다.

연락을 자주 주고받는 것은 아니지만 일 년에 한 번 내 생일에
는 직접 만든 모자를 보내온다. 유즈키다우면서도 내가 좋아하
는 디자인에 봉제도 정성껏 되어 있는 프로 수준의 물건이었지
만, 취미로 만드는지 아니면 직업으로 하고 있는지 물어보지 못
했다.

그랬는데 웬걸, 반년에서 일 년을 기다려야 하는 인기 상품이
되어 있었을 줄이야. 프로 아닌가.

"마운틴 걸이 유행하는 것 같아서 시험 삼아 만들어봤다고 작
년에 아무렇지 않게 보내준 건데. 말 좀 해주지."

"대단하네. 노조미랑 왜 마음이 맞는지도 알 것 같다. 몽상가
같은 느낌으로."

언니가 이렇게 말하고 배낭을 고쳐 멨다.

즐겁게 이야기하고 있었을 텐데, 맨 마지막 말이 따끔하게 찔
린다. 유즈키가 대단하다고 말에 하지만 역시 어딘가 깔보고 있
다. 아무리 인기 있는 모자를 만들고 있다 한들 대형 여행사를
그만두면서까지 할 일은 아니라고 생각하고 있음이 분명하다.

기껏 언니 것도 부탁해줄까라고 말하려 했는데.

팔 부 능선에 도착했다.

리시리 산과 연속해 있는 조칸 산이라는 산의 정상으로 원래
는 여기서 리시리 산의 정상이 눈앞에 우뚝 솟아 있는 것처럼 보

이는 모양이지만 변함없이 하얗다. ……그런가 했더니 뺨에 물방울이 느껴졌다. 한 방울, 두 방울, 큰 물방울, 그러고는 단숨에 비가 내리기 시작한다. 역시 이렇게 된다.

"모자!"

언니가 돌아보았다.

"빨리 벗어."

"아…….."

가죽이라는 사실을 잊고 있었다. 급히 벗어서 배낭에 밀어 넣었다.

"요 앞에 피난 오두막이 있어."

언니가 비옷 후드를 뒤집어쓰면서 말했다. 비는 점점 더 거세진다. 산에 오르기 시작했을 때보다 거셀 수도 있겠다. 모자를 꺼내지 말걸 그랬다.

서두른 덕분에 십 분도 되기 전에 오두막에 도착했다. 다실 같은 좁은 입구를 지나 안으로 들어갔더니 생각 밖으로 넓었다. 다다미 열두 장쯤 될까. 휴우 크게 한숨을 쉬고 배낭을 내려놓았다. 행어와 로프도 있기에 위아래 비옷을 다 벗어서 걸고 얄브스름한 다운재킷을 걸쳤다.

"모자, 얼룩 안 생겼어?"

언니가 물어보기에 확인해보았다.

"괜찮아."

"다행이다. 오만 엔을 버리는 줄 알았어."

"그거, 모자 가격이야?"

"혹시 몰랐어?"

"응. 오천 엔 정도인가 했지."

"그건 실례야. 그런데 부럽다. 누군가를 기쁘게 해주는 물건을 자기 손으로 만들어낼 수 있다니."

언니는 배낭에서 가스스토브와 코펠을 꺼내 물을 끓이기 시작했다. 종이컵을 두 개 나란히 놓고 스틱형 인스턴트커피를 넣었다.

눈 깜빡할 사이에 따뜻한 공기가 떠다니기 시작했다.

"언니도 요리 잘하잖아."

"시시한 맛이야. 기뻐해주는 사람도 없고, 아무런 가치도 없어."

겸손하다기보다는 자조하는 말투다. 기껏 칭찬해줬더니.

언니가 자 하고 커피를 내밀었다. 처음부터 설탕과 우유가 섞여 있는 타입이라서 달짝지근한 커피 향만으로도 휴우 한숨 돌리고 싶어졌다. 한 모금 마셨더니 내 몸이 이렇게 식어 있었구나 하고 깨달을 정도로 온기가 구석구석 스며들었다.

"맛있다. 참, 초콜릿. 그리운 제품이 다시 나왔어."

배낭에서 판 초콜릿을 꺼내 반으로 쪼갠 뒤 언니에게 건넸다. 언니는 한입 베어 물고 코를 훌쩍거렸다. 설마 우는 거야?

"무슨 일 있어?"

"……아무 일도 없어. 그런데 노조미 너는 앞으로 어떻게 할 작정이야?"

설마 했던 기습 공격이다. 이쪽이 마음을 써준 순간 한가운데로 스트레이트를 날릴 줄이야. 약한 소리를 하거나 코를 훌쩍인 것도 이 대사를 치기 위한 복선이었던 것이다. 그렇다면 나도 전투태세를 취할 수밖에.

"아무 생각도 없는 건 아니야. 요전에 소설 콩쿠르에 번역도 하나 응모했고, 영화 자막을 공부해볼까도 생각하고 있어."

"학원 선생님이나 호텔리어 같은 선택지는 없는 거구나."

"없어. 내가 사람들 싫어하는 거 알잖아."

"하지만 어느 정도의 수입은 필요해. 아빠 연금도 용돈 수준의 금액이고."

"바보 취급하지 마. 그런 거에 의지 안 하니까. 나도 여차하면 어떻게든 할 수 있어."

"예를 들어?"

"……양파밭. 밖에 일하러 안 나간다고 해서 아무 일도 안 한다고 단정 짓지 마. 양파밭, 매일 거들다 보면 싫어도 전부 배우게 되잖아. 아빠가 밭에 못 나가게 돼도 농사는 나 혼자 충분히 지을 수 있어. 결혼도 절대 안 하겠다고 결심한 건 아니야. 꼭 해야 하면 맞선 파티든 미팅이든 갈 거야. 요즘 시대에 환갑 넘어서 새로운 일을 시작하는 사람도 많은데 어째서 이제 서른다섯인 내가 미래가 없는 사람인 것처럼 이야기하는데?"

"불안하지 않아?"

"뭐가?"

"앞이 보이지 않는 게."

"전혀 아니라고 하면 거짓말이겠지만 거의 안 불안해. 애초에 상상한 대로 되는 일이 더 드물잖아. 우리 가족이 텔레비전이랑 똑같은 경치를 본 적이 없는 거나 매한가지야. 매번 비가 내리면 어떡하지 하고 불안에 쫓기면 여행 같은 건 하고 싶어지지 않잖아. 맑은 인생에 익숙해져서 다 잊었어?"

"나는 비도 예상했어."

"우산 깜빡한 적이 없었기는 하지. 비가 좀 그친 정도로는 가죽 모자도 안 쓸 테고. 하지만 언니랑 비교해서 내 인생이 초라할지 몰라도 나는 내 나름대로 어떻게든 살고 있잖아. 나, 매일 즐기고 있어."

"그렇구나…… 즐겁구나. 그럼 어깨 힘을 더 빼야지."

"무슨 뜻이야? 만날 나를 무기력한 사람 취급하면서 힘을 빼라니."

"무기력한 사람? 너 스스로 그렇게 생각하고 있을 뿐인 건 아니고? 나는 오늘, 적어도 지금 여기서는 전혀 잔소리한 기억이 없어. 그런데 너는 정색하면서 변명만 늘어놓잖아."

"그런 적 없어. 언니는 말이야, 자각 못 하지만 늘 사람을 깔보는 식으로 말해."

"안 그래!"

고함을 친다. 찔리는 부분이 있다는 증거다.

"망상 벽이 강한 멍청한 여자 취급당한 김에 말해두겠는데, 이 등산도 나를 자립시키려고 일부러 계획한 거 아냐?"

드디어 말했다. 커피를 다 마셨다. 식은 정도가 아니라 차갑다. 하지만 뺨은 뜨겁다. 왜 그런지 심장까지 두근두근 뛴다.

"……전혀 그렇지 않아."

"하지만 언니가 직접 여행지를 고르지를 않나, 나나카 없는 여행이라니 있을 수 없는 일이잖아."

"그러게. 남편이 못 가게 됐다는 건 거짓말이야. 처음부터 너에게 가자고 할 생각이었어. 하지만 목적은 달라."

"그럼 뭔데?"

"내가 등산을 하고 싶어서. 하지만 한참 안 다녔는데 혼자 오르기는 불안해서."

"뭐? 고작 그런 이유야? 근데 왜 나야?"

"편하니까. 혼자 곰곰이 생각해보고 싶은 일이 있어서 산에 갈 수밖에 없겠다 싶었어. 하지만 옛날 등산 친구를 불러도 신경이 쓰일 게 뻔하잖아. 기본적으로 나도 사람을 싫어해. 너처럼 선언할 수 있으면 그나마 낫겠지만 나는 내가 그런 인간이라고 인정하는 것이 싫어서 붙임성 좋게 행동하고 어물어물 속여가면서 살아왔어. 하지만 그런 식으로 산에 오르는 건 의미가 없겠더라고."

"그래서 나야? 체력을 보존하려고 그러는 줄 알았는데, 올라오는 동안 입을 다물고 있었던 건 그래서였구나. ……하지만."

"응?"

"비가 와도 상관없었어?"

"비가 와도 노조미 너랑 오는 게 좋았어."

대꾸할 말을 찾을 수 없었다.

사방 1미터도 되지 않는 작은 입구로 밖을 보니 비는 그쳐 있었다.

지금이 찬스라는 듯 출발 준비를 했다. 비가 그친 것을 확인하고도 둘이 동시에 비옷을 입기 시작하는 것을 보고 같이 웃었다.

능선을 따라 난 좁은 길을 한 줄로 걷기 시작했다. 고산식물 꽃이 드문드문 눈에 띄기 시작했다. 언니의 생각을 방해하면 안 된다 싶으면서도 아무래도 한 가지만은 마음에 걸려서 물어보기로 했다.

"언니, 무슨 생각해?"

등 뒤에서 말을 걸자 언니는 걸음을 멈추고 돌아보았다. 오 초 정도 잠자코 있기에 대답하지 않아도 괜찮다고 말하려 했을 때였다.

"남편이 이혼해달래."

언니는 이렇게 말하고 슥 앞을 보더니 다시 걷기 시작했다. 너무나도 갑작스럽게 담담히 말하는 바람에 말뜻을 이해하는 데 시간이 걸렸다. 꽤 뒤처져서 엇 하는 목소리가 나오려는 것을 목구멍 속으로 밀어 넣었다.

이혼. 언니가 이혼. 분명 언니의 올바른 인생에 이혼이라는 말 따위는 있어서는 안 될 텐데. 바로 그렇기 때문에 생각할 시간이 필요했을 것이다.

뭐가 원인인가? 언니에게 잘못이 있나? 형부에게 잘못이 있나? 나나카는 어떻게 하나? 물어보고 싶은 말이 꼬리에 꼬리를 물고 머릿속에 넘쳐흘렀지만 언니가 먼저 입을 열지 않는 이상 이쪽에서는 아무 말도 할 수 없다. 언니가 등산 파트너로 나를 고른 의미가 없어진다.

— 비가 와도 노조미 너랑 오는 게 좋았어.

이혼 원인을 내 문제처럼 애타게 생각하는 사이 트인 장소로 나왔다. 구 부 능선이라는 팻말이 서 있고 '사이賽의 강가'라고 적혀 있다. 그보다 마음에 걸리는 것은 밑에 적어놓은 문구다. 무심코 두 번 봤을 정도다.

'여기부터가 중요 포인트.'

눈앞에는 불그스름한 갈색으로 탄 화산력이 수직으로 우뚝 솟

184

아 있는 것처럼 보이는 급한 오르막길이 있다. 게다가 꽤 매서운 맞바람이다. 비가 그치지 않았다면 여기서 발길을 돌리자고 제안했을지 모른다.

"중요 포인트라는 게 들어본 적 없는 말은 아니지만 실제로 적혀 있으니 제법 자극적이네."

"어떤 코스일까? 하지만 사슬을 잡고 가야 할 정도는 아니니까 괜찮아. 중요 포인트라……. 이번에 이 산을 고른 건 정답이었을지도 모르겠네."

중요 포인트. 이혼이라는 뜻임이 분명하다. 내게는 뭘까?

"갈까?"

언니가 한 걸음 내디뎠다. 지반이 물러서 딱히 체중을 싣지 않았는데도 밟을 때마다 자갈이 굴러 떨어진다. 바람 때문인지, 비 때문인지, 그도 아니면 눈 때문인지 양쪽에 흙벽이 서 있는 것 같은 좁은 길은 평평하던 지면이 패어서 이렇게 되었을까?

발밑이 무너지는 감각. 그야말로 중요 포인트다. 언니는 무엇을 느끼고 있을까?

하지만 이 길, 양쪽으로 눈을 돌리면 도처에 꽃이 흐드러지게 피어 있다. 돌아보니 거센 바람이 흰 가스를 날려 보내서 꽤 아래쪽 사면까지 내려다보였다. 녹지에 흰 꽃 융단. 그 너머는 노란 꽃 융단. 흰색과 핑크색이 섞인 강아지풀 같은 꽃도 귀엽다. 짙은 보라색 꽃도 기품이 있어 좋다. 물방울이 맺혀서 반짝반짝

빛나는 꽃도 있다.

리시리 산은 꽃의 명산이라고 언니가 했던 말이 떠올랐다. 하지만 언니 눈에 이 꽃이 보일까? 형부 일을 생각하느라고 이 꽃들을 보지 못한다면 아까운 노릇이다. 아니, 바보 같다.

"언니!"

바람에 날려가지 않게끔 목소리를 높였다. 언니가 돌아봤다.

"꽃, 안 보고 있지?"

"응? 아…….."

"언니 목적은 생각하기 위해서일지 몰라도 산은 그러라고 있는 게 아니야. 리시리 산에서만 볼 수 있는 꽃이 있을 것 아냐. 게다가 지금 시기에만. 그걸 즐기지 않으면 손해 아닐까? 모처럼 우리 둘이 통째로 빌렸는데."

언니는 깜짝 놀란 듯 발밑을 내려다보더니 이번에는 얼굴을 들고 멀리까지 내다보았다.

"저쪽 노란 꽃이 금매화. 바로 앞에 있는 흰 꽃은 홋카이도 바람꽃. 이 보라색이 실잔대. 고양이 꼬리는 범꼬리. 구름국화도 예쁘네. ……더 찾아보는 건 내 담당이라고 생각하지?"

"맞아. 뭐 특별한 이야깃거리라도 들려줘."

"리시리 산에서만 볼 수 있는 꽃인 리시리 개양귀비는 이 루트에는 한 포기밖에 없대. 만일 피어 있는 걸 발견하면 바로 그 노랫말 그대로지."

186

그 노래? 온리원인지 넘버원인지 하는 그거다.*

"오오! 하지만 언니 그 가사 싫어하잖아."

"하지만 그런 꽃은 보고 싶어. 아니, 아마 지나쳤을 거야."

"뭐? 글렀잖아."

"내려가면서 찾으면 되지."

언니는 새침한 얼굴로 이렇게 말하더니 싫어하는 노래를 소리 높여 부르기 시작했다. 통째로 빌린 상황임을 핑계로 나도 같이 불렀다. 노래를 부르면서 걷는다.

덕분에 지쳤다. 어쨌든 중요 포인트니까. 걸음을 멈추고 크게 숨을 내쉬었다. 그러는데 앞쪽에서 인기척이 느껴졌다. 같은 차로 온 노부부다.

"기운찬 노랫소리가 들리던데 정상에 도착하면 더 노래하고 싶어지지 않겠어?"

아저씨가 웃으면서 말했다. 언니가 예 하고 부끄러운 듯 고개를 숙이고 나도 머리를 긁었다. 시야에 사람이 들어오지 않으면 통째로 빌렸다고 믿어버리는 우리 자매가 이제껏 몇 번이나 해온 실수다.

"오늘 올라오기로 선택한 우리는 정말로 운이 좋아. 조금만 더 가면 정상이니까 힘내요."

---

* 그룹 SMAP의 노래 '세상에 하나뿐인 꽃'에는 "작은 꽃이나 큰 꽃/ 하나도 똑같은 건 없으니까/ 넘버원이 되지 않아도 돼/ 원래부터 특별한 온리 원"이라는 가사가 나온다

아주머니에게도 격려의 말을 들은 우리는 감사 인사를 하고 앞으로 걸어갔다. 저런 사람들을 보면 부부는 좋구나, 결혼도 좋을지 모르겠다고 느낀다. 언니는 무슨 생각을 했을까? 부부란 저래야만 한다는 생각을 하고 있지 않아야 할 텐데.

하지만 언니에게 말을 걸 수는 없다. 그 정도 체력은 남아 있지 않기 때문이다. 꽃도 분에 넘치게 많아서 이제 배부르다. 발을 앞으로 내려놓는다. 그저 걸을 뿐이다. 하지만 정상은 아직 보이지 않는다. 정말이지, 골인한 사람의 '조금만 더'만큼 믿을 수 없는 말은 없다.

그래도 계속 걷는 것은 골이 존재한다는 사실을 알기 때문이다. 내 골은 무엇일까? 아버지나 언니가 내게 하는 말은 중요 포인트나 골이 무엇인지 생각해보라는 뜻인지도 모른다.

사당이 보였다.

"언니!"

"응."

갑자기 의욕이 솟아나서 언니와 둘이 달려가다시피 사당을 향해 갔다. 산꼭대기를 채색하듯 피어 있는 천연 꽃밭은 아무리 정성스럽게 가꾼 정원도 못 당할 정도로 아름답다. 뚫어져라 쳐다보면 파란 하늘이 보일 것만 같은 얇은 구름 틈으로 빛이 내리쬐어 아래쪽에 펼쳐진 구름바다를 비춘다.

"앗……."

소리를 지르자 언니도 눈치를 챈 모양이었다.

"저기, 자세한 사정은 잘 모르겠지만 나나카를 집에 데려오는 것도 괜찮지 않아? 다 같이 즐겁게 살자."

"최악의 경우에도 그런 선택지가 있다는 건 머리에 넣어둘게."

"너무하네. 비를 부르는 운 나쁜 가족일지 몰라도 그렇게까지 나빠지지는 않을 거라 생각해. 우리만큼 무지개를 많이 본 가족도 그리 없을 테니까."

"맑은 날은 누구랑 함께 있어도 즐겁지. 하지만……."

끝까지 말할 필요는 없다.

비가 내려도 함께 있고 싶다고 생각되는 사람이라는 것이 자랑스러웠다.

、 시
로
우
마
다
케

"그야말로 기적이지!"

두 팔을 뻗어 하늘을 우러러보면서 동생이 외쳤다. 깊은 산간에 호젓하게 자리 잡은 하쿠바지리 산장. 그 일대를 감싸고 있는 청량한 공기 전체를 뒤흔들듯 커다란 목소리다. 아침 5시부터 조식 시작. 침실 건물에서 나와 식당 앞으로 모여드는 등산객 중에는 아직 잠에서 덜 깬 듯 눈을 비비고 있는 사람도 하나둘 보이는데.

"아침부터 큰 목소리 내지 마. 민폐잖아."

목소리를 낮춰 나무랐다.

"산에서 아침 5시는 지상에서는 8시랑 똑같다고 어젯밤에 언니가 말했잖아. 그치, 낫짱?"

동생이 내 옆에 서 있는 나나카에게 동의를 구했다. 초등학생을 한편으로 끌어들이다니 한심하기는. 동생은 옛날부터 이런 성격이다. 서른다섯 살이 되어서도 독신인 데다 취미 수준으로 일하면서 연금으로 살아가는 아버지의 원조를 받고 있으니 마음은 어린애 그대로일 것이다. 여하튼 누군가를 편으로 만들고 싶어한다. "그치, 언니"가 "그치, 낫짱"으로 바뀌었을 뿐이다.

하지만 나는 동생 편이 되어준 적이 있을까?

"노조미 이모 목소리는 만날 커."

플리스 재킷 주머니에 두 손을 넣은 채 나나카가 대꾸했다. 8월 첫 번째 주, 산의 아침은 어깨를 움츠릴 정도로 쌀쌀하지만 식당은 아직 문을 열지 않았다.

"시끄럽기로 치면 낫짱 목소리도 마찬가지잖아. 이모, 일어나 하면서. 그건 민폐 아닌가?"

"아침식사 시간에 늦으면 곤란하니까 그렇지. 게다가 사람들 거의 다 더 일찍부터 일어나 있었고, 나나카가 깨운 건 이모 휴대전화 알람이 꺼지고 난 뒤였거든?"

나도 이런 식이었다. 큰 목소리는 이웃에 피해가 간다, 오 분 전 엄수, 숙제와 가방 챙기기를 끝내고 나서 놀러 간다. 이런 당연한 행동을 동생이 못 하는 것이 신기했다. 한편이 되어주지 않는 언니에게 동생이 반론하는 경우는 없었다. 뾰로통한 얼굴로 재미없다는 듯 고개를 획 돌릴 뿐……

동생은 나와 나나카를 번갈아 보더니 씩 웃었다.

"이것 참 실례했습니다. 정말 모전여전이라니까. 하지만 낫짱, 넌 엄마보다 운이 좋아."

여전히 큰 목소리였지만 그래도 상관없을지 모른다는 생각도 든다. 우리가 서 있는 곳은 광대한 북알프스의 한 점이고, 작은 점에서 내는 소리 같은 건 태양 빛이 아침 안개와 함께 지워주지 않을까.

"이모, 어제도 똑같은 말을 했잖아. 왜?"

동생은 하쿠바 역으로 향하는 특급열차 안에서도 창밖으로 하늘을 올려다보고는 기적이 일어날 것 같은 예감이 든다고 했고, 사루쿠라의 등산로 입구에서 하쿠바지리 산장까지 한 시간을 걷는 동안에도 기적이 일어나는 것 아니냐고 연호했다. 구름 낀 하늘이 펼쳐져 있었을 뿐인데. 그래도 마음 한구석에서는 동이 트면 평소와 같은 하늘이 기다리고 있지 않을까 내심 생각했을 터다.

나만 해도 밤중에 얇은 이불 위에서 돌아누울 때마다 귀를 바깥에 집중했다. 나뭇잎이 스치는 소리가 몇 번이나 빗소리로 들리던지.

나나카가 동생과 나를 번갈아 올려다보았다. 널찍한 이마는 나를 닮았다. 하지만 내게는 없는 힘이 있다.

"날씨가 좋아서 그래."

외칠 것까지는 없지만 차가운 공기를 배 속 깊이 들이쉬면서 목소리를 내보니 상상 이상으로 기분이 좋다.

"고작 그걸로? 이해 불가네."

나나카가 뾰로통해졌다. 이런 표정은 동생을 닮지 않은 것도 아니다. 비를 몰고 다니는 일가의 자매가 둘이 모여 여행지에서 맑은 하늘을 올려다보는 것은 삼십몇 년 만에 처음이다. 맑게 갠 하늘을 고작이라고 할 수 있는 나나카 덕분이라 생각해도 팔불출 부모는 아닐 터이다.

여전히 뾰로통한 나나카의 볼을 두 집게손가락으로 가볍게 찔렀다. 나나카가 푸핫 숨을 내쉬는 것과 동시에 식당 문이 열렸다.

무한 리필이 되는 밥과 된장국에 반찬은 구운 생선과 고기 채소 간장 조림. 평범한 일본식 여관과 다르지 않은 균형 잡힌 식단이다.

"생선 좀 더 깔끔하게 먹지?"

젓가락을 내려놓는 동생에게 나나카가 말했다. 동생이 무슨 당번이냐고 공격한다. 하지만 나나카의 접시는 깔끔하게 정리돼 있다. 매일 함께 식사를 하는데도 밖에서 어른용 메뉴를 전부 먹어치우는 모습을 보면 많이 컸구나 하는 생각이 밀려온다.

식당 구석에 있는 매점에서 핀 배지를 사서 침실 건물로 돌아왔다. 산과 구름 낀 계곡 모양에 '하쿠바지리 산장'이라는 글자가 들어가 있는 이 산장의 오리지널 배지다. 좋다, 라며 쳐다보는 나나카의 배낭에 달아주었다.

"산장에 처음 온 기념으로."

"와! 정상에 있는 산장에서도 사줘. 나나카 이제부터 배지 모아야지."

나나카가 기쁜 얼굴로 짐을 챙기기 시작했다. 마룻바닥에 늘어놓은 짐 속에서 비옷을 가장 먼저 집어 들더니 배낭 밑바닥에 밀어 넣는다. 위아래 세트로 만 엔 넘게 하는 성능 좋은 비옷을 구입했다. 사용도 해보지 못하고 사이즈가 맞지 않게 되는 것은 아깝지만 그렇게 되는 편이 가장 바람직하다.

"이모, 비옷 까먹지 마."

"나는 원래 맨 마지막에 넣거든."

무엇보다 나나카가 산을 즐거워해주는 것이 가장 기쁘다.

오전 6시 반. 식당 앞에서 준비체조를 한 뒤 배낭을 멨다.

"그럼 출발할까? 목표는 하쿠바다케."

동생이 주먹을 치켜들었다.

"시로우마다케白馬岳*래."

나나카가 정정하고 나서 걷기 시작했다. 동생, 나나카, 나 순서다. 이 코스는 두 번째 오는 내가 페이스메이커로 선두에 서는

---

* '白馬'라는 한자는 '하쿠바'로도 '시로우마'로도 읽을 수 있다

편히 좋을지 모르지만, 나나카의 모습이 시야에 들어오지 않으면 불안하다. 동생은 나나카를 의식하는 눈치 없이 자기 페이스로 걷고 있다. 나나카는 그 뒤를 딱 붙어서 따라간다. 세 사람 중에서 가장 체력이 있는 사람은 일주일에 오 일 수영 교실에 다니는 나나카일지도 모른다.

나는 올해 두 번째 등산이기는 하지만 그 전에 십오 년의 공백기가 있다. 하루 종일 뒹굴뒹굴 지내지는 않지만 운동다운 운동은 아무것도 하지 않았다. 등산하기로 한 뒤부터 아침저녁으로 한 시간씩 걷기를 시작한 정도다.

두 달 전에 남편이 이혼 이야기를 꺼냈을 때 냉정하게 나 자신과 대면하고 싶다고 생각했다. 그렇게 할 수 있는 곳이 내게는 산이었다. 하지만 그런 심각한 목적만으로 등산을 시작한 것은 아니다.

시골에서 나와 오사카에 있는 여자 대학에 진학하자 기숙사 친구가 커리큘럼을 짤 때와 마찬가지로 다른 대학의 서클 활동을 견학하자고 꾀었다. 테니스 동아리와 이벤트 동아리, 합해서 다섯 군데 정도를 방문했지만 뭔가 아니라는 느낌이었다.

이런 부분이 맞지 않다고 명확히 표현할 수는 없지만 어쩐지 마음이 불편해서 빨리 돌아가고 싶었다. 지방 출신이라서 그런가 하고 단순하게 생각해봤지만, 더 시골에 살았던 것 같은 친구들도 즐겁게 다니는 것을 보면 꼭 그렇다고도 단정할 수 없다.

A형이라서 그런가 하는 바보 같은 생각도 들었지만, 동아리 활동을 하는 A형들이야 그야말로 얼마든지 있겠다 싶어서 머릿속에서 지워버렸다. 별 관심도 없는 혈액형이 그때 곧장 떠오른 이유는 기숙사에서 막 신입생 프로필을 작성한 뒤였기 때문이다. 기숙사 내에 게시한다고 해서 혈액형 외에도 생일과 출신지, 취미 등을 기입했다. 취미는 여행이라고 써보았다.

이것이 결과적으로 산과 나를 이어주었다.

같은 기숙사 동급생이던 나이토 미사코가 산악 동아리에 들지 않겠느냐고 제안한 것이다. 미사코의 오빠가 다니는 대학의 동아리였는데 우리 학교 학생은 아무도 없어서 혼자 가기는 불안하다는 이야기였다. 학부도 다르고 방이 있는 층도 달라서 거의 접점이 없는 나에게 미사코가 왜 그런 제의를 했는지는 알 수 없었다. 답을 들어도 수긍이 되지는 않았다.

— 황소자리 A형이니까.

점을 보면 '노력'이라는 말을 곧잘 보게 되는 조합인데, 설마 이런 이유만으로 제의를 했다니. 그래도 견학 정도라면 괜찮겠지 싶어서 가봤더니 다른 동아리보다는 어울릴 수 있을 것 같은 예감이 들었다. 중학교, 고등학교에서 취주악부였기 때문에 체력에는 자신이 없었지만, 신입생 환영 등산에서는 헐떡이지도 않고 선배들이 놀랄 정도로 여유가 있었다. 양파 농가의 아이였던 보람이 있었는지 모르지만 그 이야기는 하지 않았다.

초등학생 때부터 밭일을 거들고 있는 모습을 동급생이 보고 놀리는 일이 몇 번이나 있었기 때문이다. 갑절로 욕을 해주어도 부아가 가라앉지 않았다. 분한 마음에 이불 속에서 이를 악무는 밤이 거듭되는 사이, 질 나쁜 버릇이 생겼다.

나나카는 가벼운 발걸음으로 걸어간다.

설사 친정에 가 있게 되더라도 밭일은 거들게 하고 싶지 않다.

돌을 겹쳐 쌓아서 만든 무더기 앞에서 동생이 발길을 멈추었다. 시로우마 산 국유림이라 적혀 있다.

"와, 눈이다."

나나카가 환성을 질렀다. 커다란 눈 계곡이 산꼭대기를 향해 뻗어 있다.

"아이젠을 달자."

가까운 바위에 나나카를 앉히고 신발에 아이젠을 장착해주었다. 하쿠바 역 등산 안내소에서 대여한 물건이다.

"이 눈 위를 걷는 거지? 대단하다. 여름인데."

겁먹은 기색도 없는 나나카가 듬직하다. 동생과 나도 아이젠을 장착하고 아까와 같은 순서로 한 줄로 서서 눈 위를 밟아 나갔다.

"오오, 대단하다."

나나카가 한 발짝 걸을 때마다 소리를 친다. 시로우마다케로 하기를 잘했다.

"눈도 대단하고 아이젠도 대단해."

동생도 나나카에게 뒤지지 않을 정도로 들떠 있다. 이렇게 셋이서 하는 여행이 처음이라고는 생각되지 않을 정도로 앞에 가는 두 사람의 모습이 내 눈에는 잘 어우러져 보인다.

이혼에 대해 냉정하게 생각해보기 위해 등산을 결심했지만 긴 공백기 때문에 주저했다. 혼자 가기는 불안하고 그렇다고 신경 써야 하는 상대와 같이 가면 곰곰이 생각할 여유가 없어진다.

신경을 쓰지 않아도 되는 상대, 그리고 불러내기 쉬운 상대라고 하면 동생밖에 떠오르지 않았다. 학창 시절의 산악 동아리 동료들은 거의 다 결혼했고, 독신인 미사코는 건강을 해쳐서 입원할 정도로 일이 바쁘다. 하지만 언니가 하자고 하면 무엇이든 기꺼이 따를 정도로 우리가 사이좋은 자매는 아니다. 갑자기 같이 등산하자는 말을 꺼내면 동생은 특유의 게으름을 이유로 즉시 거절하지 싶어서 홋카이도, 리시리 섬 하는 식으로 내용을 조금씩 흘리면서 이야기를 꺼내 리시리 산 등산을 결행했다. 아니나 다를까 날씨는 비였다.

처음에는 언짢은 얼굴로 따라오던 동생도 비가 그친 정상에서는 표정이 확 개었다. 산꼭대기에서 아래쪽 무지개를 내려다보며 가장 먼저 머리에 떠오른 것은 이혼에 대한 답이 아니었다.

나나카에게도 이 경치를 보여주고 싶었다.

산뿐만이 아니다. 유리그릇에 가득 든 성게도 분명 기뻐하며 먹었겠지 하고, 나나카가 뜨끈뜨끈한 밥 위에 성게를 잔뜩 얹어 입안 가득 넣은 모습을 상상했다. 바다가 보이는 노천탕에 몸을 담그면서도 나나카라면 헤엄을 쳤을지 모르겠네 하고 넓은 욕조를 둘러보았다. 아무런 불만도 없는 여행인데 작은 구멍으로 조금씩 즐거운 기분이 빠져나가며 쓸쓸함이 커지는 듯했다.

나나카에 대한 마음을 그대로 남편에게 옮겨놓고, 헤어진 뒤를 생각해보았다. 싱글 시절로 돌아가는 것이 아니다. 쓸쓸함을 메우기 위해 아무리 맛있는 음식을 먹고 등산을 하고 여행을 하고 재미있는 영화를 보고 책을 즐기더라도 그 만족감과 비례하듯 그것을 공유할 상대가 이제는 없다는 현실이 강하게 닥쳐왔다.

이혼이란 그런 것이다.

숨이 막혀서 발이 멈추었다. 아이젠을 장착하고는 있지만 눈을 밟으면서 가는 한 걸음은 무겁다. 무의식중에 아래만 보고 있었음을 깨달았다. 나나카는 괜찮을까?

고개를 들자 나나카의 뒷모습이 생각보다 멀었다. 5미터쯤 앞일까? 동생과 나나카의 거리는 1미터도 벌어져 있지 않다.

"이모, 결혼 안 해? 나나카, 사촌 동생이 있었으면 좋겠어."

"시끄러워. 나나카가 후쿠야마 마사하루보다 멋있는 사람을 데리고 오면 생각해볼게."

"그런 사람이 이모랑 결혼할 리 없잖아. 이상이 너무 높다. 그러니까 안 되는 거야."

둘 다 가벼운 농담을 주고받으면서 걸어갈 수 있을 정도로 여유가 있는 모양이다. 힘들다고 느끼는 사람은 나뿐인가? 조금 페이스를 떨어뜨려주기를 바라지만 그렇게 하면 나나카에게 부담이 된다. 하이 페이스를 유지하는 것보다 타인의 페이스를 맞추는 쪽이 체력이나 기력 소모가 크다. 그런 일을 나나카에게 강요할 수는 없다.

내가 아니라 딸 나나카에게 최선인 선택을 하는 것이 부모의 역할이다.

남편은 그 역할을 방기하려 하고 있다.

이혼 이야기는 실로 청천벽력이었다.

현립 병원 정형외과에 근무하는 남편은 저녁 8시에 귀가한 뒤에 식사를 하고 목욕을 하고 거실 텔레비전에 해외 드라마 디브이디를 세팅했다. 그리고 물을 탄 위스키를 직접 준비한 뒤 저녁 반주를 시작했다. 평소와 다르지 않은 흐름이다. 그날도 여느 때처럼 물을 탄 위스키를 세 잔 마시면서 드라마 두 화 분량을 보고 침실로 가겠지 싶었다. 그런데 위스키를 한 잔 다 마시더니 남편은 주방을 치우던 내게와서 커피를 좀 달라고 말했다.

모처럼의 기회라서 두 사람 몫을 탄 뒤 나는 늘 앉는 대로 남편 대각선 건너편 소파에 앉았다.

— 어디 몸이라도 안 좋은 거야?

— 아니, 이제부터 할 이야기를 술김에 했다고 생각하지 말았
으면 해서.

남편은 이렇게 말하면서 텔레비전을 끄더니 내 쪽으로 돌아앉
았다.

— 이혼해줘.

아무런 마음의 준비도 없이 들은 말을 머릿속에서 세 번 반추
한 뒤에 나온 것은 왜라는 한마디였다.

— 자유로워지고 싶어.

의미를 알 수 없었다. 결혼한 지 십오 년, 남편에게 간섭한 기
억은 한 번도 없다. 내가 남편에게 용돈을 주는 시스템도 아니
고, 귀가 시간이 빨라지든 늦어지든 불평한 적도 없다. 식사는
매 끼니 영양 밸런스가 맞는 메뉴로 차린다. 가끔 식욕이 없다고
할 때는 싫은 기색 없이 오차즈케*나 우동 등을 재빨리 준비했
다. 영양사 자격이 있는 내가 누구보다 잘하는 부분이다. 물론
청소나 세탁 같은 전반적인 가사 일도 깔끔하게 해왔다.

육아 면에서도 나나카에게 들은 이야기나 수영 교실에서의 성
과 등을 잘 공유하는가 하면 학부모회 활동 같은 성가신 일에 대
해서는 부탁은 고사하고 푸념 한 번 한 적 없다. 의사인 만큼 건
강 문제는 종종 상담할 법했지만, 나와 나나카는 요 몇 년 동안

---

* 밥에 차나 연한 맛국물을 얹어 먹는 간단한 음식

감기 한 번 제대로 걸린 적이 없다.

완벽한 전업주부였다.

당당하게 이렇게 말할 수 있다. 단 하나, 나에 대한 불만으로 짐작 가는 것이라면 이 년 전에 침실을 따로 쓰기로 한 것일까? 나는 스트레스가 쌓이면 자면서 이를 가는 모양이다. 모양이라고 하는 이유는 자각이 없기 때문이다.

초등학생 때 같은 방에서 자던 동생이 언니가 밤새도록 빠드득빠드득 이를 가는 바람에 잠을 못 잤다고 화내는 소리를 듣고 내가 그런다는 사실을 처음 알았다. 매일은 아니다. 동생이 불평을 하는 것은 대개 학교에서 안 좋은 일이 있던 날의 다음 날 아침이었다.

가뜩이나 짜증이 나 있는데 동생이 자못 피해자인 양 아침부터 불만을 늘어놓으니 시끄럽다고 일갈하거나 손이 찰싹 나갈 때도 있었다. 동생 입장에서는 엎친 데 덮친 격이었음이 분명하다.

자매라면 그래도 용서할 수 있겠지만 생판 타인에게 피해를 줄 수는 없다.

치과에서 부정교합을 교정해보기도 하고 마우스피스를 만들어 수학여행, 부 활동 합숙, 친구들끼리의 여행, 등산할 때 산장 숙박 등 짧은 외출의 경우에는 어떻게 넘어갈 수 있게 됐다. 하지만 마우스피스를 끼는 것은 입에 이물을 삽입하는 것과 마찬가지라 숙면을 취할 수 없는 등 다른 스트레스가 와서 매일 사용하기는 어려웠다.

그래서 결혼은 무리겠다고 일찌감치 단념하고 있었다. 과장된 생각은 아니었을 것이다. 수면은 매일 하는 일이니까. 자립에 도움이 되는 자격을 따고 취직을 해서 아무에게도 신경 쓰지 않고 혼자 편안히 자도록 하자고 인생 설계를 했다.

그런데 대학을 졸업한 다음 해에 결혼을 해버렸다.

영양사로 근무하던 현립 병원 근처에 있는 식당에서 자리가 없는 탓에 남편과 합석한 것이 계기였다. 포크커틀릿 덮밥이 저렴하고 맛있다고 소문난 곳이었다. 늦게 와서 먼저 다 먹은 남편은 편안한 식사를 방해한 데 대한 사과라며 내 전표까지 가져가려 했다. 하지만 내가 그 손을 그만 뿌리치는 바람에 분위기가 어색해졌다. 이를 만회하고자 내가 차를 마시러 가자고 제안했다. 나는 거의 매일 다니던, 숨은 맛집인 카페에 남편을 안내했다. 그리고 곧잘 거기서 만날 약속을 잡고 영화를 보거나 식사를 하게 됐다.

의학부를 나왔다기에 부잣집 도련님인 줄 알았더니 아버지는 작은 회사의 월급쟁이라고 사귀기 시작하고 얼마 되지 않은 시점에서 말해주었다. 장학금을 받거나 아르바이트를 하는 등 노력과 고생을 거듭해서 여기까지 왔다고 이야기하는 모습이 근사하다고 느꼈다.

그래도 결혼을 생각하지는 않았다. 이십대 전반이던 나는 이를 가는 것을 들키면 사랑도 끝이라고 진지하게 고민하다가 밤새도록 울어 퉁퉁 부은 눈으로 출근할 때도 있었다.

그러던 중에 나온 여행 가자라는 말은 결별 선언 외에 아무것도 아니었다. 갑자기 울음을 터뜨린 나를 보고 뭐에 홀렸나 생각했다고 남편은 나중에 가서 말했다. 그 정도로 나는 오열했다.

─나는 잠도 잘 들고 한번 자면 어지간한 소리로는 깨지 않으니까 신경 안 써도 돼.

웃어넘기듯 남편이 말했다. 나는 마음이 완전히 충만해져 남편 옆에서는 편안하게 잠들 수 있었다. 좋아한다, 사랑해, 그런 말을 하는 사람은 아니다. 나도 그런 말을 입 밖으로 내는 데는 서툴다. 대체 세상 부부들은 어떤 타이밍에서 그런 말을 필요로 할까? 그런 말이 없어도 남편이라면 서로 마음이 통하리라고 믿고 나는 인생의 설계도를 변경하기로 했다.

직장이 같았기 때문에 결혼이 정해지자 필연적으로 내가 일을 그만두게 되었다. 아이가 태어날 때까지는 일을 하는 편이 좋지 않겠느냐고 상의해봤지만 남편은 그럴 필요 없다고 단언했다. 가족을 먹여 살리는 것은 자신의 역할이라고. 그 말에 감동해서 나는 남편이 매일 쾌적하게 지낼 수 있도록 가사와 육아를 완벽히 해내는 주부가 되자고 마음속으로 맹세했다.

그리고 이 년 전에 학부모회 임원이 된 것을 계기로 남편과 침실을 따로 쓰기로 했다. 남편이 혼자 편하게 자기를 원했다.

그런데도 남편은 자유로워지고 싶다고 한다. 그가 말하는 자유란 가족을 먹여 살려야만 한다는 의무에서 해방되는 것이란다. 자동차나 골프 세트처럼 뭔가 원하는 물건이 있는데 참고 있는 것이라면 나나카도 혼자 집을 볼 수 있는 나이가 됐으니까 내가 일하러 다니겠다고 제안해봤지만 남편은 돈 문제가 아니라고 일축했다. 오히려 그런 식으로 해석하는 것이 정신적인 부담이 된다고도 했다.

혹시 다른 여자가 있는 것 아니냐는 생각도 들었지만 남편은 그것도 아니라고 했다. 의심되면 조사해보라며 남편이 휴대전화를 내밀었지만 열어볼 마음은 들지 않았다. 어찌할 바를 모르는 가운데서도 이것만은 물어봐야겠다고 마음을 다독이고 남편을 마주했다.

— 나나카는 어떻게 할 거야?

— 가능하면 네가 데려갔으면 좋겠어. 내 인생에 너랑 나나카는 필요 없어.

몸 한복판을 팽팽하게 관통하고 있던 두꺼운 실이 툭 끊어진 듯한 감각에 사로잡혔다. 이 이상 할 이야기는 아무것도 없다. 나머지는 내가 결단을 내릴 뿐이다…….

그러고 보니 이혼 선언을 들었을 때 나는 눈물 한 방울 흘리지 않았다.

이제 안 되겠다. 아이젠을 장착한 구두가 쇳덩어리처럼 무겁게 느껴진다. 이번에야말로 쉬려고 걸음을 멈추고 시선을 들었다. 나나카와의 거리는 여전히 5미터 정도를 유지하고 있다. 내 페이스는 완전히 떨어진 상태다. 동생과 나나카도 지치기 시작했을까?

"루미놀반응."

"뭐야, 그게."

"루미놀반응이라고 과산화수소수를 옷 같은 데 묻히면 파르께하게 반응하는 거야. 피가 묻어 있었다는 증거가 되기 때문에 살인 사건이 일어나거나 할 때 곧잘 쓰일걸?"

"와, 이모 똑똑하다."

"나 원 참, 영어 단어도 엄청 많이 알거든. 'ㄹ'로 공격해도 소용없어."

"그래? 그럼 간다, 옹어리."

"또······ 리, 리, 리······."

둘이서 끝말잇기를 하는 건가? 나나카의 웃음소리가 흰 눈에 반사되듯 울린다. 어쩌면 동생은 내 페이스가 다운된 것을 눈치채고 슬쩍 맞춰주고 있는 게 아닐까?

뒤쪽에서 아주머니 다섯 명이 한 줄로 올라왔다. 먼저 가시라며 길을 양보했다. 다들 오륙십대로 보이는데 걸음은 한 발, 한 발 힘차고 안정적이다.

"안녕하세요. 아이랑 같이 왔으니까 먼저 가세요."

앞질러 가는 그룹에 동생이 말을 걸었다. 안녕하세요 하고 나나카도 이어받는다. 하지만 걸음을 멈추지는 않았다. 좁은 등산로와는 달리, 눈 계곡은 걷는 루트가 얼추 정해져 있기는 하지만 걸음을 멈추고 가장자리로 비켜서서 길을 열어줄 필요는 없다.

맨 끝에 있던 아주머니가 나나카에게 힘내라는 말을 건넸다.

나나카는 네 하고 대답하기는 했지만 발걸음은 뛰어오를 듯이 가볍다. 아이랑 같이 와서 이런 페이스인 것이 아니다. 그런 사실쯤은 동생도 그리고 나나카도 알고 있다. 그렇지 않다면 동생이 아주머니에게 한 말에 나나카는 반드시 반론했을 터이다.

— 엄마, 나나카를 위해 단맛으로 한 거면 다음부터는 중간 매운맛으로 해줘.

카레 하나에도 확실히 자기주장을 하는 나나카는 어린아이라고 특별 대우 받는 것을 싫어한다. 초등학교 5학년이라는 나이 때문인지, 나나카의 성격 때문인지.

걸음을 멈추게 하는 것은 미안하지만 잠깐 쉬지 않겠느냐고 가볍게 말하면 그만이다. 수분 보충도 하는 편이 좋다. ……그런데 왼쪽 대각선 앞에 서 있는 팻말이 눈에 들어왔다.

'낙석 위험이 있으니 눈 위에서는 쉬어 가지 마세요.'

어쩐지 아무도 쉬고 있지 않더라. 동생과 나나카도 팻말을 알아챘나 보다.

괜히 야단을 맞은 것 같아 기가 꺾이는 기분이지만 이제는 걸을 수밖에 없다. 약 두 시간 반 동안 눈 위를 줄곧 똑바로 걷기만 하는 코스를 고른 사람은 나니까.

나나카를 산에 데려가고 싶다고 생각은 했지만 간단한 일이 아니다. 나나카는 등산 경험이 없으므로 산을 고르는 것이 중요하다. 하지만 피크닉 정도로 끝내고 싶지는 않다. 처음 오르는 산에서 앞으로도 등산을 계속할지 말지가 정해지는 게 아닐까 생각한다.

나나카가 가기를 잘했다는 만족감을 얻을 수 있는 산을 골라야 하는데. 그렇다고는 하지만 무엇을 기준으로 고르면 될까? 등산을 즐길 수 있게끔 볼거리가 많으면서도 정비되어 있는 산이 좋나? 그렇다면 100대 명산 중 하나가 좋다. 전부 제패하고 싶다고 생각하게 되면 다음으로 이어지기 마련이다.

초등학교 5학년생이 처음으로 등반할 수 있는 100대 명산. 그리고 내가 오른 적이 있는 100대 명산. 나나카를 데려가는 데 처음 가는 곳은 역시 불안이 따른다. 고민될 때는 '여자들의 등산 일기'라는 사이트를 찾는다. 결혼해서 산과 멀어지자 더욱더 산에 관한 정보가 그리운지 거실 구석에 놓아둔 컴퓨터로 일주일에 한 번은 체크한다.

거기서 아이가 산에 데뷔했다는 경험담을 발견했다. 초등학교 3학년 여자아이를 데리고 시로우마다케에 갔다 왔다고 적혀 있었다. 코스 면에서도 어려운 곳이 없고 눈 계곡이나 꽃밭 같은 볼거리가 많아서 아이가 크게 만족한 모양이라고.

나나카보다 두 살 어린 아이도 갔다 왔다. 그 아이는 체조 교실을 다닌다고 하지만 나나카도 수영 교실에서 체력을 단련하고 있다. 시로우마다케라면 대학생 때 합숙으로 올라간 적이 있다. 힘들었다는 기억은 전혀 남아 있지 않다. 나나카도 분명 괜찮을 것이다. 이렇게 목적지를 정하고 나나카에게 여름방학 때 산에 오르지 않겠느냐고 묻자 눈이나 꽃밭 이야기를 꺼내기도 전에 나나카는 "가고 싶어!"라고 힘차게 대답했다.

그리고 또 한 사람, 동생이 나도 가고 싶다고 힘차게 말했다. 뜻밖에 리시리 산이 즐거웠기 때문에 또 가고 싶어졌다고 했다. 여비를 직접 부담한다는 조건을 붙여 허락했는데…… 동생 나름대로 생각이 있었을 것이다.

같이 와주어서 정말 다행이다.

나나카와 나, 단둘이 말없이 눈 계곡을 걸어가는 모습을 상상하니 어쩐지 《모래 그릇》 같아서 서글퍼진다. 그래도 남편과의 결별을 완전히 받아들이고 앞으로 둘이 살아가기를 결의하는 등산이었다면 나는 더는 아무 고민도 없었을 터이다.

리시리 산에 다녀온 뒤, 나는 현실적인 이야기를 꺼냈다. 남편에게 나나카의 양육비를 얼마나 낼 생각인지 물어보았다.

— 맞다, 그런 것도 있었지. 결국 나는 완전히 자유로워지지는

못한다는 건가. 해방되는 방법은 하나뿐이네…….

부아가 치미는 것을 넘어서서 이 사람 괜찮은 걸까 걱정이 되었다. 동생 말이 맞을지도 모르겠다고.

리시리 산에서 내려온 뒤 호텔 방에서 뒤풀이를 겸해 한잔하는 중에 동생이 이혼하는 이유를 물었다. 산에 있을 때부터 마음에 걸려 하는 눈치였지만, 그때는 생각할 문제가 있다는 나를 배려하기도 했을 테고 또 그럴 지경이 아닐 정도로 지치기도 했을 것이다.

농사일로 체력을 길렀다고는 해도 양파밭은 평지다. 거의 직진으로 1500미터를 내려가는 것이 무릎에 꽤 부담을 준 것 같다. 동생은 등산로 입구까지 데리러 온 호텔 차의 운전기사에게 파스를 사게 약국에 들러달라고 부탁한 뒤 같이 타고 있던 노부부에게 무릎 통증 대책을 진지하게 물어봤을 정도다.

하지만 목욕을 하고 파스 효능이 발휘되기 시작할 무렵부터 말이 많아졌다. 알코올 효과뿐 아니라 동생 나름대로 등산을 끝냈다는 성취감이 작용했을지 모른다.

— 형부, 다른 여자가 생겼어?

갑자기 한가운데를 치고 들어온다. 옛날부터 이런 면이 있다. 저 아저씨, 왜 팔에 호랑이 그림이 있어? 어디 행락지에서 이렇게 말했을 때는 온 가족이 우산으로 얼굴을 가리고 슬금슬금 달아났다.

머릿속에서 한번 잘 생각해보고 입 밖으로 내. 이렇게 몇 번 나무란 적이 있다. 하지만 어쩌면 생각에 생각을 거듭하고 한 말일지도 모른다고 요즘 들어 깨닫게 되었다. 그렇다면 상당히 서투른 만큼 여러 사람들과 부대끼며 살아가기는 힘들겠지 싶기도 하지만, 그렇다고 응석을 받아줄 순 없다.

어디까지 이야기해야 하나 고민했지만, 새 가족이 됐든 옛 가족이 됐든 가족 문제를 상담할 수 있는 사람은 가족밖에 없다. 어머니가 돌아가신 지금은 동생에게 이야기해보는 것도 좋을지 모르겠다 싶어 남편이 이혼 이야기를 꺼낸 날 나누었던 대화와 우리 집 일상을 숨김없이 털어놓았다.

— 우울증 아니야?

간단한 퀴즈에 대답하듯 동생 입에서 미끄러지듯 나온 말은 받아들이기 어려웠다. 말없이 있는 내게 동생은 이어서 말했다.

— 흔한 패턴 아니야? 가난한 집에서 태어나 의사가 되기까지 노력에 노력을 거듭해서 피를 토할 것 같은 마음으로 열심히 살아온 거잖아. 의사가 됐으니 화려한 여자랑 실컷 놀아도 되는데, 언니처럼 수수하고 고지식한 사람이랑 결혼해 발레와 뮤지컬을 보러 가고 여름휴가 때는 하와이에 가기도 하면서 가난한 사람이 그리던 품격 있는 가정을 애써 만들려고 한 거지. 그러다 깨달은 거 아냐?

— 뭘?

—나 너무 열심히 사는 거 아닐까 하고. 뭐 하는 거지, 바보 같다 하고 생각한 순간 팽팽하게 당겨져 있던 실이 툭 끊어진 거야.

그런 일은 있을 수도 있겠다고 거의 동의할 뻔했다. 다만……

—뭐 그런 거지. 인간이 그릇이 작은데 거기 맞지 않는 양을 넣으려고 한 거야.

—그만! 거기까지!

무심코 목소리를 높여버렸다.

—어?

—네가 번역가로 먹고살 수 있게 된 뒤에 들을게.

동생은 입을 벌린 채 내게서 눈을 돌리더니 잔에 남아 있던 맥주를 비워버렸다.

—뭐, 형부에 대해서는 잘 모르겠고, 카운슬링을 권해보면 어때?

심통이 나서 누워버리면 찜찜하겠지 싶어 목소리 높인 것을 후회했는데, 동생은 그다지 기분이 상한 눈치 없이 냉장고에서 맥주를 한 병 더 꺼내 오더니 아버지한테 드릴 기념품을 같이 사자며 아무래도 상관없는 문제로 화제를 돌렸다.

동생이 남편을 별로 좋게 생각하지 않는 것은 몇 년 전부터 눈치채고 있었다. 남편이 잘되라고 해준 충고도 동생은 자신을 바보 취급을 한다는 식으로밖에 받아들이지 못했기 때문이다.

그렇다고 해서 작은 결함을 발견했다는 것을 구실 삼아 마치

215

처지가 뒤바뀌기라도 한 것처럼 깎아내릴 줄이야. 남편은 노력을 거듭해왔다. 결혼한 뒤로 나는 가정생활에서 고생하기는커녕 불안조차 품은 적이 없다.

불합리한 이혼 선언을 당하고도 여전히 남편을 깎아내리는 것은 용서할 수 없었다.

다만 우울증이라는 말은 흘려 넘길 수 없었다. 이혼의 조짐에 대해서는 짚이는 구석이 없었지만 우울증의 전조는 그러고 보니 싶은 점이 있다. 내가 만든 어떤 요리를 먹어도 맛을 모르겠다고 중얼거린다거나 지금까지의 배 이상 되는 시간을 들여서 손을 씻는다거나. 일이 바쁜 탓이라고 생각했다.

노력을 거듭해온 사람이 어느 날 갑자기 덫에 걸리듯 부정적인 감각에 사로잡히는 경우가 있다는 이야기가 엄마들끼리의 대화에서도 나온 적이 있다.

하지만 남편에게 물어보는 것은 내키지 않았다. 남편 같은 타입은 우울증이라고 진단받으면 설마 내가 그런 게으름뱅이 병에 걸리다니 하며 비참하고 괘씸한 마음에 사로잡혀서 더더욱 자기 자신을 궁지에 몰아넣게 될 터다. 자살을 생각하는 경우도 있을지 모른다. 나라면 그럴 수도 있다.

다만, 궁지에 몰리더라도 나는 버티고 설 수 있지 않겠느냐는 자신이 있다. 나나카를 내버려둘 수는 없다. 내가 쓰러지면 누가 나나카를 지탱해주겠는가? 그런 생각으로 마음을 추스를 수 있을 터다.

하지만 남편에게는 그런 생각이 없다. 나는 고사하고 나나카조차 그 사람이 버티고 설 수 있게 해주지 못한다면 수복할 방법을 찾을 수 없다. 나와 나나카가 나가는 것이 남편이 재기하는 가장 좋은 방법일지 모른다. 그런 아버지를 나나카는 어떻게 생각할까?

나나카는 아직 부모 사이에 이혼 이야기가 나오고 있다는 사실을 모른다. 아빠는 왜 안 가느냐고 묻기에 일이 바빠서라고 대답하자 수긍하기는 한 모양이지만 아빠도 같이 가는 게 좋다고 쓸쓸하게 중얼거렸다. 나나카와 함께 산에 간다고 알리자 남편은 시선은 다른 곳을 향한 채 고맙다고 대꾸할 뿐이었다.

이혼을 한다고 해도 결코 나나카가 버림받았다고 생각하게 해서는 안 된다.

뒤로 넘어갈 것 같았다. 기분을 북돋우려고 얼굴을 들자 정상에 꽤 가까이 다가온 것처럼 보였다. 눈 계곡도 얼마 안 남았다. 조금 앞에 있는 커다란 바위밭에서 많은 사람들이 휴식을 취하고 있었다.

"엄마, 이모가 저기서 간식 먹자고 하네."

나나카가 이쪽을 돌아보고 말했다.

"알았어."

목적지가 보이니 기력이 솟았다. 돌아보고 있는 나나카가 있는 곳까지 서벅서벅 큰 걸음으로 갈 수 있었다.

  바위 밑 구석에 자리 잡고 앉아 배낭에서 가스스토브와 코펠을 꺼내 물을 끓였다. 어쩐지 대단하다며 나나카는 코펠을 들여다보듯 물이 끓는 모습을 지켜보고 있다. 이과 실험 같은 기분일까?

  종이컵과 개별 포장된 인스턴트커피, 나나카가 마실 코코아를 평평한 바위 위에 늘어놓고 있었더니 나나카가 "나도 해볼래"라며 컵에 커피를 붓기 시작했다. 할 일이 없어져서 동생을 보았다.

  "간식이라는 게 그거야?"

  무심코 말이 나왔다. 간식 장관인 동생은 여행할 때 새로 나왔거나 기간 한정으로 판매되는 과자를 늘 준비했는데, 배낭에서 끄집어낸 것은 비닐봉지에 든 빵이었기 때문이다. 게다가 핫도그 번인지 프랑스빵인지 몰라도 별다른 맛을 내지 않은 빵 같다.

  "맞아, 프랑스빵."

  동생이 새침하게 말했다.

  "뭐? 빵? 나나카한테 구미 젤리가 있는데 그거 먹을래?"

  "그런 거 안 꺼내도 돼. 비장의 카드가 있으니까."

  동생은 이렇게 말하고 가방에 한 손을 집어넣더니 짜잔 하면서 판 초콜릿을 꺼냈다.

"그냥 초콜릿이잖아."

나나카의 반응은 엄격하다.

"이것만이 아니라니까. 여기, 여기, 여기, 여기."

작은 병이 늘어선다. 트러플 버터, 라즈베리 머스터드, 돼지고기 리예트*, 거위 파테. 태어나서 지금까지 한 번도 먹어본 적 없는 것들뿐이다.

"시판되는 과자도 좋지만 리시리 산에 올라갔다 온 다음에 생각난 아이디어가 있어."

비를 맞아 차갑게 식은 몸으로 산에서 먹은 따뜻한 커피와 초콜릿 같은 과자는 단 몇백 엔의 상품이라도 그 열 배, 백 배의 가치가 있는 것처럼 느껴졌다고 한다. 산에 오르면 부가가치가 생긴다. 그렇다면 산에서 사치품을 먹으면 이 세상 최고의 사치가 되지 않겠느냐고.

"하지만 인색한 생활을 하니 뭐가 사치품인지도 잘 모르겠더라고. 그러던 참에 친구가 해외여행 선물로 트러플 버터를 주지 뭐야. 트러플이라니 이게 바로 사치품이지. 어디에 바를까 생각하다가 언뜻 떠오르더라고."

텔레비전 토크 방송에서 파리 컬렉션 무대에 선 적이 있는 여배우가 그곳 모델들 사이에서는 프랑스빵에 판 초콜릿을 끼워서

---

* 파테와 비슷한 프랑스식 고기 요리로 돼지나 거위의 고기를 지방과 함께 삶아서 페이스트 상태로 만든 음식

먹는 것이 유행이라는 이야기를 했다고 한다.

"프랑스빵은 또 백화점 지하에서 사 왔지. 모처럼의 기회니까 그 외에도 뭔가 어울릴 만한 게 없나 찾다가 이렇게 갖추어보았습니다! 좋아하는 걸 끼워서 드세요."

나무로 된 아이스크림 스푼이 병마다 하나씩 옆에 놓였다. 프랑스빵에는 비스듬하게 칼집도 들어 있다.

"이모, 굉장해."

나나카가 반짝반짝거리는 눈으로 동생을 보고 있다. 결혼도 하지 않았다, 일정한 직업도 없다는 어른들의 불만이 나나카의 귀에도 들어갔기 때문이겠지만, 나나카는 동생을 깔보는 정도는 아닐지언정 어른으로 존경하는 태도를 취한 적이 없다. 나이 차가 많은 사촌처럼 아이의 시선으로 대해왔는데.

"마음껏 먹어, 낫짱. 지난주에 번역료가 들어온 참이니까 내가 내, 는, 거, 야."

아이의 시선으로 대하는 것은 동생도 매한가지인가?

종이컵에 뜨거운 물을 따라서 늘어놓았다. 한 번 온 적이 있는 장소인데도 어쩐지 낯선 외국을 방문한 기분인 것은 간식 장관이 준비한 비일상적인 간식 덕택일까? 《이상한 나라의 앨리스》에 나오는 다과회 같다.

"나나카는 초콜릿부터 먹어볼까?"

나나카가 판 초콜릿을 쪼개서 빵에 끼우고 베어 물었다. 고개를 끄덕하며 삼키더니 이번에는 돼지고기 리예트 병에 손을 뻗는다. 동생은 거위 파테를 발랐다. 나는 트러플 버터를 먹어보기로 했다.

향이 좋다. 빵에 농후한 포르치니 버섯 수프를 적신 맛이다.

"거위가 이런 맛이었구나."

"돼지고기도 맛있어."

동생과 나나카도 탄성을 지르면서 먹고 있다. 이런 소리쯤 순식간에 집어삼킬 정도로 눈 아래 펼쳐진 눈 계곡은 광대하다. 여기를 걸어왔구나, 넋을 잃고 보게 된다. 눈의 흰색, 하늘의 푸른색, 산의 초록색. 원색 물감을 물로 희석하지 않고 캔버스에 바른 것 같은 여름의 색 대비가 아름답다.

같은 경치를 나나카도 보고 있다.

"이렇게 굉장한 간식을 준비해올 줄 알았으면 커피도 제대로 된 걸 가지고 올 걸 그랬네."

"드립 커피? 괜찮네. 아예 차를 본격적으로 내려보면 어떨까?"

"다도를 배운 적 있었어?"

"이제 배우러 가는 거지."

"도가 지나치면 흥이 깨지는 법이야. 역시 지금 상태가 제일 좋지 않겠어?"

20센티미터 가까이 되던 프랑스빵도 여러 종류의 속 재료를 곁들이다 보니 3센티미터 한입 크기밖에 남아 있지 않았다. 이제는 다들 가장 마음에 드는 것에 손을 뻗을 시점이다. 나와 동생은 거위 파테를 골랐다.

"언니 머릿속에 떠올리고 있는 건 오리야."

"실례의 말씀을. 너랑 같이 취급하지 마."

쌀쌀맞게 대답했지만 자신은 없다. 나나카는 돼지고기 리예트 병을 집었다.

"낫짱, 반 넘게 그거랑 먹었는데 마음에 들었어?"

동생이 물었다.

"응. 이게 제일이야. 아마 아빠도 좋아할 거야."

나나카는 이쪽을 보지 않고 리예트를 듬뿍 바른 마지막 한입을 입에 넣고는 눈 계곡을 내려다보았다. 이 경치를 아빠에게도 보여주고 싶다고 생각하는 걸까?

휴대전화를 꺼내 눈 계곡 사진을 찍었다. 안테나는 하나밖에서 있지 않다. 이런 사진을 보내봤자 분명 기뻐하지 않을 것이다. 오히려 해방감에 찬물을 끼얹었다고 기분 상할지도 모른다.

"누구에게 보내는데?"

"아빠."

그래도 상관없다고 생각하면서 송신 버튼을 눌렀다. 하지만 지금 가장 보여주고 싶은 것은 아름다운 산의 경치가 아니라 자신이 눈으로 본 것을 아빠와 공유할 수 있다는 기쁨으로 가득한 나나카의 웃는 얼굴이다.

　러닝머신에서처럼 걸어도 걸어도 같은 곳에 계속 머물러 있는 것 같던 거대한 눈 계곡도 잘 쉰 덕분인지 어찌어찌 통과할 수 있었다. 기억 속에서는 꽃밭을 걷다가 그리 지치지 않고 산장에 도착한 것 같은데. 실제로는 아직 두 시간 반 넘게 더 걸어야만 한다.

　네부캇피라에서 아이젠을 떼자 다리가 얼마간 가벼워졌다는 생각이 들었지만, 십 분도 지나지 않아 다시 숨이 차기 시작했다. 고산식물 꽃밭이라고 하면 완만한 평면을 떠올리겠지만 정상까지는 아직 600미터가 넘는 고도차가 있어서 경사가 급한 오르막이 이어진다.

　"하아, 고되다."

　선두를 걷던 동생이 발길을 멈추고 돌아보았다. 나도 물이 조금 마시고 싶던 참이다. 나나카에게도 물을 마시라고 권했다.

　"나나카, 전혀 안 힘든데. 이모는 연약하네."

　"시끄러워, 나도 더 체력이 좋던 시절이 있었거든? 그렇게 힘이 남으면 엄마한테 고산식물 이름이라도 가르쳐달라고 해. 초등학생이니까 공부도 성실하게 해야지."

　갑자기 공이 이쪽으로 넘어왔지만 지금 나는 나나카와 이야기하면서 올라갈 여력이 없다. 눈 계곡 때부터 내 피로를 눈치채고 있는 줄 알았는데, 그냥 자기 페이스로 걷고 있었을 뿐인가? 잠시 멈춰 서 있는 동안 여기서 보이는 꽃을 몇 개 가르쳐주자.

"흰 꽃이 알류샨 뱀무, 노란 꽃이 좀양지꽃이잖아."

꽃밭을 바라보면서 나나카가 말했다. 등산 지도만 준비했지 가이드북은 사지 않았는데.

"오, 낫짱, 대단한데. 예습하고 왔구나."

"인터넷에서 검색하면 이런 거 금방 나와. 혹시 이모는 아무것도 안 찾아봤어?"

나나카에게는 집에 있는 컴퓨터를 하루에 삼십 분씩만 쓰게 해주는데, 설마 꽃 이름까지 조사했을 줄이야.

"나는 깜짝쇼를 즐기는 타입이야. 자, 이제 휴식 끝. 간다."

동생이 배낭을 다시 멨다. 나나카가 나를 돌아보았다.

"잘했어, 잘했어."

내가 모자 위로 머리를 쓰다듬어주었더니 나나카는 빙긋이 웃으며 등을 돌린 뒤 바위의 움푹 팬 곳에 능숙하게 발을 올리며 비탈길을 경쾌하게 오르기 시작했다.

초등학교 저학년 때는 숙제든 시간표든 같이 봐주지 않으면 뭔가를 놓치는 태평한 아이였는데, 4학년이 되더니 엄마는 시간표를 확인하지 말아달라고 했다. 숙제의 답을 맞춰보지 않아도 된다고도. 자립심이 싹트기 시작했나 보다 하고 그대로 내버려두었지만, 학부모 면담 때 준비물을 곧잘 잊어버린다는 지적은 받는 일은 없었다. 이쪽에서 확인해봐도 나나카는 똑똑하게 잘 하고 있다는 대답만 돌아왔다.

나나카는 응석받이 외동딸이라 요즘도 이따금 무릎에 올라와 앉을 때가 있다. 내가 대학 진학을 계기로 집을 나와 살면서도 특별히 쓸쓸하다고 느끼지 않았던 이유는 장녀였기 때문일까. 어릴 적부터 동생의 자리만큼 부모와 거리를 두었기 때문일까. 하지만 지금 딱 붙어 있는 나나카 또한 멀리 떠나갈 테지.

나나카는 머리도 좋다. 5학년이 된 뒤로는 수영 경기에서도 매번 상장을 받아온다. 나 자신의 능력은 얼추 파악하고 있고 설사 이혼한다고 해도 앞으로 어떻게 살아갈지 예측하기 어렵지는 않지만, 나나카에게는 무한대의 가능성이 있다.

부모가 아이의 족쇄가 되어서는 안 된다.

"아아, 이제 휴식."

동생이 세 번째 휴식을 위해 걸음을 멈추었다. 내가 쉬고 싶다고 생각한 것과 똑같은 타이밍이라서 고마웠다. 조금 옆으로 비껴난 바위밭에 나나카를 사이에 두고 셋이 나란히 앉았다.

피로의 원인은 수면 부족 때문이라고 생각했는데, 단지 나이에 따른 체력 감소일지도 모르겠다. 하지만 쉴 때마다 추월해가는 것은 고령자 그룹뿐이다. 다들 그렇게 빠른 속도는 아니지만 가파른 언덕길에 접어들어도 페이스가 떨어지지 않고 일정한 호흡을 유지하면서 확실한 걸음걸이로 나아간다.

　리시리 산은 비가 오기도 해서 다른 등산객의 연령층을 의식하지 못했다. 그런데, 평일이라고는 하지만 8월 첫째 주의 맑게 갠 날에 십대, 이십대 등산객의 모습이 보이지 않는 것은 어찌된 일일까? 젊은 여성들 사이에서 유행 아니었나? 100대 명산이고 난이도도 중급인 데다 볼거리도 많은 산인데 여기 오지 않고 어디를 오르는 걸까? 대학의 부 활동처럼 보이는 단체도 보이지 않는다.

　"구미 젤리 먹을래?"

　나나카가 배낭 포켓에서 간식이 든 주머니를 꺼냈다.

　"오, 이거 망고 맛을 사다니 안목이 높아. 나나카를 간식 장관 후계자로 임명해야겠어."

　"필요 없어."

　나나카는 여기까지 와서도 아직 기운이 넘쳐 보인다. 나도 같이 수영 교실을 다녀볼까?

　"오오, 마운틴 걸이 있어."

　뒤에서 온 그룹의 선두에 있던 아저씨가 이쪽을 보고 말했다. 어르신들이 보면 나나 동생도 '걸'에 분류되는구나. 길이 트여 있는 곳이니 아저씨들도 한숨 돌릴 모양이다. 아저씨 둘에 아주머니 셋. 부부인지 지역의 등산 모임인지는 모르지만 사이가 좋아 보인다. 선두에 있던 아저씨가 허리 가방에서 캐러멜 상자를 꺼내 모두에게 돌렸다.

"마운틴 걸 아가씨도 좀 드세요."

아저씨는 이쪽에 와서 나나카 앞에 상자를 내밀었다. 감사합니다 인사를 하고 나나카는 캐러멜을 하나 집어 들었다.

"아가씨는 몇 살?"

"초등학교 5학년이에요."

"허, 우리 손자랑 같네. 초등학생인데 이런 곳까지 올라오고 대단하네."

아저씨의 말을 듣고 나나카는 부끄럽게 웃었다. 다른 아저씨, 아주머니들에게도 칭찬받자 기쁜 것을 넘어서서 근질근질한 것처럼 보인다.

아저씨, 아주머니 그룹은 둥글게 둘러앉아 본격적인 휴식에 돌입한 뒤에도 나나카 이야기를 했다. 아니, 나나카의 모습을 자신의 손자손녀에게 대입해서 데려오고 싶다는 이야기로 열을 올렸다.

학창 시절에는 산악 동아리에 소속되었기는 하지만 단독 등산 쪽을 더 좋아했다. 합숙에는 참가했어도 인상 깊게 남아 있는 것은 혼자 간 곳뿐이다. 동아리 내에서 단독파와 단체파로 의견이 나뉜 적이 있다.

공유할 수 있는 동료가 있으면 감동이 배가 된다고 주장하는 단체파에게 단독파인 나는 내가 감동할 수 있으면 상관없다고 주장했다. 옆에 누가 있건 없건 눈앞의 경치는 똑같다면서. 그러자 공유하고 싶은 상대가 없는 것은 쓸쓸한 일이라는 반론이 돌아왔다. 동아리 멤버를 동료라고 생각하지 않느냐고. 이런 말을 하는 사람이 있으니까 성가신 거라며 단독파끼리 푸념하면서 술을 마신 적도 있다.

동아리에 왜 들어왔느냐는 질문을 받자 술자리 때문이라고 대답한 단독파 멤버도 있다.

그랬는데 동생에게 같이 가자고 말하고 나나카를 데려오고 싶다는 생각도 하다니 나 자신이 어떻게 변화한 결과일까? 체력이 떨어졌다는 이유도 있지만 정신적인 면도 포함해 나라는 인간이 약해진 증거 아닌가?

이래서야 앞으로 나나카를 지키면서 살아갈 수 있을까?

"갈까?"

일어서서 등을 펴고 동생과 나나카를 불렀다.

정상이 가까워짐에 따라 바람이 거세졌다. 울퉁불퉁한 바위가 굴러다니는 비탈길은 아직 조금 더 이어진다. 구름 속에 들어와 있기도 해서 전망도 좋지 못하다. 그래도 비 맞는 것을 생각하면 별로 난처한 상황은 아니다.

아앗. 나나카가 소리를 지르며 앞쪽으로 넘어졌다.

"나나카!"

급히 쫓아갔더니 넘어진 것이 아니라 정면에서 불어오는 바람을 맞고 발밑이 휘청거리자 본능적으로 두 손을 바닥에 짚은 모양이다.

"나나카, 움직이지 말고 기다려."

배낭을 내려서 로프를 꺼냈다. 산장에서 젖은 비옷이나 겉옷을 말리려고 준비한 로프라서 강도는 그다지 세지 않지만 없는 것보다는 낫다. 로프 끝으로 나나카의 허리를 감아서 묶고 다른 한쪽 끝을 내 허리에 감아서 묶었다. 팽팽하게 당겨진 상태에서 나나카와의 거리는 약 2미터가 된다.

"이제 괜찮아. 날려가도 안 떨어지겠지."

"엄마 요즘 살쪘으니까."

"그런 말을 하다니."

반쯤 진심으로 얼굴을 찡그리자 나나카는 거짓말, 거짓말 하고 웃으면서 동생 뒤에 숨었다. 로프가 팽팽하게 당겨져 앞쪽으로 거꾸러질 뻔했다. 나나카의 페이스에 맞추어 조심히 걷지 않으면 로프 때문에 나나카가 넘어져서 다칠 수도 있다.

"알았으니까 부모 자식 싸움은 산장에 도착한 뒤에 해."

동생이 가볍게 중재하고, 셋이서 마지막 비탈길로 향했다.

희한하게도 로프로 이어져 있다는 것만으로 몸속 깊은 곳에서 기력이 솟아나 다리가 자연히 앞으로 앞으로 움직인다. 나나카를 넘어뜨리면 안 된다. 나나카의 페이스를 흐트러뜨리면 안 된다. 이런 책임감이 몸속 깊은 곳에 잠들어 있던 에너지를 깨워준 것이리라.

공백기나 나이 탓으로 돌리며 백 퍼센트를 발휘하지 못하고 있는 나 자신을 알게 모르게 보조해주고 있었던 것이리라.

동생과 나나카는 바람을 맞으면서도 걸음을 멈추지 않고 한 걸음 한 걸음 신중히 내딛었다. 나는 뒤에서 밀듯 조금만 더 가면 된다는 말을 건넸다.

나나카가 앗 소리를 지르더니 걸음을 멈추었다. 하얀 가스 속에서 왼쪽 전방에 산장이 보였다.

"조금만 더……."

동생이 내달릴 기세로 걸음을 옮겼다. 신기루 속에서 발견한 오아시스처럼. 빨리 가지 않으면 사라져버리기라도 한다는 양. 나나카도 그 뒤를 잇고 나도 황급히 따라갔다.

단숨에 능선으로 나왔다. 바람이 서서히 약해지더니 시야도 밝게 트였다. 눈 아래로는 꽃밭이 펼쳐져 있었다.

나머지는 거의 평평한 길을 걸어가기만 하면 된다. 그런데도 다리가 한 발짝도 앞으로 나가지 않는다. 숨을 내쉬면 무릎에서부터 무너질 것 같아서 얼굴을 들고 천천히 호흡을 가다듬었다. 물을 마시고 아몬드 초콜릿을 두 알 먹었다. 그래도 다리는 1밀리미터도 움직이지 않는다. 걷는 방법을 잊어버린 것처럼 발바닥에서 전해지는 지면의 감촉을 확인하면서 여기서 발을 떼려면 어떻게 해야 하는지를 생각했다.

"엄마."

나나카가 걱정스럽게 나를 올려다보았다.

"아아, 미안, 어쩐지 멍해져서. 참, 로프를 풀어야지."

여기까지 오면 동생과 나나카를 먼저 보내도 괜찮을 것이다. 하지만 뭐라고 하면 될까? 좀 지쳤다고 가능한 한 명랑하게……

"풀지 않아도 돼."

나나카가 허리의 매듭을 두 손으로 쥐고 말했다.

"나나카가 엄마를 끌어줄게. 힘들잖아."

"그럴 수는……"

"엄마 어제 한숨도 못 잔 거 아냐? 이를 갈면 어떡하나 하고 줄곧 깨어 있었던 거 아냐?"

"그걸 어떻게……"

나나카는 어디까지 알고 있을까? 마우스피스를 잊고 왔구나 하다가 남편과 처음으로 침실을 따로 쓰기로 했던 날이 떠올랐다. 줄곧 옆에서 잤다면 남편의 변화를 눈치챌 수 있었을까 하고.

"그러니까 이렇게 끌어줄게."

나나카가 로프를 잡아당겼다. 거기에 맞추어 오른발이 슥 앞으로 나갔다.

"괜찮아, 그렇게 안 해줘도. 조금만 더 쉬면 되니까 이모랑 먼저 산장에 가 있어. 유리벽으로 된 스카이 레스토랑이 있으니까 케이크라도 먹어."

최대한 기운이 있는 척 말해보았지만 나나카의 눈에는 커다란 눈물방울이 맺혀 있다. 그렇게까지 걱정을 끼치고 있나?

"끌어달라고 하면 되잖아."

동생이 말했다.

"안 돼. 나나카한테 끌어달라니. 그런 거 안 시킬 거야."

"왜? 나나카는 꽤 예전부터 언니가 지친 걸 알고 있었어. 계속 신경 쓰면서 여기까지 왔으니까 로프 정도는 잡아당기게 해줘. 나나카가 해준다고 하잖아."

기세 좋게 몰아세우는 동생 말을 가로막듯 나나카가 소리 높여 울기 시작했다. 내 탓임은 분명하지만 뭐가 그렇게까지 슬픈지, 어떻게 해주면 좋은지 알 수가 없다.

"애초에 언니나 형부나 이상해. 나 혼자, 나 혼자 하면서 뭐든지 자기가 하려 들면서 다른 사람은 자기한테 의지해주기를 바란다니까. 게다가 조금이라도 자기가 의지해야 하는 상황이 되면 형편없는 인간이라도 된 줄 알지. 훌륭한 사람이라는 건 자기가 안 될 때는 제대로 머리를 숙이며 부탁할 줄 아는 사람 아니야? 형편없는 인간이라고 생각 될까 봐 자기 쪽에서 먼저 밀어내는 건 잘못이야. 게다가 여기는 산이라고. 지쳐 있는 사람을 내버려두고 케이크 따위가 넘어갈 리 없잖아. 자기는 그렇게 할 수 있는지 생각하고 애한테 말해. ……아야."

갑자기 허리가 잡아당겨지는 바람에 무릎을 짚어버렸다. 나나카가 동생에게 돌진해서 들이받은 것이다.

"엄마한테 심술궂게 말하지 마! 결혼도 안 했으면서. 아빠 욕도 하지 마!"

나를 감싸듯 버티고 선 등은 업히기에는 한없이 작지만 어깨를 빌리기에는 충분한 넓이다. 그런데 그 등이 나 때문에 떨리고 있다.

"나나카, 고마워."

말을 건네자 나나카가 천천히 돌아보았다. 손끝으로 눈물을 닦아주었다.

"엄마가 나나카가 이렇게 컸다는 걸 모르고 있었네. 힘도 세겠지. 끌어줄래?"

더는 눈물이 흐르지 않게 하려는 것이리라. 나나카는 눈과 코와 입에 마개를 하듯 얼굴에 힘을 잔뜩 준 채 크게 고개를 끄덕였다.

"정말 손이 많이 간다니까."

동생이 일어나서 엉덩이에 묻은 흙을 털었다.

"스카이 레스토랑인지 뭔지 거기서 뭐 얻어먹을 거야."

정상의 산장으로 이어지는 넓은 길을 동생과 나나카가 나란히 걷고 그 뒤를 내가 따랐다. 로프는 팽팽하게 당겨져 있다.

나나카는 산장에 대해서도 조사했는지 생맥주를 마실 수 있다고 동생에게 득의양양하게 가르쳐주었다. 휴대전화가 울렸다. 이런 곳에도 전파가 닿는구나. 주머니에서 전화를 꺼냈다.

남편이다. 메시지가 아니라 달걀 프라이 사진만 한 장 첨부되어 있다. 내가 없어도 괜찮다고 어필하는 건가. 내가 없으면 역시 안 되겠다고 전하고 싶은 건가? 흰자 가장자리는 까맣게 탔는데 노른자는 덜 익은, 끔찍하게 맛없어 보이는 달걀 프라이는 후자의 의미라고 생각하고 싶다.

대꾸할 말이 생각나지 않는 대신 나도 사진을 보내자.

가느다란 로프로 나를 끌어당기면서 걸어가는 나나카의 듬직한 뒷모습을……

、
긴
토
키
산

로망스카*는 등산복을 입고 탈 만한 것이 아니라고 생각한다. 그렇지만 하코네 등산 철도 노선을 타니까 어떤 의미에서는 가장 올바른 복장이라고도 할 수 있다.

마루후쿠 백화점에 취직하면서 후쿠오카에서 상경한 지 팔 년째. 하코네에 가는 것은 처음이다. 학창 시절부터 도쿄에서 지낸, 같은 2층 매장에 배속된 동기인 리쓰코와 유미는, 내가 주말에 오노 다이스케와 하코네에 간다고 하자 부러워하면서도 둘 다 간 적이 있다고 말했다.

리쓰코는 학창 시절에 검도부 합숙으로. 유미는 겨우 석 달 전

* 오다큐 전철이 운행하는 특급열차의 일종으로 하코네 특급을 타면 하코네 등산 철도 노선으로 곧장 연결되어 하코네까지 들어갈 수 있다

237

5월 연휴가 끝난 직후의 휴일에 1박 여행으로. 게다가 유미는 매년 정월 하코네 역전* 때면 반드시 텔레비전에 찍히는 유명 호텔에 숙박했다고 한다. 누구와 갔느냐고 묻자 웃으며 얼버무렸다. 말하고 싶지 않은 내용이라면 깊이 추궁하고 싶지 않다. 어차피 상사 누군가와 불륜이라도 하고 있겠지. 하지만 그 입에서 "마이코도 모처럼 남자친구와 가는 거니까 자고 오면 좋을 텐데. 온천에 가지 않는 하코네라니 갈 의미가 없잖아"라는 말을 들으면 당연히 유쾌하지 않다. 하지만 다이스케는 아르바이트를 겹치기로 하지 않으면 생활할 수 없는, 소극단 '디오라마'의 입단 삼 년 차 말단 단원이다. 그리고 나 역시, 아무리 내가 세 살 위고 일정한 직업이 있다고 해도 유명 호텔 숙박비 두 명분을 지불할 정도의 여유는 없다. 무엇보다 그 뒤에 당분간 허리띠를 졸라매는 생활을 각오하면서까지 묵고 싶지도 않다.

하지만 학창 시절 친구보다 더 오래 본 사이다. 유미의 자기중심적인 성격과 무신경한 말투는 익히 알고 있다. 어지간한 일이 아닌 다음에야 부아가 치밀지는 않는다. 나의 몸 크기에 걸맞은 정도의 도량은 갖추었다고 자신한다. 유미에게 늘 반론하는 사람은 리쓰코였다.

— 유미 또 그런 식으로 말한다. 괜찮은 노천탕이 딸린 공중목

---

* 매년 1월 2, 3일, 양일간에 걸쳐 하코네에서 시행되는 마라톤 대회. 요미우리 신문사 주최로 TV에도 중계된다

238

욕탕도 있으니까 당일치기로도 충분히 즐길 수 있어.

예상한 그대로의 말이었다. 하지만 리쓰코의 표정은 험악하지 않았다. 그러니 유미가 토라진 듯 뾰로통해지는 일도 없다. 자, 자 하며 내가 두 사람을 중재할 필요도 없다. 이쯤에서부터 어쩐지 가슴속에 떨떠름함이 생긴다.

─그럼 다음에 다 같이 가자. 단풍 시즌에 가면 좋을 것 같아.

유미가 천연덕스러운 얼굴로 수첩을 꺼내자 몇 달 뒤 이야기를 하는 거냐며 리쓰코가 어이없다는 듯 대꾸했다. 그랬더니 유미가 혀를 쏙 내민다. 서른 살 먹은 여자의 그런 동작에 리쓰코가 미간을 찌푸리는 일은 없었다. 그보다는 하며 리쓰코 자신도 수첩을 꺼내 영화 어떻게 하겠느냐며 둘이서 다른 화제로 넘어갔을 무렵에는 나는 완전히 안중에 없었다.

왜? 리쓰코가 휴일 예정을 묻는 대상은 나 아니었어? 그런 식으로 단숨에 부풀어 오른 떨떠름함은 일주일 지난 오늘도 내 안에 아직 남아 있다.

좋아하는 사람과 함께 첫 등산을 가는데도.

다이스케는 어젯밤도 아르바이트가 늦어진 듯했다. 신주쿠 역에서 만나 전철을 타자 출발 전부터 졸기 시작해 그대로 잠에 빠졌다. 남자인 주제에 나보다 속눈썹이 길구나, 콧날이 오똑 선 예쁜 얼굴이야, 피부도 매끈매끈해, 라며 모처럼 밝은 장소에서 잠든 얼굴 관찰하기를 즐겼다. 고작 십오 분 정도였지만 평소에는 그럴 기회가 별로 없다.

휴대전화로 시간을 확인하고 리쓰코와 유미는 몇 시에 만날까 생각했다.

정기 휴일이 한 달에 한 번밖에 없기 때문에 셋이서 함께 나들이 가는 일이 빈번하지는 않았지만, 퇴근길에 식사를 하거나 영화를 보는 경우는 곧잘 있었다. 하지만 그것이 가능한 이유는 내가 있었기 때문이다. 자신에게나 타인에게나 엄격하고 성실한 리쓰코는 느슨한 유미를 별로 좋아하지 않는다는 것도, 그 사실을 얼굴이나 태도에 노골적으로 드러내는 리쓰코를 유미가 어렵게 생각한다는 것도, 같이 있으면서 자연히 알게 되었다.

하지만 나는 어느 한쪽이랑만 사이좋게 지낼 생각은 없었다. 모처럼 동기끼리 같은 층에 배속된 데다 정기적으로 층별 달성 목표치가 있는 만큼 평소부터 다 같이 결속력을 높여두어야 한다고 생각했다.

중립적인 입장을 취한 보람이 있는지 같은 층 선배들로부터 사이좋은 3인조라는 식으로 불리게 됐다. 리더는 마이코 씨겠지 하며 내가 두 사람을 묶어주고 있다는 것도 확실히 알아차려주었다. 역시 운동부 주장 출신에, 그것도 전국 고등학교 종합 체육대회 출전 경험이 있는 사람은 다르다며.

그것을 가장 잘 아는 사람은 리쓰코와 유미라고 생각했다. 셋이서 휴일 계획을 세울 때 내가 사정이 안 되어서 둘이서 갔다 오라고 제안하면 리쓰코나 유미나 입을 모아 그건 좀 그렇다고 난처한 투로 말했다. 그런데 오늘은 둘이서 영화를 보러 간다고.

지난주, 업무 시작 전에 식당에서 셋이 커피를 마시면서 아침 정보 방송을 보는데 입소문으로 조금씩 화제가 되고 있는 외국 영화 특집이 시작되었다. 재미있겠다고 생각하는 참에 유미가 먼저 가고 싶다고 말을 꺼냈다. 요즘 들어 유미는 업무 시작 전에 여유 있게 출근하게 되었다. 이번 휴일에 갈래? 리쓰코가 나와 유미를 번갈아 보며 물었다.

마루후쿠 백화점은 매달 세 번째 수요일이 정기 휴일이다. 나는 볼일이 있어서 패스한다고 대답하고 다이스케와 하코네에 가기로 약속했다고 밝혔다. 그러면 분명 둘 중 하나가 세 사람 다 빨리 끝나는 날에 같이 가자고 할 줄 알았더니 리쓰코가 유미에게 그럼 둘이 갈래라고 묻고 유미는 내게 확인하지도 않고 고개를 끄덕였다.

아쉽다. 둘 다 내게 이렇게 말했지만 그다지 곤란해 보이지 않았다. 영화보다 남자친구와 데이트하는 편이 더 재미있지 하며 하코네로 화제가 옮겨가더니 예정이 바뀌는 일 없이 그대로 오늘이 되었다.

영화를 보러 간다면 여성 관객 할인이 있는 수요일이 최고다. 파트타이머와 파견 사원을 포함해 여성 사원이 대부분을 차지하는 만큼, 마루후쿠 백화점의 정기 휴일이 수요일인 이유도 쉬는 날에는 영화라도 보면서 편히 보내라는 선대 사장의 제안이라고 했다. 이제는 한참 옛날이 된 신입사원 연수 때 들은 이야기다. 가고 싶다는 말을 맨 처음 꺼낸 사람이 나라면 다른 날이 되었을까.

두 달쯤 전에 셋이 영화 보자는 약속을 했는데 다이스케도 그 영화가 보고 싶다고 하는 바람에 내가 전날에 취소한 것도 두 사람에게는 좋은 인상으로 남아 있지 않음이 분명하다. 그때는 다 각자의 남자친구와 보러 가자는 결론이 나서 셋이 가자는 계획은 사라졌다.

둘 다 틈나는 대로 내게 남자친구를 만들라고 말해놓고 막상 남자친구가 생기고 내가 그와의 약속을 우선시하자 입으로는 잘됐다고 말하면서도 일순 차가운 표정을 보인다. 하지만 겨우 반 달 전에만 해도 리쓰코와 유미에게 둘이서 놀러 나간다는 선택지는 없었을 터이다. 두 사람의 거리는 눈에 보이게 줄어들었다. 나라는 중화제가 없어도 두 사람은 함께할 수 있다. 그렇게 된 이유는 명확하다.

반달 전에 리쓰코와 유미는 둘이서만 등산을 했다. 처음 하는 본격적인 등산, 그것도 산장에서 1박하며 묘코 산과 히우치 산을 종주한다는, 초심자에게는 다소 벽이 높아 보이는 계획이었다. 원래는 셋이서 갈 예정이었지만 나는 출발 전날에 열이 나서 취소했다. 미안하다는 생각은 들었지만 등산이 무리하면서까지

할 일은 아니라고 판단했다. 가는 편이 외려 두 사람에게 피해를 준다.

어쩌면 둘 다 안 가겠다고 하는 것 아닐까 싶어 집합 시간 직전에 유미에게만 문자를 보냈다. 이것만큼은 결행하기를 바랐다. 특히 리쓰코는 등산화며 배낭이며 등산 장비를 전부 새로 갖추었으니까. 한눈에 반한 사만 엔이나 하는 등산화로 산을 걷고 싶을 것이 분명하다. 나도 리쓰코와 색깔만 다른 신발을 사서 이 날을 고대하고 있었다.

나는 그 둘이 따로따로 돌아오면 어떡하냐고 내가 걱정한 줄로만 알았다. 그런데 생각해보니 실은 그렇게 되기를 내심 기대한 것이 아닐까 싶다.

등산 이후 리쓰코는 유미에게 불평을 하기 전 한 번 눈을 맞추게 됐다. 그럴 때면 유미도 리쓰코가 하고 싶은 말을 눈치채고 먼저 반성하는 표정을 짓거나 사과하기 때문에 리쓰코도 화를 내지 않는다. 두 사람은 그런 관계가 되어 있었다.

흔들다리 효과일까? 불안한 산길을 단둘이 걷다 보면 서로 도와주어야만 하는 곳도 있었겠고, 싫어도 손에 손을 맞잡고 같은 경치를 보고 같은 공기를 마시다 보면 나름대로 통하는 부분이 있었다고 해도 이상하지 않다.

배구와 마찬가지다. 두 사람은 우정을 쌓은 것이 아니라 동료가 되었다. 이 표현이 딱 맞다. 두 사람의 산 이야기에 나만 끼지 못한다. 아니, 다음에는 같이 가자는 식으로 흘러가도 의견이 맞지 않는다.

리쓰코와 유미는 서로의 거리를 줄였을 뿐 아니라 두 사람 다 인간적으로도 조금씩 변화한 느낌이다. 리쓰코는 동료와 결혼하려고 이미 식장을 예약해놓고도 투덜거리며 그만둘까 망설이고 있었다. 그런데 산에서 돌아온 뒤로는 후련하다는 얼굴로 즐겁게 준비를 진행하고 있다. 시간이나 약속에 헐렁하던 유미는 아직도 다섯 번에 한 번은 늦지만 눈에 띄게 시간을 잘 지키게 되었다.

내게 매일매일이 이렇게 답답한 경우는 그리 없었다. 두 사람을 묶고 있는 줄 알았는데 내가 어느새 한발 뒤처졌다 생각하니 초조하고 이대로는 안 된다는 기분이다. 충족되었다고 생각하던 일상이 떨떠름함과 함께 일그러져버리고, 찰나에 이것은 바라던 바가 아니라는 생각으로 바뀐다.

그렇기 때문에 나는 오늘 산에 오른다. 아홉 번째 미션으로…….

소요 시간은 한 시간 사십 분 예정이다. 로망스카라면서 창밖으로 보이는 거리는 도심의 통근 전철 밖 풍경과 그리 다르지도 않구나 싶었지만, 이내 전원 풍경이 펼쳐지면서 일상에서 서서히 멀어지고 있다는 느긋한 기분이 들기 시작한다.

내 부모님의 신혼 여행지도 하코네였다. 정월에 역전 마라톤

중계를 볼 때마다 여기를 지나갔어, 저기 묵었지, 하며 매해 그 화제를 꺼내서 지긋지긋했는데 지금으로부터 삼십몇 년 전에 그 부부가 어떤 시간을 보냈는지를 상상하기는 어렵다.

부모님은 중매결혼이다. 수다스러운 엄마도 결혼식 다음 날에는 아직 조심하느라고 아무 말도 못 하지 않았을까? 독서를 좋아하는 아빠도 설마 옆에 새 신부가 있는데 책을 펴지는 않았을 것이다……라고 단정할 수는 없다. 마이 페이스인 아빠라면 평소 하던 대로 할 것 같다. 나도 한 권 가져올 걸 그랬다. 시트도 폭신폭신해서 독서에 안성맞춤 아닐까?

신주쿠에서 전철로 한 번에, 이렇게 간단히 하코네를 방문할 수 있다니, 다음에 두 분이 도쿄에 놀러 오시면 셋이 하코네에 가자고 제안해볼까? 오랜만에 가족 여행을 가는 차 안에서 엄마는 맨 먼저 결혼에 대해 물어볼 것이 틀림없다. 나는 다이스케 이야기를 부모님에게 할 것인가?

다이스케는 아직도 숙면중이다. 팔짱을 끼고 시트에 파묻힐 듯한 자세로 잘도 잔다 싶다. 어젯밤은 '만두 천국'에서 아르바이트를 했을 것이다. 심야 1시에 끝나니 집에 돌아가 잔 것은 2시가 넘어서인가? 산에 오르기 위한 체력은 충전해야 하니 종점까지 깨우지 말도록 하자.

다이스케와 결혼은 생각하지 않는다. 그의 꿈이나 장래를 짊어질 자신이 없기 때문이다. 그래서 하코네에 가자고 제안받았을 때는 조금 망설여졌다. 물론 그것은 부모님의 신혼여행과 겹쳐졌기 때문이다. 다른 사람이라면 요즘 시대에 하코네와 결혼이 연결될 일은 없을 터이다.

애초에 목적은 등산 아닌가. 하지만 나는 무슨 산에 오르는지 여전히 모른다.

후지 산에 오르고 싶었다.

마루후쿠 백화점의 올 초봄 행사인 '아웃도어 페어' 행사장에는 커다란 포스터가 붙어 있었다. "당신은 후지 산파? 야쿠시마 파?"라는 카피였는데, 근사한 등산복을 입은 젊은 여성이 야쿠시마와 후지 산 사진 사이의 경계를 뚫고 나가듯 걸음을 한 발 내딛는 포즈를 취하고 있었다.

당연히 후지 산이다. 뭐니 뭐니 해도 일본 제일의 산이니까. ……그런가, 이 다리로 산에 오를 수 있나.

리쓰코가 산에 가자는 말을 꺼냈을 때도 나는 먼저 후지 산을 제안했다. 하지만 기각당했다. 갑자기 후지 산에 오르는 것은 걱정되니까 산을 잘 아는 마키노 씨에게 물어볼게. 이렇게 말하고 조언을 구한 결과 100대 명산인 묘코 산과 히우치 산에 오르게 됐다. 거기에 불만은 없었다. 뭐든지 연습은 필요하다.

하지만 리쓰코와 유미가 무사히 등산을 끝내고 돌아와서 이번에는 마이코도 가자고 하기에 다시 후지 산을 제안했을 때도 기각당했다. 아직 등산 경험이 없는 나를 배려해서가 아니다.

─후지 산은 시시할 것 같아.

리쓰코는 아무렇지 않게 이렇게 말했다. 일본 제일의 산이 시시하다고? 해발 3776미터 꼭대기에 서는 것이 시시해? 유미가한 말이면 힘든 일을 피하기 위해 일부러 내치듯이 말한 게 아닐까 의심했겠지만, 노력형인 리쓰코가 한 말이다. 리쓰코라면 일본 제일 산의 정상을 목표하고 싶다는 바람을 반드시 가지고 있으리라 믿었는데.

설마 내 다리에 대해 알고 일부러 어려운 코스를 피하려고 해준 건 아닐까? 이렇게 의심해보기도 했지만 착각이었다.

─후지 산, 그렇게 힘들지는 않은 모양이야. 하지만 사람이 많아서 자기 페이스로 못 걷고, 코스도 볼거리가 없어서 별로 재미없대. 그렇다면 다음에는 시로우마나 호타카 같은 곳에 가고 싶은데.

산장에서 알게 된 사람에게 산을 추천받았다고 한다. 유미까지 눈 계곡 위를 걷고 싶다면서 들뜬 기색으로 리쓰코에게 말했다. 보통 운동화로 등산을 간 유미는 돌아온 다음 날 바로 등산화를 구입했다고 한다. 꽃밭도 있대 어쩌고 하는 대화는 더는 귀에 들어오지 않았다.

일본 제일을 아주 쉽게 걷어차인 듯한 기분이었다. 힘들지 않으면 더더욱 가보면 될 것 아닌가. 뭐든지 일본 제일이 되기 위해서는 피가 맺히는 노력이 필요하다. 나는 그런 노력을 계속해

왔지만 일본 제일이 될 수는 없었다. 그리고 이제 목표할 수도 없다. 그런데도 일본 제일 산의 정상은 계속해서 걸어온 사람 모두를 받아들여준다. 연간 몇십만 명의 사람들이 일본 제일을 실감하고 있다.

사람이 많다느니, 코스에 볼거리가 없다느니, 이런 마이너스 요인을 제하더라도 일본 제일인 후지 산에는 다른 산에서는 얻을 수 없는 성취감이 있을 텐데…… 이렇게 역설한 상대는 리쓰코나 유미가 아니다.

전국 체인 만두점 '만두 천국'의 포장 백을 들고 내 방에 온 다이스케에게 푸념을 줄줄 늘어놓았던 것이다. 만두와 함께 마신 것은 우롱차인데, 선술집에서 술에 취해 주정을 부리는 아저씨처럼 후지 산은 일본 제일이라는 말을 계속하고 도쿄 타워의 열 배가 넘는 높이라고 목소리를 높이다가 심지어는 후지 산 노래까지 불렀다.

—그럼 나랑 가자.

다이스케가 만두를 맛있게 삼키고 나서 한 말이었다. 가냘픈 다이스케가 등산? 양반다리를 하고 앉아 있는 다이스케를 머리 꼭대기에서부터 눈으로 훑어내렸다.

반팔 셔츠 아래 팔과 반바지 아래 종아리를 보고 그가 무대에 서기 위해 매일 트레이닝한다는 사실이 떠올랐다. 트레이닝을 위해 극단 사람들과 산에 오른 적이 있을지 모른다. 극단에 들어

가기 전에는 마음 내키는 대로 흔들흔들 살아왔다고 하니 그때 등산을 했을 수도 있다. 후지 산 정도는 여유로울 것이다. 하지만 "이번에는 후지 산의 예행연습이라 생각하고 다른 산으로 하자"라는 말을 듣는 순간 실망했다. 내 마음이 어떤지를 그렇게나 털어놓았는데 전해지지 않았다는 낙담의 색깔이 얼굴에 그대로 나타났나 보다. 다이스케는 덧붙이듯 황급히 말을 이었다.

"하지만 후지 산이랑 전혀 인연이 없는 곳은 아냐. 아마 등산 잡지 같은 데서 '후지 산 특집'을 하면 같이 많이 나올 거야."

그렇다면 하고 마음이 움직였다.

"어디? 이름은 뭐라고 하는 산이야?"

"하코네인가? 하지만 사전 정보가 없는 상태에서 올라가면 좋겠어. 이름은 비밀이야."

그 말대로 가이드북도 사지 않고 당일치기 등산에 필요한 짐과 갈아입을 간단한 옷만 배낭에 넣어서 왔다. 하코네 역전의 오르막 코스처럼 가파른 산길을 걷는 걸까? 후지 산과는 어떤 관계가 있을까?

전철 안에서 가르쳐줄 거라고 생각했는데 아무 정보도 얻지 못한 채로 이제 곧 종점인 하코네유모토 역에 도착한다.

하코네유모토 역 주변은 산속에 자리하고 있는 유서 깊은 온천마을의 정취를 풍겼다. 평일임에도 관광객의 모습이 많이 보였다. 연배가 높은 사람들만 상상했는데 대학생 정도 되는 젊은 이들도 많다. 특히 여자들. 너덧 명의 단체 여행 같은 느낌이다. 올해 유행하는 하이웨이스트 원피스에 내추럴한 컬러의 샌들. 아무리 봐도 산에 오를 것 같은 차림은 아니다.

우리는 여기서 하코네 등산 버스를 타고 등산로 입구로 향한다. 어느 산의?

다이스케가 차표를 사 왔다. 로망스카 차표도 그가 준비해주었다.

— 교통비, 나중에 정산해서 알려줘.

귀에 대고 살짝 말했다.

— 오늘은 됐어. 다음에는 마이코가 내는 걸로 하고.

다이스케가 만두가 아닌 무언가를 사는 것은 처음이었다. 공연 티켓도 처음 외에는 다 지불하고 있다. 하지만 다음이 후지 산이라면 오늘은 일단 신세를 지자. 알았다고 하는 참에 버스가 왔다.

급행열차가 서지 않는 고향에서도 십 년 전쯤부터 볼 수 없게 된 낡은 타입이지만, 풍경과 잘 어우러져서 쇠락한 느낌은 들지 않는다. 도중에 고급 온천 호텔이 늘어서 있는 부근에도 정차하는 모양이니, 어쩌면 우리 부모님도 이 버스를 탄 것이 아닐까 싶었다.

맨 뒷자리에 둘이 나란히 앉았다. 승객은 우리 외에 세 명. 이

동네 사람 같은 분위기다. 하코네를 찾는 관광객은 자동차를 이용하는 경우가 많은지 모른다.

버스는 온천 마을을 빠져나와 강을 따라 난 좁고 구불구불한 산길에 접어들었다. 하코네 역전에서 산신*이 달리는 코스 아닐까? 이렇게 가파른 언덕이었구나 하며 텔레비전에서 보는 영상과 눈앞의 광경을 오버랩해보니 가슴이 뛰었다.

— 역전은 연극이랑 비슷한 것 같지 않아?

창밖을 바라본 채 다이스케에게 말했다.

— 그런가?

그리 와닿지 않는 모양이다. 게다가 말꼬리에는 하품이 섞여 있다.

— 그래…….

대답은 필요 없다는 듯 중얼거려보았다.

역전 마라톤은 연극과 비슷하다. 그리고 배구와도 비슷하다.

초등학교 4학년부터 대학교 3학년까지 십이 년 동안 나는 배구를 했다. 정확하게는 배구밖에 하지 않았다. 아침에 일어나서 밤에 잠들 때까지 몸을 움직이는 것은 배구를 위해, 생각을 하는 것도 배구에 대해, 목표는 물론 일본 제일이었다. 목표에 가장

* 하코네 역전 마라톤의 산을 오르는 구간에서 뛰어나게 잘 달리는 선수를 가리키는 말

251

가까이 갈 수 있었던 것은 고등학교 3학년 때의 전국 고등학교 종합 체육대회 8강. 현縣 대회에서 우승했을 때는 전국 대회에 나갈 수 있다는 것만으로도 행복하다고 기쁨의 눈물을 흘렸는데, 전국 대회 준준결승에서 패배하자 일본 제일이 되고 싶었다며 아쉬운 눈물을 삼켰다.

결국 일본 제일은 되지 못했다. 완료형인 이유는 배구를 할 수 없게 됐기 때문이다. 대학교 3학년 겨울에 발을 삐어 왼쪽 다리의 인대를 다쳤다. 배구를 하다 다쳤다면 그나마 수긍할 수 있었을 텐데, 취업 활동 설명회에 가던 도중에 넘어지다니 농담 같다. 산 지 얼마 되지 않아 익숙하지 않은 5센티미터 힐의 펌프스를 신고 비틀비틀 걷는데 뒤에서 자전거가 달려왔다. 황급히 피하려다 도랑에 빠졌고 결국 이 꼴이 되었다.

원래 키도 큰데 왜 굽 높은 구두를 샀냐고 부모님은 어이없어 했지만, 대학 배구부 동급생 중에서 가장 키가 작던 나는 그것이 콤플렉스였다. 조금이라도 키가 커 보이기 위해 5센티미터 힐을 골랐다.

조금 삐었을 뿐이라고 생각했는데 의사는 점프와 달리기 그리고 음주를 가급적 피하라고 충고했다. 몇 주 정도냐고 묻자 평생이라고 해서 현기증을 일으킬 뻔했다. 하지만 걷는 데는 아무런 문제가 없었다. 평범하게 걸을 수 있으므로 일상생활에는 아무런 지장도 없다.

불행 중 다행 아니냐는 배구부 동료를 포함한 주위 사람들의 위로는 귀에 일절 들어오지 않았다. 배구는 실컷 하지 않았느냐고 나 자신을 위로했다. 졸업한 뒤에 실업 팀에 들어가겠다는 생각은 없었다. 키 165센티미터로 지금껏 주전으로 뛸 수 있었던 것이 운이 좋았다. 마지막 일 년은 주장을 맡았다.

노력이 결실을 맺었으니 그것으로 충분하다. 눈물이 그치기까지 이렇게 계속 종이에 썼다.

그리고 새로운 사람이 되기로 결심했다.

애초에 어른이 되면 운동회도 없고 달리지 못한다는 사실을 의식할 여가가 없을 듯하다. 사회인이 되면 지금까지 하지 못했던 일에 도전해보자. 지금까지의 나와는 정반대되는 일을 최소 열 개는 해보자. 재출발 미션이다. 여성스러운 차림을 하고 문화적인 취미를 만들고 남자친구를 사귄다. 혼자 행동할 수 있게 되도록 하자. 직업도 전혀 관심 없던 분야를 골라보면 재미있지 않을까?

마루후쿠 백화점 입사 시험은 목발을 짚고 응시했다. 취직이 결정되었고, 하루 종일 서서 일해도 문제없다는 의사 선생님의 보증도 받았다. 규슈에 있는 대학을 나왔는데 도쿄에서 근무하게 된 이유는 입사 시험 성적이 좋아서 가장 격전지에 보내지게 됐기 때문이다. 그날 시험은 목발을 짚고 치렀으니 분명 배구를 해왔던 경험이 힘을 보태준 것이리라.

일본 제일이 되지는 못했지만 배구 인생이 허사가 아니었던 모양이다.

마루후쿠 백화점 입사와 동시에 미션을 개시했다.

미션 하나, 머리를 기른다. 긴 머리는 방해가 될 뿐이라고 생각했는데 어깨에 닿을 즈음의 일시적인 성가심만 잘 버티면 의외로 깔끔하게 정돈된다는 사실을 깨달았다. 동그란 얼굴을 잘 감출 수 있는 것도 좋다.

미션 둘, 패션 브랜드를 연구한다. 먼저, 가방은 중학교, 고등학교, 대학교 다 입학 때 샀던 것을 졸업 때까지 썼다. 물론 살 때는 디자인보다 기능성을 중시했다. 루이비통 정도는 알지만 모노그램이니 다미에니 모델마다 부르는 이름이 다르다는 것은 전혀 몰랐다. 옷도 거의 마찬가지다. 그 점에서 백화점 근무는 일을 겸해서 이런 것들을 배울 수 있게 해주었다.

특히 2층 여성복 매장에 배속된 뒤로는 싫어도 배워야만 했다. 브랜드 이름, 자매 브랜드. 유행하는 모양, 색깔. 유행 색은 이 년쯤 전부터 정해져 있다는 사실도 이 직장에 와서 처음 알았다. 그리고 고르고 고른, 내게 가장 잘 어울리는 옷을 입는다. 물론 신발은 5센티미터 넘는 힐이 필수다. 힐에서 달아나는 것은 패배 선언 이외의 아무것도 아니다.

미션 셋, 메이크업 달인이 된다. 취업을 위해 새로 구입한 것은 펌프스만이 아니었다. 구직 활동용 정장과 화장 도구 일체도 스무 살 넘어서 처음으로 갖추었다. 그때까지는 존슨즈 베이비 로션뿐이었다. 하지만 이것도 한 층 내려가면 화장품 회사에서 나온 베테랑들이 모여 있기 때문에 그렇게 고생은 하지 않았다. 뷰러로 눈꺼풀을 집어 눈물 흘린 것도 먼 옛날 일이다.

미션 넷, 독서를 한다. 성적이 나쁜 이유를 부 활동 탓으로 돌리지 말라고 중학교 시절 감독이 귀에 못이 박히도록 말했다. 시험공부는 소홀히 하지 않았지만, 국어 교과서 외에는 책을 읽은 적이 전혀 없었다. 백만 부를 돌파한 화제의 책이나 일본 열도를 감동의 도가니로 밀어 넣은 명작도 나와는 인연이 없었다.

무엇을 읽으면 좋을지 몰라서 출퇴근길에 역 구내에 있는 서점의 문고 랭킹 1위인 책을 사보기로 했다. 성공할 때도 있고 꽝일 때도 있었다. 그래도 지금은 좋아하는 작가를 세 명 말하라고 하면 즉시 답할 수 있다.

미션 다섯, 혼자 외식을 한다. 이제까지 나왔던 항목 중에서 가장 벽이 높았던 것이 이것이다. 부 활동을 마치고 돌아가는 길의 패스트푸드, 패밀리레스토랑, 승리를 축하하기 위해 모인 술집……. 외식은 나 아닌 누군가와 즐기기 위해 있는 것이라고 생각했다. 생일이나 아버지 보너스 날도 마찬가지. 하지만 한발 물러서서 관찰해보면 음식점에 혼자 오는 사람이 드물지 않았다.

애초에 백화점도 내게는 행락지와 비슷해서 조금 멋을 부리고 가족이나 친구와 함께 오는 곳이라고 생각했는데, 혼자 오는 손님도 많이 있었다. 평상복 차림으로 슈퍼마켓이나 편의점에 가는 감각으로 얼굴을 내미는 단골손님 덕에 평일 영업도 유지할 수 있는 것이다.

그렇다면 나도, 하고 우선은 패스트푸드에서부터 시작해보았다. 테이크아웃이냐는 질문을 받고 '여기서'라는 세 글자를 목구멍에서 쥐어짜냈다. 트레이를 들고 카운터 자리에 앉아 주위를 힐끗힐끗 살폈다. 아무도 나를 보지 않는다. 남들이 저 사람은 혼자라고 동정하지 않는다는 것을 알면 내가 쓸쓸하다고 생각할 일도 없다.

혼자는 순수하게 요리의 맛을 즐길 수 있다. 커피를 마시면서 책을 볼 수도 있다. 붐벼도 비교적 빨리 자리가 난다. 닭꼬치 집에서 같은 테이블에 앉게 된 아저씨가 한 접시 사줄 때도 있다. 우연히 들어간 가게에서 특곱배기에 도전하여 두 달쯤 기록을 남긴 적도 있다.

매일이 충실했다. 하지만 무엇을 해도 조금 시간이 지나면 어딘가 부족하다는 느낌이 들었다. 배구보다 더 열중할 수 있는 일은 아니라고.

"마이코, 다음에 내려."

다이스케의 목소리에 황급히 배낭을 멨다. 김이 샐 정도로 가볍다. 등산 장비라 부를 만한 물건은 거의 들어 있지 않다. 접이식 스틱 정도일까. 삼십 분 조금 덜 되게 버스를 탄 모양이다. 시간은 딱 10시. 점심도 다이스케가 준비해왔다. 이것도 비밀이라고 한다. 그보다 이런 시간에 올라가도 괜찮을까? 리쓰코와 유미는 해가 지기 전에 목적지에 도착할 수 있게끔 더 이른 시간에 올라갔다고 했는데.

센고쿠라는 정류소에서 내렸다. 우리뿐이다. 주위에도 등산복 차림을 한 사람은 보이지 않는다. 애초에 제대로 된 아웃도어 브랜드의 등산복을 입고 있는 것은 나뿐이다. 다이스케는 배낭은 몽벨이지만 나머지는 평범한 면바지와 티셔츠라서 그대로 영화관에라도 갈 수 있을 것 같은 복장이다.

"그럼, 갈까?"

다이스케가 구령을 붙이듯 말하고 차도를 걷기 시작했다. 이미 해발고도가 높은 곳인지 산의 능선을 한 바퀴 둘러보아도 특별히 꼭대기가 솟아 있는 산은 눈에 띄지 않는다. 옆길로 벗어났다. 여전히 포장된 길이다. 민가인지 별장인지 잘 분간이 가지 않는, 인기척 없는 번듯한 단독주택을 양옆으로 보면서 걷고 있자니 팻말이 보이기 시작했다.

"긴토키 등산로 입구?"

"맞아. 이제부터 오를 곳은 긴토키 산이야. 이름 그대로 긴타로 전설이 남아 있는 산이지."

"사카타노 긴토키坂田金時*의 긴토키?"

"정답."

"나 초등학교 때 별명이 긴타로의 긴짱이었다는 이야기한 적 있었나?"

"아니, 지금 처음 들었는데 그랬구나. 그럼 뭐 좋은 일이 있을지도 모르겠네."

다이스케가 웃으면서 등산로로 들어섰다. 길 폭이 좁아서 나는 뒤를 따랐다. 그리 구불구불하지 않은 언덕길이었다. 마루후쿠 백화점의 직원용 통로 계단보다 더 경사가 덜하다.

여자아이한테 긴타로라는 별명이라니, 좋아할 턱이 없다.

엄마의 손재주가 어설프게 좋았기 때문에 내 머리는 어린 시절부터 엄마가 잘랐다. 하지만 어차피 아마추어 기술이다 보니 스타일이라고는 가로세로 똑바로 떨어지는 단발머리뿐이었다. 초등학교 1학년 단계에서 책가방 끈이 미끄러질 걱정이 없을 어깨 넓이를 가진 아이가 그런 머리 모양을 하고 있으면 악의가 있건 없건 주위에서는 긴타로를 떠올릴 것이다.

더구나 동네 자치회가 주최하는 '어린이 씨름 대회'에 우승 상품인 게임기가 탐나서 참가했다가 저학년 부에서 3학년 남자아

* 헤이안 시대 후기의 무사로 여러 가지 전설이 이야기나 가부키 등으로 남아 있다. 어린 시절의 이름이 긴타로

이를 쓰러뜨리고 우승했으니 그 이름은 부동의 지위를 얻었다. 초등학교 4학년에 배구를 시작하며 처음으로 미용실에서 쇼트커트를 했지만 부르는 이름이 바뀌는 일은 없었다.

배구를 그만둘 때까지 나는 긴타로의 긴짱이었다. 동급생 여자아이들이 의지해오고 나 스스로도 그런 존재라고 믿다 보니 누구에게서도 긴짱이라 불리지 않게 된 지금도 실은 긴타로로 있고 싶은 걸까?

긴짱 시절과 정반대되는 행동을 하고 혼자 있는 시간을 즐길 수 있게 되어도 나는 역시 단체 행동이 좋았다. 다 같이 힘을 합해서 목적을 달성하는 것. 그래서 바겐세일이 싫지 않았다. 상품을 꺼내서 진열하는 등 준비를 위해 밤샘 작업을 하는 것도, 많은 손님들로 북적거리는 가운데 어서 오세요라고 소리치며 접객하랴 계산하랴 뛰어다니는 것도 기분 좋았다.

연일 계속해서 큰 소리로 외치느라 상한 목으로 같은 층 사람들과 노래방에 가는 것도 즐거웠다. 상사의 제안으로 모리 신이치의 노래를 누가 가장 잘 부르는가를 겨루는 데에도 의욕적으로 참가했다. 리쓰코와 유미와 셋이서 송년회나 환영회, 송별회에 할 장기자랑을 생각하기 위해 우리 집에 모여 밤새 시끌벅적 떠들고 있으면 학창 시절로 돌아간 기분이었다.

운동부 스타일의 아침 발성 연습도 싫어하지 않는다. 어서 오십시오, 감사합니다, 잠시만 기다려주세요, 죄송합니다. 또 오세요……. 마루후쿠 백화점의 5대 접객 용어다.

결국은 아무리 새로운 일에 도전해봤자 "일본 제일을 목표로!"라고 원진을 짜고 목청껏 외치던 시절의 나를 좋아하는 것이다.

뜨겁게 달아오를 수 있는 직장에 있어도 뭔가 아직 부족하다는 느낌은 마음속 어딘가에 항상 있다. 성취감이 없는 것이다. 물론 초여름 캠페인, 브라이덜 페어, 백중 페어, 미용 기구 캠페인 등 매달 어떤 이벤트에도 목표치는 있다. 개인별이든 층별이든 달성하면 좋고 그에 따른 결산 보너스 금액도 정해지므로 성과도 몸소 실감할 수 있다.

그래도 어딘가 잘못됐다는 느낌이다. 직소퍼즐 조각이 하나 모자라는 것이 아니다. 직소퍼즐은 완성돼 있는데 만들고 싶었던 게 이 그림이었나 하는 떨떠름한 기분이 성취감을 방해한다.

그런 나를 타일렀다. 아직 미션 열까지 다 해내지 않지 않았느냐고. 그리고 새로운 미션을 생각했다.

미션 여섯, 연극을 본다. 서점에 갔더니 좋아하는 작가의 신간 문고본에 전격 연극화 결정이라는 띠지가 둘러져 있었기 때문이다. 연극에 빠진 경험이 없었던 탓에 그 작품을 공연하는 '디오라마'가 어떤 극단인지도 몰랐고, 가끔 가던 서점 안에 극장이 있다는 사실도 처음 알았다.

원작인 《리버스》는 단행본 때부터 베스트셀러였다. 그런데도 상연 일주일 전에 구석 쪽이기는 하지만 앞에서 두 번째 줄의 자리를 잡을 수 있다는 것은 그다지 인기 없는 극단일지도 모르겠다고 생각했다. 별 기대 없이 극장에 발길을 옮겨보았는데 이것이 나와 딱 맞았다.

군상극으로 개성적인 등장인물이 좁은 무대를 돌아다니고 있어서인지, 등장인물의 성격이나 개성, 생활환경이 제각각인데도 마지막에는 모두가 같은 목적을 가지고 그것을 달성하여 함께 기뻐하는 내용이어서인지, 눈물이 멈추지 않을 정도로 가슴이 뜨거워졌다.

커튼콜 때는 무대에 줄지어 선 이름도 모르는 배우들에게 손바닥이 저릴 정도로 박수를 보냈다.

그중에서 본 기억이 있는 얼굴을 발견했다. 대사는 적지만 코믹한 움직임을 하는 사이토라는 역을 연기한 사람이었다. 내 자리 반대쪽의 가장 구석에 서 있었던 데다 얼굴을 하얗게 분장했기 때문에 처음에는 눈치채지 못했지만, 두 번째로 좌우를 바꾸어 다시 줄을 섰을 때 맨션 근처에 있는 만두 체인점 '만두 천국'에서 아르바이트하는 청년이라는 것이 생각났다.

— 영양 만점, 갓 구워서 따끈따끈합니다.

혼자 온 나에게 늘 이렇게 말하면서 만면에 웃음을 띠고 만두와 볶음밥 세트를 가져다주는 단정한 얼굴. 혼자 온 여성 손님에게 그렇게 커다란 목소리를 낼 것까지는 없을 텐데 하고 부끄러워져서 나는 눈도 마주치지 않고 젓가락을 들었다.

연인도 친구도 없는 쓸쓸한 여자라고 생각하고 있을지 모른다. 기운을 북돋워주자며 동정하고 있는지도 모른다. 혼자 하는 외식에는 익숙해졌을 텐데도 그 사람과 마주하면 아무래도 기분이 진정되지 않고 비굴한 마음이 생겨났다. 하지만 배우라서 억양을 살려 말했구나 하고 이해하니, 귓속에 남은 목소리까지 기분 좋은 것으로 바뀌었다.

높이 자란 나무숲에서 넓은 곳으로 나왔다. '야구라사와 고개'라 적힌 팻말이 서 있다. 구석에 옛날식 찻집 건물이 있었지만 영업은 하고 있지 않았다. 기껏 시야가 트인 장소인데 쇠퇴한 분위기만 풍겼다. 우리 외에 오늘 이 산을 오르는 사람은 없는 것 아닐까?

"마이코, 다리 안 아파?"

"응, 전혀."

객기도 무엇도 아니다. 가파른 언덕길이기는 했지만 다리가 아프기는커녕 숨조차 차지 않았다. 마키노 씨의 추천으로 구입한 스틱도 어느 타이밍에 쓰면 좋을지 모르겠다.

"그럼 다행이다."

다이스케는 안심한 눈치다. 스틱을 어떻게 할까, 정상까지 걸리는 시간을 알기 위해 팻말을 확인하기로 했다. 갈림길도 보인다. 코스는 하나만이 아닌 모양이다.

그런데 잠깐. 긴토키 산 정상까지 사십 분이라고 되어 있다. 고작 그 정도? 등산로 입구에서부터 계산해도 한 시간 반쯤 걸리는 코스인 셈이다. 어쩌면 등산로 입구의 팻말에도 그렇게 적혀 있었을지 모르지만 김이 샜다. 이런 건 내가 바라던 등산이 아니다. 다이스케가 다가왔다.

"왜 그래? 여기가 딱 반이니까 휴식을 취하는 편이 좋아. 맞다, 초콜릿 가져왔어."

내 심정은 아랑곳 않고 다이스케는 배낭 주머니에서 개별 포장된 아몬드 초콜릿 봉지를 꺼내 내게 두 알 건넸다.

고맙다고 받아든 다음 두 알 다 동시에 입에 넣기는 했지만 미지근해서 그리 맛있지 않다. 피곤할 때 먹는 초콜릿은 기운을 회복시키는 기폭제가 되어주지만, 지금은 그저 목에 달라붙어서 기분 나쁘다는 생각밖에 들지 않는다. 씻어내릴 양으로 물을 벌컥벌컥 마셨다. 아마 이것 때문에 뒤에 가서 쓸데없이 힘들어질 터이다.

애초에 피곤하더라도 더운 곳에서는 몸이 초콜릿을 원하지 않는다. 등산로 입구 부근이 더운 것은 당연하다. 여름이니까. 게다가 오늘은 쾌청하기까지 하다. 하지만 고도가 증가함에 따라 시원해지는 것이 여름 산의 묘미 아닌가.

긴 소매 겉옷이 필요할 정도로 차가운 공기를 맞으며 아랫동

네의 더위를 생각한다. 그러고는 별세계에 왔구나 하고 기나긴 오르막을 걸어온 자기 자신을 치하한다. 그럴 때 먹는 초콜릿은 설사 싸구려라도 어떤 고급품에도 뒤지지 않을 정도로 맛있게 느껴질 것이다.

—산꼭대기에서 먹은 '우사기 당'의 딸기 찹쌀떡 최고였지.

유미는 녹아내릴 듯한 표정으로 말했다. 사십 분 더 걸은 뒤에 그 기분을 알 수 있게 되리라고는 도저히 생각되지 않는다.

"배고플 수도 있겠지만 꼭대기까지 힘내."

다이스케에게 쓸데없이 격려를 받고 잠자코 고개를 끄덕였다. 그런 게 아니라고 설명할 기력이 생기지 않았다. 그럼 갈까 하고 다이스케가 발을 내디뎠다. 그 뒤를 따라간다. 경사는 조금 급해졌다. 바위도 울퉁불퉁하다. 스틱은 꺼내지 않았다. 오른발을 바위 위에 얹고 몸을 끌어올린다. 왼발을 얹고 몸을 끌어올린다. 양쪽 발목에 걸리는 부담이 똑같이 느껴진다.

정말로 내 왼발은 폭탄을 끌어안고 있는 걸까? 의사는 신중한 판단을 내렸을 뿐이고 실은 이제 점프하거나 달려도 아무렇지 않은 것 아닐까? 단, 지금 여기서 시험해볼 일은 아니다. 아무리 그래도 내가 그렇게까지 멍청하지는 않다.

미션 열까지 시험해봐도 채워지지 않는다고 느껴지면 배구화를 사자. 그렇지만 미션은 이제 한 항목밖에 남아 있지 않다.

미션 일곱은 사인을 받자는 것이었다. 친구와 노래방에 가서 신곡을 두 곡 부를 수 있을 정도로는 음악을 들었고 시디도 간간이 샀지만, 콘서트에 가거나 하물며 따라다닐 정도로 빠질 수 있는 대상은 없었다. 그 때문에 누군가의 사인을 원한 적도 없거니와 친구가 자랑해도 그렇구나 정도로밖에 생각하지 않았는데……

나는 극단 '디오라마'의 〈리버스〉 공연 팸플릿을 가지고 '만두 천국'으로 향했다. 극장 밖에서 그것도 한창 일을 하는 중에 사인을 부탁하는 것은 아무리 그래도 비상식적이지 않나 싶어서 그날은 심야 12시 폐점 직전에 가게를 찾았다. 손님은 나밖에 없었지만 문 닫을 준비를 하고 있는 눈치는 아니었다.

가게에 들어가자 점장이 먼저 놀란 듯 한 박자 쉬고 어서 오세요 소리를 높였고 다이스케가 뒤를 이었다. 일 때문에 늦어졌다고 그쪽에서 물어보지도 않은 변명을 늘어놓으면서 문에서 가장 가까운 카운터 자리에 앉았다. 배도 고프지 않은데 늘 먹는 만두와 볶음밥 세트를 주문했다.

─나왔습니다. 영양 만점, 갓 구워서 따끈따끈합니다.

다이스케가 카운터에 그릇을 놓으면서 평소처럼 말을 건넸다. 웃는 얼굴만 흘끗 확인한 뒤 빨리 본론에 들어가야지 하고 입안이 델 기세로 음식을 쓸어 넣었더니 다이스케가 시간에는 신경 쓰지 않아도 된다며 컵에 시원한 물을 더 부어주었다.

─그게 아니라……

순간적으로 여기까지 말이 나왔으니 나머지는 전부 이야기할 수밖에 없다. 식사 도중이었지만 젓가락을 내려놓았다. 발밑 선반에 둔 가방에서 팸플릿을 꺼내 두 손으로 내밀었다. 가게에 오는 도중에 편의점에서 막 산 유성펜도 같이 내밀었다.

─사인해주세요!

다이스케가 받아들어 두 손이 빈 김에 나는 단숨에 물을 들이켰다. 나머지는 변명의 향연이다.

책 띠지를 보고 연극을 보러 갔더니 때마침 당신이 있어 가지고, 아, 하지만 엄청 감동한 게, 사이토 역이 대사는 조금뿐이어도 멍청하지만 열심히 하는 것이 전해지는 데다, 아아, 멍청하다니 죄송해요. 하지만 맨 처음에 운 대목이 사이토가 대사하는 곳이었고…… 그러다 커튼콜 때 '만두 천국' 분이신 걸 알고 놀라서…… 뭐, 대략 이렇게 된 거예요.

접시 위의 만두만 보면서 말했기 때문에 다이스케가 이 말을 어떤 표정으로 듣고 있었는지는 모른다. 하지만 머리 위에서 감사합니다라는 조금 정색한 듯한 목소리가 들리더니 유성펜이 삑삑 움직이는 소리가 들렸다.

─야, 다이스케. 너 사인할 정도로 유명한 배우였냐?

점장이 놀리듯 말했다.

─그럴 리가요. 처음이에요.

이 말에 가슴이 꽉 죄는 느낌이 들었다. 성취감과는 다르다. 하지만 그때까지의 인생에는 없었던 고양감을 경험할 수 있었다. ……그랬다는 것조차 까마득히 잊고 있었다.

　십 분 정도만 더 가면 되나 싶었던 즈음부터 경사가 심해졌다. 과연 숨이 조금씩 찬다. 하지만 평소에 본 적 없는 꽃이 많이 피어 있어서 등산을 하고 있음을 겨우 체감할 수 있었다. 로프가 걸려 있는 바위밭에 당도했다. 이거, 발이 미끄러지면 큰일이 날지도 모르겠다. 왼발을 감싸듯 신중하게 한 발씩 올라가자 시야가 활짝 개었다. 널찍한 공간에 돌로 된 사당 같은 것이 서 있는 것이 보였다.

　정상에 도착한 걸까?

　"고생했어."

　이렇게 말하면서도 내 쪽을 돌아보는 다이스케는 내 정면에서 시야를 차단하듯이 서 있다. 키는 비슷하다. 굽이 높은 신발이 아니기 때문에 그 뒤를 넘겨다볼 수가 없다.

　"여기서 잠깐 눈을 감아줬으면 좋겠는데."

　작은 깜짝 파티를 준비하고 있는 듯 설레는 표정이다. 그럭저럭 좋은 경치를 볼 수 있겠구나 하고 일단 지시를 따랐다. 기대는 전혀 하지 않았다. 양 어깨에 다이스케가 손을 얹었다. 이끌어주는 방향으로 천천히 걸음을 옮겼다. 일단은 굉장하다고 말하는 편이 좋을까? 지금이야 완전히 연상 티를 내며 잘난 척하고 있지만 먼저 좋아하게 된 것은 내 쪽이다.

미션 여덟은 고백하기였다.

인생 첫 남자친구. 여자들에게서는 한 손으로 셀 수 없을 정도로 러브레터를 받은 적이 있고 키스해달라며 진지한 얼굴로 다가오는 것을 미안하다며 밀어내고 맹질주로 달아난 적도 있었지만, 남자는 코치나 감독 말고는 제대로 이야기를 나눠본 적도 없었다. 그런 내게 하늘에서 떨어진 선물처럼 귀엽고 다정한 남자친구가 생겼다. 기억해내자, 그때의 기분을.

사인받은 것은 좋았지만 되레 '만두 천국'에 가기 껄끄럽게 되고 말았다. 스토커라고 생각하면 어떡하지 하는 걱정뿐이었다. 하지만 그랬더니 너무너무 보고 싶어서 견딜 수 없었다. 늘 '만두 천국' 앞을 지나가면서도 그곳을 질주해서 빠져나왔다. 그러다 극단 주소로 팬레터 아니 러브레터를 보냈더니 답장이 왔다.

"팬레터를 받은 것도 처음이에요"라는 메시지와 함께 다음 공연 첫날 티켓이 동봉되어 있었다. 〈리버스〉 때는 뒤에서 두 번째에 있던 이름이 뒤에서 네 번째가 되었다. 아니, 앞에서 일곱 번째다. 다이스케가 보내준 자리에 앉아 관람한 뒤, 맨 앞줄과 가까운 곳이 꼭 좋은 자리는 아니라는 사실을 알았다.

꽤 큰마음을 먹고 산 꽃다발을 가져갔지만 로비에 늘어선 주연 배우 앞으로 온 화환을 보고는 이렇게 보잘것없는 꽃밖에 준비하지 못한 것이 미안해졌다. 나는 이름도 대지 않고 로비에 있던 스태프에게 달랑 오노 다이스케 씨에게 전해주세요라는 말만 남긴 채 꽃을 맡겼다. 하지만 다이스케는 그 모습을 로비 구석 쪽에서 보고 있었다고 한다.

— 커다란 꽃다발을 어깨에 짊어지듯이 들고 서 있는 마이코가 멋있어서 주변 사람들도 넋을 잃고 보고 있더라. 객석에서도 바로 찾을 수 있었어. 아, 당연한가? 내가 티켓을 보냈으니까.

눈을 똑바로 보면서 이 말을 들은 것은 공연 다음 날 출근길에 '만두 천국' 앞을 질주해서 지나가려 했을 때였다. 자연히 고개가 돌아가는 방향에 다이스케가 서 있었다. 그 말은 무대 위에 서 있는 당신에게 그대로 돌려드릴게요, 하고 마음속으로는 생각했지만 어떻게 말로 표현했는지는 기억나지 않는다.

그런데도 아직 채워지지 않았다고 느끼는 나는 뭘까?

다이스케의 발길이 멈추었다.

"눈 떠도 돼."

미션 아홉, 등산을 한다. 정확하게는 긴토키 산에 오른다. 정상에 도착했다. 눈앞에는 '천하의 수봉 긴토키 산'이라고 적힌 커다란 팻말이 서 있다. 해발 1213미터. 리쓰코와 유미가 오른 산 높이의 절반에도 미치지 않는다. 하지만 그 뒤에는……

후지 산이다. 녹음이 우거진 평야 저편에 좌우가 대칭을 이루는 갈색의 아름다운 모습이 태연하게 서 있었다.

말이 나오지 않는다. 이건 대체 뭐냐고 다이스케에 눈으로 물었다.

"긴토키 산은 긴타로 전설뿐만 아니라 후지 산을 조망할 수 있는 최고의 장소로서도 유명한 산이야."

후지 산과 인연이 있는 산이라는 말은 이런 뜻이었나. 한 번 더 그 모습을 바라보았다. 후지 산이 시야에 자리 잡고 있는 동안에는 시간이 멈춘 것처럼 느껴진다.

왁자지껄 소란스러운 소리가 들려왔다. 우리가 온 것과는 다른 방향에서 아이들 단체가 올라왔다. 스무 명 정도 되는 초등학생과 딱히 선생님처럼 보이지 않는 인솔자 아저씨가 세 사람. 아이들은 남녀와 학년을 섞어서 그룹을 만들었는지 똑같은 체육복 위에 색깔별로 다른 번호를 달고 있었다.

"긴타로 등산 클럽 아직 하고 있었구나."

눈을 가느다랗게 뜨고 아이들을 바라보면서 다이스케가 말했다. 무슨 뜻이지? 생각하면서도 열심히 올라온 아이들에게 절호의 뷰포인트를 양보했다. 올해는 운이 좋네. 날씨가 좋아서 정말 다행이야. 아저씨들이 기분 좋게 이야기를 나누었다. 그렇다면 나도 운이 좋은 건가? 활기 넘치는 만세 소리가 메아리친다.

긴토키 산 꼭대기에는 옛날식 찻집이 두 곳 있다. 안쪽 찻집 앞에 있는 목제 테이블에 앉자 다이스케가 조금 기다리라며 찻집 안으로 들어갔다.

여기서도 후지 산은 선명히 보인다. 그건 그렇고 아직 하고 있었구나, 라니……. 조금 생각하다 여기가 가나가와 현이라는 사

270

실을 깨달았다. 다이스케가 가나가와 출신이라는 것은 사귀기 시작하고 얼마 되지 않아 본인에게 들은 적이 있다. 내가 간토 지방 출신이고 지리에 밝았다면 더 구체적인 지명을 물어봤을지도 모른다.

하지만 파고들어서 질문한 것이 미안해질 정도로 시나 마을 이름을 들어도 모르는 경우가 많았기 때문에 언젠가부터 구체적인 장소를 묻지 않게 되었다. 누구든 자신의 출신지를 알려줬는데 상대가 고개를 갸웃거린다면 유쾌하지 않을 터다. 가나가와 현이라고 하니 요코하마나 그쪽 어디인가 보다 하고 마음대로 바닷가 마을을 상상했는데, 그게 아니었을지도 모른다.

"기다렸지?"

다이스케가 양손에 하나씩 든 사발을 테이블에 놓았다. 따뜻한 김과 함께 순한 된장 냄새가 풍겨온다. 찻집의 명물 버섯국이라고 한다. "그리고"라고 하면서 다이스케는 배낭을 열고 나일론 가방을 꺼냈다. '만두 천국'의 포장 백이다. 안에서 일회용 종이 용기를 두 개 꺼내어 테이블 한가운데 놓았다.

"특제 볶음밥 주먹밥이랑 식어도 맛있는 바삭바삭 튀김 만두."

아르바이트할 때와 같은 말투로 뚜껑을 열었다. 익숙한 참기름 냄새가 확 퍼졌다. 익숙하기는 하지만 이 냄새를 맡으면 내 배는 꼬르륵거린다. 공복, 만복 관계없이 파블로프의 개나 매한

가지다. 잘 먹겠습니다 하고 손을 모아 인사한 뒤 나무젓가락을 집어 들어 건더기가 가득 든 버섯국부터 맛보았다.

"맛있어."

당연한 말이 생각하기도 전에 입 밖으로 튀어나왔다. 만두도, 볶음밥도 전부 맛있다. 다행이라며 다이스케도 주먹밥을 덥석 물었다. 다이스케와 함께 '만두 천국' 포장 세트를 먹는 것은 처음이 아니다. 그런데도 파란 하늘 아래에서 먹고 있으니 이 사람이 이렇게 밥을 맛있게 먹는 사람이었나 하고 새로운 표정을 알게 된다.

조금만 고개를 돌리면 후지 산의 멋진 전경을 시야에 담을 수도 있다.

"후지 산이 이렇게 예쁜 산이었구나. 고향에 갈 때는 늘 비행기라서 제대로 본 적이 없었어."

"후지 산 정상에서 후지 산의 모습은 볼 수 없으니까."

다이스케가 젓가락을 놓고 이쪽으로 몸을 돌렸다.

"앗······."

"나도 후지 산은 오른 적이 없어서 한 번쯤 가보고 싶었지만 그 전에 마이코를 여기에 데려오고 싶었어. 마이코가 화내는 걸 각오하고 말하는데, 마이코 머릿속에 후지 산은 일본 제일이라는 글자나 3776미터라는 숫자로 밖에 존재하지 않았던 것 아닐까?"

듣고 보니 맞는 말이어서 화낼 기분도 들지 않는다. 밥을 삼키는 것이랑 구분이 안 될 정도로 고개를 끄덕였을 뿐이다.

"그런 상태에서 후지 산에 오르면 정상에 도착해도 머릿속에는 여전히 일본 제일을 제패했다거나 해발 3776미터라는 생각뿐일 거야, 분명. 후지 산의 모습을 어릴 적부터 당연하게 봐온 나로서는 엄청 아깝고 애석해."

역시 그런 곳에 살고 있었구나.

"게다가…… 숫자에 연연하는 것처럼 어리석은 일은 없어."

어쩐지 외면하듯 후지 산을 보고 있던 것은 내 쪽이었는데 이번에는 다이스케가 후지 산에 눈길을 주었다.

"나, 삼 년 전에 '디오라마'에 입단하기 전까지 흔들흔들 마음 내키는 대로 살았다고 했지만 실은 회사원이었어."

다이스케는 내 눈을 보지 않은 채 이야기를 계속했다. 대학 졸업 뒤에 텔레비전 광고로도 친숙한 대형 증권회사에 입사했다고 한다.

"일분일초에 억 단위의 돈을 움직이니까 그야말로 하루 종일 머릿속에는 숫자뿐이야. 그랬더니 어느 날 숫자를 셀 수 없게 되더라. 옆으로 늘어선 숫자가 늘어났다 줄어들었다 하는 것처럼 보여서 0을 하나 잘못 세는 바람에 큰 손실을 냈어. 회사에서는 자발적 사직으로 해고. 하지만 회사를 그만둬도 머릿속에는 늘 숫자가 있었어. 왜, 멍하게 텔레비전만 보고 있어도 오늘의 최고

273

기온이나 비 올 확률 같은 게 나오잖아. 덥다거나 춥다거나 그런 건 자기 피부로 느끼면 되는데. 우산을 어떻게 할지는 나갈 때 하늘 보고 정하면 되잖아. 안 마시고는 못 살겠군 하고 캔 맥주를 손에 들면 알코올 도수니, 칼로리니, 숫자는 어디든 따라와. 머릿속을 영상으로 칠해버리면 어떨까 하고 영화를 보러 가면 흥행 수입 몇 억엔, 몇 주 연속 넘버 원. 달아나다시피 작은 극장에 뛰어들었더니 상연중인 두 시간 동안 처음으로 머릿속에서 숫자가 사라졌어."

숨이 막힐 것 같은 이야기인데도 다이스케의 말투는 담담했다. 아마 지금 그의 머릿속에 숫자는 없을 것이다. 후지 산의 모습이 모든 것을 덮어주기 때문에 차분하게 이야기할 수 있는지도 모른다.

다이스케가 이쪽을 보았다. 씩 웃는다.

"마이코랑 똑같아. 나도 새로 시작하는 중이야. 마이코는 사귀기 시작하고 바로 다 털어놓았는데 거짓말해서 미안해. 나를 크게 보이려고 해봤자 알맹이가 따라오지 않으니 형편없지?"

"그렇지 않아."

정면에서 똑바로 다이스케를 보며 말했다.

"절대 그렇지 않아."

한 번 더 되풀이했다. 두 번째는 어쩌면 나 자신에게 한 말인지도 모른다.

미션 열은 일본 제일 후지 산에 오르기가 아니다. 눈앞에 보이는 저 아름다운 산의 꼭대기에 서는 것이다. 아니, 그런 게 아닐 터다. 내게는 마음속으로 그리는 그림이 없다. 그렇기 때문에 어떤 그림을 완성해도 뭔가가 잘못됐다고 느끼고 만다.

되고 싶은 내 모습을 그려보았다.

이것으로 정했다. 후지 산의 모습을 한 번 더 눈에 새겼다. 이만하면 됐지 않느냐고 하듯 여름 구름이 산꼭대기에 걸리려는 참이었다. 긴토키 산을 즐기면 어때? 바람이 그렇게 속삭이는 듯 느껴졌다. 언제 나는 이렇게 로맨티스트가 되었을까?

긴토키 산 팻말 옆에는 커다란 장난감 도끼가 놓여 있다. 그것을 짊어지고 포즈를 취한 뒤 다이스케에게 휴대전화 카메라로 사진을 찍어달라고 했다. 제법 그럴듯하지 않은가. 나중에 리쓰코와 유미에게 보내자. 다이스케가 사진을 보면서 앞으로 마이코를 긴짱이라고 부를까 하고 장난치듯 말했지만 그것은 진지하게 기각했다.

나는 아직 그럴 그릇이 아니다.

이제부터 먼 길을 돌아돌아 하산해서 온천을 한 다음 맛있는 메밀국수를 먹고 돌아갈 것이다. 물론 로망스카를 타고 말이다.

최고의 등산 데뷔 아닌가.

、
통가리로

웰링턴에서 탄 장거리 버스. 종점인 로토루아까지 두 시간 이상 남은 시점에서 승객은 나와 요시다 두 사람만 남았다. 비좁은 운전석 바로 뒷자리에 둘이 나란히 앉은 채 나는 꾸벅꾸벅 졸다 유리창에 머리를 부딪치고 있었다. 요시다는 도착하면 깨워주겠다고 하더니 발밑에 있던 짐을 질질 끌고 옆 자리로 이동했다.

남섬에 머물 때만 해도 근육통도 없고 아직 두세 코스는 걸을 수 있지 않을까 했는데, 북섬으로 건너오자마자 피로가 확 밀려오더니 선착장에서 버스 정류장까지 몇 미터 이동하는 것조차 버거운 상태가 되어버렸다. 오늘 밤은 로토루아에 있다는 천연온천에 팅팅 불 때까지 몸을 담그고 여행의 피로를 풀겠다고, 후끈후끈 솟아나는 김을 상상하면서 눈을 감았다. 오래된 버스의 차체가 덜컹덜컹 흔들리는 소리와 함께 일본어와 영어가 반반 섞인 떠들썩한 소리가 귓속을 울렸다.

여행 첫 날인 두 주 전, 오클랜드의 일본 요릿집이었다.

일 년 만의 재회를 기념해 아사히 슈퍼드라이로 건배한 뒤에 좋아라고 계획표를 내밀자 요시다는 이런 건 자유여행이 아니라고 잘라 말했다. 패키지여행이랑 매한가지잖아, 라고도.

자유여행의 반대말이 패키지여행이라면 나는 단연코 자유여행파다. 여행의 즐거움은 반이 계획을 세우는 데 있다고 해도 과언이 아니다. 그리고 취미를 파다 보니 여행회사에 취직했다. 하지만 자유여행에도 두 가지 패턴이 있다고 요시다는 말한다. 하나는 출발하기 전에 직접 계획을 짜고 그것에 따라 행동하는, 내가 생각하는 자유여행. 또 하나는 세세한 것은 무엇도 정하지 않고 맨 처음 목적지로 가서 거기서 마음 가는 대로 행동하는, 요시다가 생각하는 자유여행.

그런 정의가 있다면 내가 만든 계획표에 따라 움직이는 것은 요시다에게는 패키지여행과 똑같을지도 모른다. 하지만 내용도 변변히 확인하지 않고 그런 식으로 말하는 것은 심하지 않나. 나는 그런 마음을 담아 쿵 소리를 내며 맥주잔을 내려놓았다. 내 직업이 뭐라고 생각하느냐고.

요시다는 내게서 눈길을 돌리듯 황급히 계획표에 시선을 주었다.

12월에 뉴질랜드에서 만나자고, 둘이서 그렇게 정했다. 그 뒤에 요시다가 보낸 편지에는 우선 각자 이 주 동안 휴가를 얻은 다음 오클랜드에서 보자는 말만 적혀 있었다. 세세한 계획은 내게 맡긴다는 뜻으로 해석했다고 해서 너무 앞질러 간 것은 아닐 텐데. 그 편지에는 건축 사무소에 근무하는 요시다가 장기 휴가를 내기 위해 휴일을 반납한 채 일하고 있다는 이야기도 쓰여 있었다.

'마음 가는 대로'라고 쉽게 말하지만 일본과 계절이 정반대인 뉴질랜드는 12월부터 트래킹으로 붐비는 시즌에 들어간다. 입산이 제한되는 코스도 있다. 되는 대로 정하다가는 국내선 비행기나 호텔 등을 잡지 못하는 경우도 많을 터다. 그런 이유로 흥미도 없는 장소에 발이 묶이면 얼마나 아까울까. 모처럼 휴가를 내는 건데 일분일초도 허투루 쓰고 싶지 않다.

게다가 아무런 의논 없이 계획을 세우긴 했지만 나 혼자 즐기겠다고 정한 코스가 아니다. 요시다가 좋아할까? 내내 이 생각만 했다. 정해진 날짜 안에서 트래킹 명소가 모여 있는 남섬을 최대한 즐길 수 있도록 자료와 시간표를 펴놓고 계획을 세웠건만. 자료는 파일 두 권 분량, 시간표는 세 권. 뉴질랜드 서점에 주문해서 공수했다. 고작 종이 한 장인 계획표에는 내 나름의 애정이 담겨 있다.

하지만 요시다를 기쁘게 해줄 수 없었다. 내가 그의 근본적인 성격을 이해하지 못했다는 이야기도 된다. 하지만 그건 어쩔 수 없다. 사귄 지 일 년이라고는 해도 그 기간의 대부분이 원거리 연애였으니까……

그토록 바라던 여행사에 취직했지만 나는 해외 웨딩 파트에 배속되었다. 결혼할 예정이라고는 전혀 없는데 매일같이 행복한 커플을 상대해야만 했다. 그러다가 대학 시절 아웃도어 동호회의 친구가 등산이 취미인 자기 남자친구의 친구를 소개해주었다. 이런 경우에는 친구의 남자친구 이상으로 멋있는 사람을 기대하면 안 된다는 건 알고 있었지만, 막상 만나보니 그런 수준이 아니었다.

다다미 같은 사람이구나. 그것이 첫 번째 인상이었다.

등산을 하는 사람에게는 불필요한 살이 붙지 않는다. 내 마음대로 그런 이미지를 품고 있었는데, 요시다는 그것을 뒤집을 정도로 뚱뚱했다. 단, 뚱보에는 두 종류 즉 있을 수 있는 뚱보와 있을 수 없는 뚱보가 있다. 근육형 뚱보와 두부살 뚱보. 요시다는 전자인 근육형 뚱보, 있을 수 있는 쪽이었다. 나보다 세 살 위고 사회인이 된 지는 오 년째. 등산을 시작한 것은 요 몇 년 사이로, 학창 시절에는 럭비부였다는 말을 듣고 어쩐지 이해가 되었다. 고릴라 같은 얼굴은 키가 크다는 점에서 플러스마이너스 제로로 쳐도, 긍정적으로 검토할 필요는 없지 않을까 하는 마음이 더 강했다.

나 자신에 대해서는 전부 제쳐두고.

— 난 가무잡잡한 사람이 좋아요.

요시다는 만나자마자 내 가장 큰 콤플렉스를 당첨 제비라도 뽑은 것처럼 아무렇지 않게 입 밖에 냈다. 나는 피부가 흰가, 가무잡잡한가로 나누면 후자에 가까운 데다 얼굴에 땀이 잘 나서 나갈 때도 자외선 크림은 아침에 딱 한 번만 바르는 정도다. 그러다 보니 어디까지가 타고난 피부색이고 어디서부터가 볕에 탄 것인지 몰랐다. 다만, 학창 시절에는 피부색에 별로 신경 쓰지 않았다.

그런데 약 이 년 동안 매일매일 결혼을 앞둔, 내면에서 번져 나오는 행복의 오라로 싱그럽게 빛나는 뽀얀 피부의 여자들과 마주하다 보니 가무잡잡한 피부는 불행의 상징처럼 여겨졌다. 새로 출시된 미백 크림 따위를 발라보았지만 효과도 딱히 없었다. 한숨만 나오는 나날을 보내다 이 자리에 이르렀다는 사정도 있었다.

— 나도 근육형 뚱보 싫어하지 않아요.

결점이라 생각하던 부분을 좋아한다는 말을 들어도 순순히 기뻐할 수는 없었다. 될 대로 되라는 심정으로 이렇게 말했는데, 요시다는 뚱뚱한 것을 칭찬받기는 처음이라며 진심으로 기쁘다는 듯 웃었다. 그러더니 일인 헹가래라면서 나를 들어올려 공중에 세 번 던졌다. 술집 거리의 한복판에서. 주말, 신난 통행인이 넘치는 가운데.

여자 대학 시절은 물론이고 산에서도 이런 사람과는 만난 적이 없었다. 창피함과 낮간지러움을 느끼면서도 머릿속 한구석에서는 막연히 이 사람과 함께 있으면 재미있는 일이 많지 않을까하는 느낌이 들어서 그 마음을 따르기로 했는데…….

일주일 뒤, 뉴칼레도니아 지사로 이동 명령이 났다. 입사 이년 차인 내가 갑자기 해외로 발령난 이유는 단지 뉴칼레도니아라는 장소와 피부색이 맞기 때문 아니었을까. 선배와 동기 들은 선망하거나 질투하지 않고 잘 맞을 것 같다며 마치 내가 고향에돌아가기라도 하는 듯 납득했다.

피부색은 차치하고 해외로 가라는 인사 명령이 실은 펄쩍 뛸정도로 기뻤다. 어릴 적부터 모리무라 가쓰라의《천국에서 가장가까운 섬》이 애독서였기 때문이다. 나의 지상 천국을 찾고 싶었다. 세토 내해 연안 마을에서 자란 내게 바다는 너무 일상이었다. 그래서 바다 너머에 뭐가 있겠느냐면서 낭만을 산 저편에서만 찾았는데, 역시 바다가 부르는구나 하고 꿈꾸는 기분으로 이동에 동의했다.

문제는 요시다였다. 여행을 좋아한다는 요시다에게서는 학창시절 혼자 한 여행 등 이야기하면 할수록 재미있는 에피소드가나왔다. 몇 시간이든, 며칠이든 함께 있고 싶었으니 좀 아쉽기는했지만 헤어지는 건 절대 무리라고 비관할 정도는 아니었다. 한번 잤을 뿐이고 뭐, 어쩔 수 없네 싶었다. 보통열차만 정차하는 작은 역 앞의 쓸쓸한 상점가. 거기서 빠져나온 데 있는 요시다의 공동주택 집을 찾아갔다. 해외에 부임하게 됐으니 헤어지자고 눈물도 흘리지 않고 전했다.

그러자 요시다는 내 손을 불쑥 잡고 대낮인데 반 이상의 가게가 셔터를 내리고 있는 상점가로 데려갔다. 그러고는 문구점에서 약간 바랜 에어메일용 레터 세트 스무 개를 전부 샀다. 이어서 우체국으로 가 뉴칼레도니아까지의 우표값을 묻더니 구십 엔이라는 대답이 돌아오자 백 장 구입했다. 마지막으로 보석 가게에 갔다. 이 기세면 반지라도 사려나 하고 옆에서 보고 있었는데 케케묵은 디자인의 에메랄드 펜던트를 샀다. 내 탄생석은 에메랄드가 아니다.

— 지금은 이것밖에 못 해줘.

과연 이 사람은 어디 출신일까 생각하면서 그가 내민 펜던트를 받아들었다. 초록색을 그리 좋아하지 않지만 어머니는 옛날부터 피아노 발표회를 비롯해 중요하다 싶은 때에는 나를 위해 초록색 옷만 사왔다. 너는 피부가 까마니까 녹색이 잘 어울린다며. 아마 그거랑 똑같은 이유겠거니 하는 참에 요시다가 레터 세트와 우표를 절반 건넸다.

— 달랑 구십 엔 거리야.

그런가. 웃음이 나왔다. 하지만 우표는 돌려주었다.

— 저쪽에선 이걸 못 쓰잖아.

같은 악센트의 가짜 사투리로 대답해보았다.

— 예정보다 두 배 더 쓰게 됐네.

다음 달 뉴칼레도니아로 부임하고 나서는 서로에게 쓴 편지에 대한 답장을 기다리지도 않고 사흘에 한 번 꼴로 편지를 주고받았다. 좋아하는 음악, 재미있게 본 책이나 영화, 주말에 올라간 산 등에 대해. 회사 친구 결혼식, 할아버지 제사, 공동주택 마당에 자리 잡고 살게 된 고양이의 출산. 못 쓰게 된 설계 도면을 보내온 적도 있다. 그 투박한 손가락으로 이렇게 섬세한 선을 그을 수 있다니. 깜짝 놀랐다. 그리고 감동의 재회는 어디서 할까 생각했다.

그만큼이나 편지를 주고받았는데도 요시다라는 사람에게는 글로 이해할 수 없는 부분이 더 많구나 새삼 느꼈다. 됐다며, 계획표를 되가져오려고 손을 뻗자 요시다는 종이를 한층 높게 휙 들어 올리더니 작게 접어서 폴로셔츠 앞주머니에 넣었다.

— 잘 보니까 꽤 재미있을 것 같은데, 이렇게 할까?

그리하여 다음 날 국내선 비행기로 남섬의 '현관' 크라이스트처치로 건너갔다. 거기서 버스로 퀸즈타운까지 간 뒤 예약해둔 밀퍼드 트랙으로 향했다. 그리고 루트번 트랙, 아벨 타스만, 마운트 쿡 주변 등 뉴질랜드의 주요 트래킹 코스를 다 걸은 다음 다시 북섬으로 돌아왔다.

내 계획은 완벽하지 않았나……

요시다가 누군가와 이야기하는 소리가 들린다. 영어다. 신발 좋네. 너희는 트래킹을 하니? 북섬에서는 다들 트래킹을 하지 않나? 북섬에서도 트래킹을 할 수 있구나. 예스, 예스. 몰랐어? 믿을 수 없네. 얼마나 장대하고 아름다운데. 정말로? 로토루아까지 가면 돼? 그럼 거기서 버스에서 내려야지.

유즈키, 유즈키 하고 투박한 손이 어깨를 흔들었다.

"계획 변경이야. 요 바로 앞에 놓치면 아까운 트래킹 코스가 있대."

"온천은?"

"하루면 걸을 수 있는 모양이니까 내일 밤에 하면 되잖아."

모레 예정이 뭐더라? 호텔은 어쩔 거야? 잠이 덜 깬 머릿속에서 이런 생각을 하는 사이에 버스는 이제까지 달려온 국도 같은 커다란 도로에서 벗어나 숲속 길로 들어갔다. 요시다가 대화한 상대는 버스 운전기사다. 하지만 이 길은 아무리 생각해도 버스의 정규 루트가 아닐 것 같다.

"내 친구가 경영하는 좋은 로지가 있어. 석 달 전에 막 오픈해서 방도 깨끗하고 침대도 넓지."

"오, 좋은데."

머릿속에서 둘의 대화를 변환해보면 이런 식이었다. 버스 운전기사와 요시다는 완전히 의기투합한 모양인데 이대로 이 버스에 타고 있어도 괜찮을까?

나리타 공항에서 열한 시간, 오클랜드 국제공항에 도착했다. 계절이 반대로 바뀌기 때문에 입고 벗기 쉬운 플리스 재킷을 입고 왔는데 서둘러 벗을 필요는 없는 정도의 더위다. 날씨는 흐림. 나흘간의 투어 중에 오늘은 이동일이기 때문에 딱히 문제는 없다.

입국 심사를 마치고 '트레저 투어'라는 녹색 보드를 든 일본인 아가씨에게 갔다. 나보다 한발 먼저 도착한 커플에게 펜던트를 걸어주고 있다. 검은 가죽끈에 물방울 맺힌 형태의 청록색 돌조각이 달려 있다. 마오리 공예품이다. 꽤 세련된 서비스구나 싶어 감탄했다. 다치바나입니다라고 자기소개를 하고 조금 두근두근하며 아가씨 앞에 섰다. 그런데 오느라 고생하셨다며 명부에 표시를 할 뿐 내게는 펜던트를 주지 않았다.

어떻게 된 일이지? 의아하게 생각하면서도 뒤에 서 있던 젊은 여성 둘에게 자리를 양보했다. 그녀들도 이름만 체크됐을 뿐 펜던트는 받지 못했다.

다섯 명분의 체크를 끝낸 아가씨가 이쪽을 돌아보았다.

"트레저 투어에서 주최하는 '통가리로 국립공원 나흘간의 여행'을 이용해주셔서 진심으로 감사드립니다. 여러분을 안내할 이시다 마유라고 합니다. 잘 부탁드립니다."

아직 이십대 전반으로 보이는 이시다 씨가 귀엽게 고개를 꾸벅 숙이자 펜던트를 받은 커플이 박수를 보냈고 이어서 나와 내 옆에 서 있던 젊은 여자 두 명도 짝짝 손뼉을 쳤다. 박수를 받은 이시다 씨는 진심으로 부끄러운 듯 머리를 긁으면서 여기 계시는 간자키 씨 부부는 신혼여행으로 오셨습니다 하며 커플 쪽을 향해 자신도 손뼉을 쳤다. 나도 몸 방향을 바꾸어 갑자기 행복 오라를 뿜는 것처럼 보이기 시작한 두 사람에게 박수를 보냈다. 펜던트도 여행사의 선물일 것이다.

펜던트의 미스터리도 풀렸겠다 이시다 씨 뒤를 따라가서 국내선 터미널행 버스를 탔다. 손목시계를 고치지 않았음을 깨닫고 조정했다. 일본과 뉴질랜드의 시차는 세 시간. 지금은 오전 10시. 이제 로토루아를 향해 간다. 비행기로 사십 분이다. 출발 전까지 시간이 조금 있어 공항 안 카페에서 자기소개를 겸해 다 같이 차를 마시기로 했다.

어찌하다 보니 카운터 바로 앞에 선 내가 먼저 카푸치노를 주문했다. 커다란 컵에 커피가 담기는 것을 보고 뒤쪽에서 같은 걸로 하자는 목소리가 연이어 터져 나왔다. 여행 멤버는 훈훈한 사람들이 많은 것 같아 조금 안심했다.

일단은 이시다 씨가 앞서 소개한 간자키 부부가 다시 자기소개를 했다. 크로커다일 폴로셔츠를 입은 수수한 남편과 큼직한 에르메스 스카프를 잘 소화하는 화려한 부인이 여기 오기까지는 어떠한 이야기가 있었을까. 좀체 상상하기 어려웠다. 하지만 두 사람의 가방 지퍼에 나란히 매달린 망울구슬 장식에 눈길이 멈춘 순간 분명 저것이 둘을 맺어주었겠지 하는 생각이 들었다. 그러자 각자 다른 색으로 보이던 두 사람을 둘러싼 공기가 같은 색으로 바뀌었다.

결혼 예정은 전혀 없는 내가 두 사람에게 따뜻한 시선을 보낼 수 있는 것은 내 쪽이 조금쯤 나이가 어리기 때문이라는 변변찮은 이유 때문임은 똑똑히 인식하고 있다.

나는 하던 일이 일단락되어서 나 자신에 대한 상으로 이 투어를 신청했다고 말했다. 학창 시절에는 곧잘 등산이나 트래킹을 했는데 십 년 넘게 공백이 있었으니 방해가 될지도 모르겠지만 잘 부탁드린다며 고개를 숙였다. 천천히 갑시다, 하고 남편 간자키 씨가 다정하게 말하니 다들 웃는 얼굴로 박수를 보내주었다.

젊은 여자 둘은 서른 전후인 오타 씨와 마키노 씨로 학창 시절 산악부의 선후배 관계라고 한다. 결혼을 하게 되어 성대하게 이별 트래킹을 하기로 했다고 오타 씨가 익살맞게 말하자, 매리지 블루에 동반자가 되고 있습니다 하며 마키노 씨가 옆에서 키득키득 웃었다.

간자키 씨가 두 여자에게 평소에는 어느 산을 가느냐고 질문하여 일본 알프스를 중심으로 한 등산 이야기가 되었다. 뜻밖이었다. 나는 자기소개에서 말했듯 공백기 때문에 혼자 트래킹을 하기가 불안해서 투어를 신청했기 때문이다. 초심자나 비슷한 사람들이 모여서 느긋하게 걸어 다닐 줄 알았더니 현역들뿐이지 않은가. 게다가 산악부 출신. 나는 아웃도어 동호회인데.

체력이 불안하지도 않으면서 왜 자기 페이스로 걷기도 어려운 투어를 신청했을까 잠깐 생각하는 사이에 답이 들려왔다. 네 사람 다 해외여행 경험은 있지만 해외에서 트래킹을 하는 것은 처음이라고.

"영어도 잘 못 하는데다 일본에서는 있을 수 없는 트러블이 생길지도 모른다고 생각하면 역시 좀 그렇죠."

남편 간자키 씨다. 같은 시간 동안 비행기를 타고 왔다고는 믿기지 않을 정도로 완벽히 화장한 부인은 등산 같은 것은 하지 않을 듯한 모습이었다. 딱히 먼저 이야기를 꺼내지는 않지만, 커피를 마시면서 남편 이야기에 맞추어 고개를 확실히 끄덕이고 있다.

"입국 심사에서 트래킹 슈즈를 꼼꼼히 검사하던데, 투어에 신청하기를 잘했다고 생각했어요. 사전에 듣지 않으면 분명 진흙투성이 신발을 가져왔을 테니까요."

오타 씨가 말했다. 뉴질랜드에서는 식물 생태계를 보호하기 위해, 입국 심사 카드의 "트래킹을 할 예정이다" 항목에 "네"라고 표기한 사람은 다른 방으로 안내된다. 거기서 트래킹 슈즈나 스틱을 비롯해 과자 등 식품까지 꼼꼼히 체크한다. 나도 여행회사 책자를 확인했으니 망정이지 신발과 스틱은 새것을 구입해서 괜찮다 해도 견과류는 반입 금지이므로 땅콩이 든 과자를 봉지째 몰수당했을지 모른다.

하지만 아직 의문은 남는다.

"왜 이 코스를 고르셨어요?"

모두에게 물었다. 산을 좋아한다면 한번은 뉴질랜드에서 트래킹을 하고 싶다고 생각해도 이상하지 않다. 하지만 '세계에서 가장 아름다운 산책길'이라 불리는 밀퍼드 트랙을 필두로 뉴질랜드의 유명한 트래킹 코스는 남섬에 집중돼 있다. 그런데 왜 북섬에 있는, 일본에서는 별로 알려져 있지 않은 통가리로 국립공원을 선택했을까?

"세계유산이라는 점도 매력적이지만 그보다는 우리가 좋아하는 영화의 로케 장소였다는 게 가장 큰 이유 아닐까?"

간자키 씨가 말했다. 무슨 영화냐고 마키노 씨가 묻자 〈반지의 제왕〉 3부작이라고 부인이 대답했다. 나도 시리즈를 전부 극장에서 본 유명한 작품이다. 책자는 한번 훑어보았지만 나는 통가리로 국립공원이 영화 로케 장소라는 사실은 고사하고 세계유산에 등록됐다는 것도 몰랐다.

"헤, 그건 몰랐네요. 좀 득 본 기분이네."

오타 씨와 마키노 씨가 얼굴을 마주 보며 말했다.

"그럼 역시 세계유산이라서 여기에?"

간자키 씨가 두 사람에게 물었다.

"아니요, 그보다는 날짜 수예요."

마키노 씨가 대답했다.

"저는 백화점에서 일하는데 좀처럼 휴가를 길게 받을 수가 없어서요. 크리스마스랑 연말연시는 전부 나가겠다고 상사에게 억지로 부탁한 끝에 예비일까지 합쳐 겨우겨우 닷새예요. 실은 이삼 주 확 쉬면서 남섬 코스도 다 걸어보고 싶지만요."

"응. 나도 밀퍼드 트랙에는 꼭 가보고 싶지만……. 그런 즐거움은 정년퇴직한 뒤겠지?"

"그렇게까지 많이 남지도 않았네."

간자키 부인이 한 말에 맞춰서 웃고 있었더니 다치바나 씨는 무슨 일을 하느냐는 질문이 돌아왔다.

"모자 장사요."

말하다가 이번 여행용 모자가 비행기에 맡긴 슈트케이스에 들어 있음을 깨닫고 모자 장사 실격이네요 하며 머리를 긁었다. 트래킹을 위해 왔는데 슈트케이스라니 이상한 기분이 들기도 했지만, 여기 온 사람들 다 마찬가지다.

통가리로 크로싱*에 중장비는 필요 없다.

---

* 통가리로 산을 종주하는 인기 있는 코스로, 약 일곱 시간 걸린다

나흘 동안의 패키지여행은 이동하는 날도 허투루 쓰지 않는다. 이시다 씨는 커다란 밴을 운전하면서도 헤드폰 마이크를 끼고 관광 안내를 해주었다. 뉴질랜드는 인구보다 양의 수가 더 많다고들 하지만 근래에는 양도 줄어들어서 십 년 전 숫자의 반 이하가 되었습니다……. 하지만 다들 눈꺼풀의 무거움을 견디지 못하고 꾸벅꾸벅 졸고 있다. 비행 피로 때문이라기보다는 로토루아 관광을 착실히 했기 때문일 것이다.

백미러에 비치는 운전석 바로 뒷자리에 앉은 내가 끝까지 눈을 뜨고 있으면 이시다 씨가 계속 말을 해야 할 것 같을 테니 나도 천천히 눈을 감았다.

비행기로 로토루아에 도착한 뒤에는 이 차로 이동하고 있다. 곧장 통가리로 국립공원 안에 있는 호텔로 향하는 줄 알았더니 조금 높직한 산에 올라가는 케이블카로 안내되었다. 정상에 있는 레스토랑에서 커다란 호수를 둘러싸고 있는 로토루아 마을을 내려다보며 뷔페식 뉴질랜드 요리를 즐겼다.

그 뒤 로토루아는 벳푸와 자매도시라는 이시다 씨의 설명을 듣고 수학여행 때 갔던 지옥 온천 순례와 비슷한 시설을 보러 갔다. 다 큰 어른이 간헐천을 보고 신이 나서 떠든다. 사실 실제로 소리치는 사람은 간자키 씨와 오타 씨다. 간자키 부인과 마키노 씨는 맙소사 하는 얼굴로, 하지만 어쩐지 무척 사랑스럽다는 듯 동행의 모습을 지켜보았다. 나는…… 나 자신을 주체하지 못하고 있었다.

　울타리를 넘어 간헐천의 물을 맞으려고 하는 동행이 있다면 그만두라고 진심으로 화를 내면서 팔을 붙잡아 다시 데려올 것이다. 그러면서도 내심 나도 울타리를 넘고 싶다고 생각한다. 차라리 같이 가자고 꼬드겨주면 좋겠는데…… 하면서 상상해볼 뿐이다. 그리고 실컷 허무해진다. 하지만 그런 마음을 인정하고 싶지 않아서 혼자 하는 여행에 익숙한 척했다. 간자키 부부의 카메라 셔터를 눌러주기도 하고 두 여성에게 전혀 관심도 없는 결혼에 대한 질문을 던져보기도 한다.

　신혼여행이니까 케이블카 정도는 단둘이 타게 해주면 어떨까요? 사이좋은 사람들끼리 온 여행이니까 쌓인 이야기도 있을 텐데 식사 자리를 나눠도 되지 않을까요? 자못 눈치가 빠른 사람처럼 이시다 씨 귀에 살짝 말해보았지만, 이 모든 것은 그저 나를 쓸쓸한 사람이라고 생각하고 싶지 않았기 때문이다.

　혼자 여행은 아주 좋아했을 터였다. 오히려 혼자 여행밖에 하고 싶지 않았다. 그런데도 이렇게 변변찮은 인간이 된 것은 둘이서 떠나 최고로 즐거운 여행을 이미 해버렸기 때문이다.

　그것을 잊기 위해 이 패키지여행에 참가했건만.

　졸리지도 않은데 눈을 감고 있는 것이 바보처럼 느껴져서 눈을 가늘게 뜨고 창밖을 보았다. 오른쪽 전방에 좌우 균형이 잘 잡힌 아름다운 산이 보인다.

"여러분, 주무시고 계실 때가 아니에요."

무심코 목소리를 높였다. 간자키 씨 부인이 어머 하며 남편을 흔들어 깨우고, 사이좋은 두 사람도 감탄사를 내며 유리창에 얼굴을 갖다댔다.

"나우루호에 산이에요. 우리 차는 현재 통가리로 국립공원 안을 달리고 있습니다."

이시다 씨가 목소리를 한층 높여서 설명하기 시작했다. 보석을 자랑하는 아이처럼. 그 정도로 이곳은 누군가에게 이야기하지 않고서는 배길 수 없는 특별한 장소다, 분명. 적어도 내게는.

로지의 밴이 망가테포포 등산로 입구까지 태워다주었다. 소지품은 점심식사용 빵과 물을 채운 수통만 든 작은 배낭 하나. 남은 큰 짐은 로지의 주인에게 맡겨두었다.

오늘 코스에서는 짙은 초록색 잎을 단 나무숲이 우거진 남섬의 산과는 달리 나지막한 식물이 자라는 들판을 걷는 모양이다.

"출발!"

요시다가 위세 좋게 소리쳤지만 나는 아무 대답도 없이 걷기 시작했다.

"아직도 어제 일로 화난 거야?"

요시다가 뒤에서 따라오면서 묻지만 여기에도 대답하지 않는다. 아침부터 최소한의 필요한 말밖에 하지 않았다. 잠자코 있는 것이 화난 증거라는 것을 슬슬 눈치챘으면 좋겠다.

"그런 건 별것 아닌 해프닝이잖아."

별것 아닌 정도가 아니다.

어제……. 명랑한 버스 운전기사가 안내해준 언덕 위의 로지는 상상 이상으로 크고 깨끗했고 또 놀랄 정도로 저렴했다. 자못 산사내 스타일의 수염을 기른 로지의 주인은 내일은 '통가리로 크로싱'을 하는 거냐고 묻더니 통가리로 국립공원 내에서 가장 유명한 트래킹 코스를 정성껏 설명해주었다. 그리고 2박을 하지 않고 이 코스를 걷기 위한 우리의 무모한 부탁도 웃으며 흔쾌히 승낙해주었다.

일본인 손님은 처음이라면서, 안 그래도 시세보다 저렴한 보통 트윈 룸 가격으로 디럭스 룸에 안내해주기까지 했다. 센스 있는 앤티크 가구가 배치된 방이었다. 한가운데 놓인 침대는 일 년 만의 재회를 축하하기 위해 직장 인맥을 동원해 큰맘 먹고 예약한 오클랜드 호텔의 침대보다 더 컸다.

오오. 요시다와 얼굴을 마주 보고 둘이 동시에 있는 힘껏 침대로 몸을 던졌지만 아직 해가 중천에 떠 있었다. 우선은 배를 채우기 위해 저녁을 먹으러 가기로 했다. 로지는 조식 서비스뿐이었지만 주인이 사슴 고기를 먹을 수 있는 레스토랑을 소개해주었다. 우리는 어슬렁어슬렁 언덕을 내려가, 걸어서 한 바퀴 돌 수 있을 만한 시내로 향했다.

라즈베리 소스를 끼얹은 부드러운 사슴 고기 스테이크와 뉴질랜드 와인을 마음껏 맛보았다. 당초 예정으로는 지금쯤 온천에 들어가 있을 텐데. 하지만 그 선택지와 비교해보아도 전혀 기울지 않았다. 버스 운전기사에게 감사해야겠다며 둥둥 뜨는 발걸음으로 신이 나서 떠들었다. 그때였다.

사람 좋은 동네 아저씨 같은 느낌의 남자가 우리 앞에 오더니 어디서 왔느냐고 쾌활하게 말을 걸었다. 요시다가 일본에서 왔다고 대답했다. 남자는 요시다에게 근육이 좋다며 무슨 스포츠라도 하느냐고 물었고, 요시다가 럭비를 했다고 대답하자 두 사람은 잠시 올 블랙스* 이야기로 끓어올랐다. 선수 이름을 하나도 모르는 나는 잠자코 두 사람의 모습을 보고 있었는데, 점점 돌아가는 편이 좋지 않을까 하는 생각이 들기 시작했다. 남자의 눈이 전혀 웃지 않고 있음을 깨달았기 때문이다. 슬슬 가자고 일본어로 말하며 요시다의 티셔츠 자락을 잡아당겼다.

그걸 보고 남자는 우리를 붙잡지는 않았지만 닳아빠진 바지 주머니에서 명함 크기만 한 종이를 두 장 꺼냈다. 친구가 경영하

---

* 뉴질랜드 럭비 유니온 국가대표팀의 애칭

298

는 바의 한 잔 무료 쿠폰이니까 들렀다 가보라며 길 앞쪽을 가리
켰다. 가로등 불빛이 겨우 닿을 만한 곳에 오래된 서부극에 나올
법한 2층 목조 건물의 술집이 보였다. 근사하다고 생각하면 근
사해 보이기도 하고, 수상쩍다고 생각하면 수상쩍게 보이기도
했다. 요시다는 전자고 나는 후자였다.

— 분명 뭔가 수상하다니까. 관두자.

— 나는 뭔가 재미있는 예감이 확 드는데. 여행 끝날 날도 얼
마 남지 않았으니까 모험해보자.

모험인가 하면서 어쩔 수 없이 요시다를 따라가기로 했다. 갑
작스럽게 시작된, 되는 대로 여행이 지금까지는 대성공이었으니
까 여기서는 요시다가 하자는 대로 해볼까 하는 생각도 들었다.

바 입구는 2층에 있었다. 거기서 나는 다시금 주춤했지만 요
시다는 내 쪽을 돌아보지 않고 폭 좁고 녹슨 철제 계단을 삐걱삐
걱 소리를 내며 올라갔다. 철컹 소리를 내며 문을 열고 가게로
들어가자 길거리에서 말을 건 남자와 꼭 닮은 분위기의 점주가
쾌활하게 맞아주었다. 하지만 역시 눈은 웃고 있지 않았다.

점주는 가게 중앙 안쪽의 둥근 테이블을 권했다. 쿠폰을 두 장
건네자 맥주면 되겠느냐며 큰 잔에 따른 맥주를 양손으로 들고
왔다.

— 가게 분위기 좋잖아.

요시다는 가게 안을 둘러보면서 말했다. 외관과 마찬가지로

가게 내부도 서부극에 나오는 술집같이 만들어두었다. 안쪽 자리에도 커플처럼 보이는 손님이 보여서 조금 긴장이 풀렸다. 점주는 빈 맥주잔을 치우고 새 맥주를 그들에게 가져갔다. 출입구 근처에 있는 카운터에서는 점주의 지인 내지 단골손님으로 보이는 체격 좋은 남자 두 명이 점주에게 크리스마스는 누구와 보내느냐며 놀리듯이 말을 걸고 있었다.

요시다와 건배를 했다. 차가운 맥주가 목을 넘어갈 때마다 긴장감도 사라져 갔지만……. 카운터에 계산을 하러 간 안쪽 커플 중 남성이 점주와 뭐라 뭐라 언쟁하기 시작했다. 맥주 한 잔이 이백 달러라고? 그런 말도 안 되는 가격이 어디 있어?

─유즈키, 역시 뉴질랜드는 즐겁다 그지.

요시다는 호쾌하게 웃으면서 내 어깨에 팔을 둘렀다. 이런 상황에 무슨 소리를 하는 건가 싶어 부아가 치밀었다. 요시다가 영어를 그럭저럭 한다는 것은 이 주 동안 여행하면서 알게 되었지만, 상대가 하는 말을 요령 좋게 해석하고 있을 뿐이지 제대로는 이해를 못 하는 것 아닌가 불안해졌다.

남성은 항의를 계속했지만 카운터에 있던 체격 좋은 남자 두 명이 뒤쪽으로 가서 남성을 사이에 끼우듯 서자 마지못해 지폐를 꺼냈다.

─보지 마. 외국어 몰라요, 하는 얼굴을 해.

요시다가 목소리를 낮추어 빠르게 귀엣말을 했다. 이쪽이 경계하고 있다는 것을 들키면 저쪽에서 선수를 친다는 뜻인가?

— 그럼 남은 맥주로 또 건배!

꽤 무리해서 호탕하게 말하고는 맥주가 사분의 일 정도 남은 잔을 거의 빈 요시다의 잔에 보란 듯이 부딪쳤다.

— 좋았어, 이걸 내려놓으면 단숨에 달아나자.

요시다는 아무렇지 않은 얼굴로 말하고는, 글쎄 점주를 향해 큰 소리로 생큐 하며 빈 맥주잔을 들어 보이더니 탕하고 테이블 위에 놓았다. 거기서부터는 누가 어떤 얼굴을 하고 있었는지 보지도 못했다. 출입구로 달려가 무거운 문을 있는 힘껏 앞으로 당겨 바깥으로 나가서는 계단을 구르다시피 뛰어 내려갔다. 큰길로 나가자 요시다가 내 팔을 붙잡아서 끌려가듯 계속 달렸다.

쫓아오는 기색은 전혀 없었는데도 요시다는 발을 멈추지 않았다. 나는 진작부터 숨이 찼다. 사슴 고기와 와인과 맥주도 그냥 기분 나쁜 덩어리가 되어 목구멍까지 올라와 있었다.

언덕으로 가는 길을 달려 올라가서 로지 정면 현관까지 몇십 미터 남은 곳에 이르러서야 겨우 요시다는 발을 멈추었다. 내 절망적인 표정을 눈치챘기 때문이 아니다. 빙글 돌아서 하늘을 올려다보더니 대단하다고 감탄의 소리를 질렀다. 하얀 먼지 같은 별이 온 하늘을 뒤덮고 있었기 때문이다. 일본에서 온 요시다에게는 본 적 없는 밤하늘이었을 터다.

뉴칼레도니아에서는 더 예쁘게 보인다는 말은 구태여 하지 않았다. 저게 남십자성이라고 말하려 했지만 말보다 다른 것이 먼저 튀어나올 것 같아 황급히 삼켰다. 그리고 여전히 내 팔을 붙잡고 있던 요시다의 손을 뿌리치고 방으로 질주해서 화장실에 틀어박혔다.

그 뒤로 요시다와는 눈을 마주치지 않았다. 말도 최소한으로만 주고받았다. 침대를 분단하듯 세탁용 로프를 치고 이쪽으로 절대 들어오지 말라고 했을 뿐이다.

평탄한 길 양옆에는 옅은 보랏빛 꽃이 피어 있다. 일본에서 보는 것과 꽃 달린 모양이 조금 다르지만 에리카인 것 같다. 예쁘다고 말하고 싶다. 나, 이 꽃 좋아해라고도. 하지만 꽃 정도로 기분 풀리는 단순한 사람이라고 가볍게 생각되는 것은 심기에 거슬린다. 딱히 이 꽃을 요시다가 준비해준 것도 아닌데.

─뭐, 어제 일은 확실히 내가 잘못했어.

요시다가 갑자기 말했다. 하지만 돌아보지 않았다. 발길을 재촉했다.

─걸으면서 혼자 반성했는데 말이야. 그 바에 가자고 한 사람은 나야. 유즈키는 싫다고 했는데. 여기서 감점 1점. 안쪽에 있던 커플, 아마 독일인인 것 같은데 그 사람들을 도와주지 않고 우리만 도망갔지. 정의감이 강한 유즈키에게는 용서할 수 없는 일일 테고, 나도 지금 와서 좀 미안하게 생각해. 여기서 또 감점 1점. 하지만 돈 안 내고 튄 건 아니야. 이쪽은 아무 잘못도 안 했는데

유즈키를 토할 때까지 뛰게 한 건 내 배려가 부족했어. 나보다 유즈키 쪽이 체력이 좋으니까 내가 뛸 수 있는 동안에는 괜찮겠지 생각했어……. 하지만 뭐 감점 1점. 총 감점 3점. 만일 이것 말고도 내가 눈치채지 못한 부분이 있으면 말해줘.

추가할 부분은 없었다. 오히려 안쪽 커플에 대해서는 아무것도 느끼지 않았기 때문에 내가 요시다보다 배려가 부족한 사람 같이 느껴졌다.

— 말이 없다는 건 감점 3점으로 됐다는 거지. ……좋아, 그럼, 외쳐.

— 뭐?

맨 마지막에 들은 말이 이해가 되지 않아서 그만 걸음을 멈추고 돌아보고 말았다.

— 나한테 화난 거잖아? 그럼 요시다 이 멍청이 자식! 세 번 외쳐.

— 여기서?

주위를 둘러보았다. 들판 저쪽에 능선이 예쁜 산이 보인다. 저곳을 넘어가는 것이니 아직 갈 길은 멀다. 요시다도 반성하고 있는 모양이고 계속 고집을 피우는 것도 이쯤 해두는 편이 좋겠다는 생각은 든다. 하지만 외치는 것은 좀 그렇지 않나? 일본인이야 안 보이지만 앞뒤에 한 손에 다 꼽지 못할 정도로 사람들이 있다.

— 생각났을 때 하는 게 제일이야. 좋아, 시범을 보여줄까.

요시다는 이렇게 말하고는 나를 앞질러 가더니 산 쪽을 보며 두 다리를 어깨너비로 벌리고 섰다. 그러고는 스읍 크게 숨을 들이쉬었다.

— 요시다 멍청이 자식!

온 하늘에 울려 퍼질 듯한 목소리로 외쳤다. 어안이 벙벙 해서 있었더니 요시다가 나를 돌아보았다.

— 해봐, 유즈키! 안 하면 내가 두 번 더 외친다.

뭐가 뭔지 잘 모르겠지만 이제 될 대로 되라. 요시다와 똑같이 산을 바라보면서 배 속까지 숨을 들이쉬었다.

— 요시다 멍청이 자식! 요시다 멍청이 자식! 요시다 멍청이 자식!

전부 토해내고 그대로 돌진하듯 다다미에게 달려가 안겼다.

성 같은 호텔에서 하룻밤 지내고 나자 나는 여기에 대체 무얼 하러 왔을까 생각에 잠기게 된다.

왼편으로 나우루호에 산을 지나 시내와는 반대 방향, 영화 〈반지의 제왕〉 로케이션 장소였던 루아페후 산 쪽으로 가자 갑자기

성 같은 호텔이 눈에 들어왔다. 이렇게 커다란 건물이 대체 어디에 숨어 있었을까 놀랄 정도로 호텔 앞 몇백 미터까지 오기 전에는 차창에서 산이나 평원처럼 자연이 만들어낸 것밖에 보이지 않았는데.

더 놀란 것은 호텔 방에서 산기슭에 펼쳐진 경치를 내다볼 수 있다는 점이다. 멀리서 호텔이 보이지 않았던 이유는 산기슭의 주머니에 들어간 듯한 상태로 지어졌기 때문이라고 해석했는데, 막상 호텔에 도착해보니 높직한 사면을 따라 서 있어서 대체 어떻게 된 일인지 고개를 갸우뚱했다.

초록색을 기조로 한 침착한 앤티크 가구로 통일감 있게 장식된 방은 외국에 왔다는 비일상적인 느낌에 더해 시공을 초월한 기분을 느끼게 했다. 투어 참가자 전원이 볼륨 만점의 코스 요리에 맛있는 뉴질랜드 와인을 함께 즐겼다. 둘이서 나눠 먹는 것이 딱 좋지 않을까 싶을 정도로 음식이 훌륭했다. 그 뒤에는 밤하늘을 전망할 수 있는 로비의 바에서 서른 전후 여성 둘과 피아노 연주를 들으며 뉴질랜드 맥주를 마셨다.

— 나, 신혼여행보다 더 좋은 곳에 왔는지 몰라.

오타 씨가 이렇게 말하며 장난스럽게 웃는 모습을 보면서 그래그래, 신혼여행이 인생 넘버원 여행일 필요는 없지 하고 마음속에서 동의했다. 그러다 "신혼여행은 스위스에 있는 산에 오를 거예요"라고 마키노 씨가 하는 말을 듣고 그렇구나 하며 단숨에 맥주를 들이켰다.

— 등산 친구가 결혼해서 쓸쓸하지 않아?

마키노 씨에게 물었다.

— 저는 원래 혼자 오르는 걸 좋아해요. 협조성이 없어서요. 일로 주위에 신경을 많이 쓰니까 산에서 정도는 자유롭게 있고 싶잖아요.

아주 짧은 순간 가슴이 바늘 끝으로 긁히는 느낌이 들었지만, 알코올로 멍해진 머리로는 마키노 씨 말의 어느 부분에 반응했는지까지는 생각이 미치지 않았다. 넓은 침대에 푹 파묻히듯 숙면을 취했을 텐데도 뺨에 흰 눈물 자국이 나 있어서 무슨 꿈을 꾼 걸까 생각해봤지만 그것도 기억해낼 수 없었다.

나는 어째서 혼자 이런 곳에 있을까? 잃어버린 물건이라도 찾듯 중후한 옷장 문을 열고 옷걸이에 걸린 옷을 보며 통가리로 국립공원을 걸으러 왔다는 것을 떠올렸다.

오전 7시, 채비를 마치고 로비로 가자 이시다 씨와 함께 키가 큰 백인 남성이 서 있었다. 트래킹 가이드인 로버트 씨라고 한다. 로버트 씨는 산을 좋아하는 남자들이 흔히 보이는 성실한 미소를 띠며 롭이라 부르라고 말했다.

유리로 된 벽과 가까운 자리에서 롭의 컴퓨터를 둘러싸고 코스 설명을 들었다.

우리가 이제부터 향하는 곳은 '통가리로 크로싱'이라는 트래킹 코스다. 통상적으로는 망가테포포 등산로 입구에서 출발해 나우루호에 산, 레드 크레이터, 에메랄드 호수 등의 볼거리를 통과하여 통가리로 산 북쪽에 있는 케테타히 주차장까지 총 약 19킬로미터를 종주하는 코스지만, 이번에는 대폭적인 코스 변경이 있었다.

코스 중간 지점에 해당하는 레드 크레이터에서 온 길을 되돌아가는 것이다. 통가리로 산이 작년 가을에 분화했기 때문에 출입 금지 구역이 생겨버려서 어쩔 수 없었다. 다들 그것을 알고 여행 신청을 했을 터라 롭이 다시금 코스 변경을 전달해도 불평하는 사람은 없다. 볼거리는 코스 전반부에 집중되어 있다고 책자에 나와 있었기 때문에 그리 아쉽게 여길 요소도 없을 것이다.

그보다는 코스 설명에 쓰인 사진이 전부 비가 오거나 흐린 날에 찍은 것뿐이었기 때문에 유리 저편에 파란 하늘이 펼쳐져 있는 것을 보면서 다 같이 우리는 운이 좋다고 말하며 기분이 고조되었다.

점심용 샌드위치와 500밀리리터 페트병 두 개, 먹을거리가 들어간 종이봉투를 롭이 나누어주었다.

"정성이 지극한데."

간자키 씨가 먹을거리가 든 종이봉투의 내용물을 확인하면서 말했다. 정말로 그렇다. 사과, 시리얼 바, 쿠키, 초콜릿. 타인이 간식을 준비해준 것은 초등학교 소풍 이후 처음 아닐까? 그것들을 배낭에 넣고 호텔 앞에 세워둔 밴으로 이동했다.

나우루호에 산은 정상까지 뚜렷이 보였다. 간자키 씨와 오타 씨가 카메라를 꺼내 그 모습을 찍었다.

밴을 타고 얼마 지나자 이시다 씨가 주의 사항이 하나 있다며 미안하다는 듯 조수석에서 돌아보았다.

"통가리로 국립공원 내에서 촬영한 산꼭대기가 찍힌 사진을 페이스북이나 블로그 등 인터넷에 공표하지는 말아주세요."

"네?" 하고 오타 씨가 외쳤다. '여자들의 등산 일기'에 트래킹 기록과 함께 투고하고 싶었다고 중얼거린다. 마운틴 걸이 모이는 웹사이트로 나도 곧잘 도움받는 곳이라 조금 아쉬운 생각이 들었다.

이시다 씨가 통가리로는 선주민 마오리의 성지라고 설명했다. 선주민 마오리는 통가리로 전체를 자신들이 믿는 신의 몸에 빗대는데 정상은 가장 중요한 머리를 뜻한다고. 나라는 다르지만 옛날에 옆집 아주머니에게 비슷한 이야기를 들은 적이 있다.

오타 씨는 그럼 어쩔 수 없지 하고 밝게 대답했다.

"연하장에 사용하는 것도 안 돼요?"

간자키 씨가 물었다. 이시다 씨가 롭에게 확인하자 여기에는 오케이가 떨어졌다.

"여러분께도 보내드리고 싶으니까 괜찮으시면 나중에 주소를 가르쳐주세요."

"그럼, 좋은 기회니까 다 같이 교환해요."

간자키 씨의 제안을 오타 씨가 이어받아 차 안은 한층 더 화기
애애한 분위기가 되었다.

지금이라면 이시다 씨가 노래집을 나누어주고 다 같이 부르자
고 해도 순순히 따를 것 같은 느낌이다. 뭐가 좋을까? 역시 팝송
인가 생각하는 순간 산이나 뉴질랜드와는 무관하게 머릿속에서
아바의 '댄싱 퀸'이 흘러나왔다. 뭐 상관없나 하고 그대로 머릿
속으로 재생하고 있었더니 노래가 딱 끝날 무렵에 망가테포포
등산로 입구에 도착했다.

밴에서 내려 저마다 걸을 준비를 시작했다. 신발 끈을 다시 단
단히 묶고 스틱을 폈다. 배낭에서 모자를 꺼냈다.

앗 하는 소리가 들려 돌아보자 간자키 씨 부인이 내 쪽을 보면
서 집게손가락으로 자기 모자를 가리켰다.

"색깔만 다르네."

나는 초록색, 간자키 씨 부인은 와인레드다.

"그 색이랑 어느 걸로 할까 고민했거든. 하지만 받는 데 석 달
기다려야 하잖아. 이 여행에 꼭 쓰고 오고 싶어서 우물쭈물 망설
일 때가 아니라 생각하고 '어느 걸로 할까요'로 정했어. 하지만
실물을 보니 역시 그쪽으로 할 걸 그랬나?"

"와인레드, 잘 어울려요."

빈말이 아니다. 피부가 희고 이목구비가 뚜렷한 간자키 씨 부인에게는 붉은색 계열이 잘 어울린다. 부인은 뭔가 더 이야기하고 싶어 보였지만 롭이 우리를 불러 모았다. 아직 여러분의 이름을 못 들었다고 하기에 한 사람씩 순서대로 자기소개를 했다. 희한하게도 다들 일본인들끼리 자기소개를 할 때는 패밀리 네임을 댔는데 외국인에게는 퍼스트 네임을 알렸다. 덕분에 모두의 풀 네임을 알 수 있었다.

간자키 히데노리 씨, 간자키 미쓰코 씨, 오타 도와코 씨, 마키노 시노부 씨. 맨 마지막으로 내 순서가 돌아왔다. 롭에게 Yuzuki라고 알렸다.

아앗. 간자키 씨 부인 미쓰코 씨가 또 다시 어울리지 않는 큰 소리를 질렀다.

"다치바나 씨, 어제 분명 모자 만들어 판다고 했었죠. 혹시 이?"

이번에는 양쪽 집게손가락으로 모자를 가리켰다. 네 자릿수가 될 정도로 많은 모자를 만들었어도 실제로 쓰고 있는 손님을 만난 것은 처음이라 뭐라 대답하면 좋을지 몰랐다. 뺨이 상기되는 것을 느끼면서 감사합니다 하고 머리를 숙여보았지만, 실은 양손으로 있는 힘껏 악수하고 싶다는 생각에 사로잡혀 있었다.

내 선택이 틀리지 않았네요…… 하고.

관심 없는 사람이 보기에는 등산이나 트래킹이나 매한가지일지 모르지만, 똑같이 산길을 걷는다고 해도 트래킹은 산의 정상을 목표로 하는 것이 아니다. 때문에 씩씩하게 비탈길을 올라가야만 하는 곳도 등산에 비하면 적고, 코스 전체가 걷기 쉽게 되어 있다.

이런 것을 새삼스럽게 복습하는 이유는 이 통가리로 크로싱이 걷기 시작한 지 한 시간은 지났는데도 이렇다 할 어려운 곳 없이 나무를 깔아 정비한 길을 그저 한없이 걸으면 되는, 산책로라는 이름이 어울리는 상태로 이어지고 있기 때문이다.

연보라색 에리카 꽃은 이미 보이지 않지만 발밑에는 짙은 녹색의 습지가 펼쳐져 있고 데이지와 닮은 흰 꽃이 이따금 얼굴을 내민다. 둥그스름한 바위를 덮고 있는 이끼는 눈으로 착각할 정도로 하얘서 여름이고 햇살이 꽤 강한데도 시원한 겨울 기분을 선사했다.

험한 길을 다 올라간 곳에 기다리고 있는 경치를 만나는 것이 등산의 즐거움 중 하나라고 생각은 한다. 왜 군이 힘들게 산에 오르느냐는 질문을 받은 적이 한두 번이 아니다. 고향에 있는 엄마는 여자애가 왜 그런 걸 하느냐며 어이없어한다. 그럴 때마다 나는 몸을 혹사하기를 좋아하는 것이 아니라 도달한 곳에 무엇이 있는지를 보고 싶은 것이라고 대꾸하고 싶다. 실제로 진심으로 오르기를 잘했다고 생각하게 되는 경치를 몇 번이나 만났기 때문이다. 하지만, 대개의 경우는 잠자코 있을 뿐이다.

내가 건강하다는 자신이 있기 때문이다.

감동은 마음의 여유 위에 성립한다. 이런 생각은 타인의 결혼식이나 여행을 도와주는 일을 통해 더 확고해졌다. 고래 워칭을 고대하던 사람이 실제로 바다에 나가서는 커다란 고래가 몇 마리씩 근처에 모습을 보여도 뱃멀미로 고생하느라 즐길 겨를이 없는 경우를 한 손에 차고 넘칠 만큼 목격했고, 기껏 결혼식을 위해 먼 남쪽 나라까지 갔는데 지독한 입덧 때문에 식을 올리는 내내 어두운 얼굴을 하고 있다가 남은 시간은 쉬느라 죄다 호텔 방에서 보낸 신부도 있었다.

정상에 도착해서 그곳을 즐길 여유가 남아 있을지 없을지 모를 사람에게 무책임하게 등산을 권할 수는 없다. 게다가 정상은 끝이 아니고 그 뒤에 내려가는 작업도 기다리고 있다.

그래도 엄마가 이 즐거움을 알면 좋을 텐데 하고 생각할 때가 많다. 꽃을 좋아하는 엄마는 일상생활에서 볼 수 없는 고산식물 하나하나에 흥미를 느낄 것이고, 그런 마음을 전하고 싶은 사람은 내가 아니라 분재를 좋아하는 아버지일 터다. 하지만 내게는 부모님을 안내할 수 있을 정도의 등산 경험이나 지식은 없다. 어쨌든 아웃도어 동호회 수준이다. 기술력보다는 체력만으로 지금까지 해올 수 있었다는 것도 알고 있다.

하지만 여기라면…….

"어쩐지 엄마도 데리고 오고 싶은데, 여기에는."

등 뒤에서 요시다의 목소리가 들렸다. 걸음을 멈추고 돌아봤더니 요시다가 주위 풍경을 둘러보고 있었다. 오른편에는 울퉁불퉁한 바위산이, 왼편에는 동그랗고 흰 돌이 얼굴을 내밀고 있는 완만한 초록색 언덕이 펼쳐져 있다.

"나도 똑같은 생각했어."

여기라면 등산 경험이 없는 가족이나 친구에게도 권할 수 있다. 같이 오를지 말지는 별개로 치더라도 역시 내가 좋아하는 것에 대해서는 이해받는 편이 좋고, 트래킹을 좋아해주면 더 기쁠 것이다. 간단히 말해…….

"아까워. 세상에는 대단한 장소나 예쁜 경치가 엄청 많은데 그걸 모르고 지내는 건."

"그래, 그거!"

내가 생각하는 것을 요시다는 전부 먼저 말로 해준다.

"루트번은 조금 힘들겠지. 밀퍼드나 아벨 타스만이라면 엄마도 걸을 수 있을지 모른다는 생각이 들지만 며칠 걸리는 것이 문제고. 그 점에서 여기는 걷기도 쉽고 하루면 되잖아. 뭐, 이 앞에 굳이 뉴질랜드까지 올 가치가 있을 만한 것이 기다리고 있다면 말이지만."

"그러게. 하지만 생각보다 트래커가 많이 있으니 기대해도 될 것 같지 않아?"

"코스는 어느 쪽 길이면 좋겠어?"

"그야 물론……."

여기, 하고 나와 요시다는 동시에 검은 바위산 쪽을 가리켰다. 모험에는 와르르 무너지는 소리가 들릴 것 같은 바위밭이 따라다니기 마련이다. 계속 가볼까, 요시다가 말하고 내가 오케이 하면서 진행 방향으로 크게 한 발짝 내디뎠다. 둘이 같은 생각을 하고 있다.

한참 앞쪽을 올려다봤더니 구름 한 점 없는 푸른 하늘이 펼쳐져 있다. 하지만 내 가슴속에 한 가지 조금 걸리는 것이 있었다.

이 경치를 보여주고 싶다, 이곳의 존재를 가르쳐주고 싶다고 내가 생각하는 사람은 주로 가족이나 친구이기는 하지만 그들만이 아니다. 회사 동료나 손님들, 여행이나 자연에 조금이라도 흥미가 있는 사람이라면 모조리 소개하고 싶다고 생각했다. 하지만 요시다는 '엄마' 한정인 모양이다. 게다가 남섬의 다른 코스를 걸을 때도 '엄마'를 생각했다니.

전하고 싶은 사람은 많이 있는데 그중에 때마침 '엄마'만 대화에 나온 것은 아닐 터다. 다만 이것은 어쩔 수 없는 일인지도 모른다.

요시다가 편모 가정에서 자랐다는 것은 초기에 주고받은 편지에 분명히 쓰여 있었다.

고생담은 아니었다. 두 살 어린 동생 결혼식에서 아버지 대신 자신이 인사를 해야만 하는데 이걸 읽으면 괜찮겠는지 확인해달라며 원고 초안을 편지에 동봉한 것이었다. 회사의 상사나 친척 아저씨들이 늘 하는 '주머니 세 개'*라는 진부한 레퍼토리가 적혀 있었다. 요시다답고 괜찮네 싶은 마음도 있었지만 내가 참석했던 결혼식의 인사말 가운데 인상적인 것을 몇 개 적어서 보냈다.

나라면 이런 말을 듣고 싶다고 어필하는 것처럼 보이기 싫어서 회사에서 쓰는 보고서처럼 써서 보냈다.

애초에 아직 사귄 지도 일 년밖에 안 된 데다 대부분이 장거리 연애인데 요시다도 결혼을 생각하고 있지 않을 것이 분명했다. 어쨌든 자유를 추구하는 사람이니까. 나도 그랬을 텐데 이상하게 그것이 조금 슬프다고 생각될 정도로 지난 이 주 동안 두 사람의 여행은 즐거웠다.

나무를 깐 길이 끊어지더니 거뭇한 모래가 딸린 넓은 곳으로 나왔다. 바라던 대로 코스는 바위산 쪽으로 뻗어 있다. 여기서부터 비탈길이 험악해지는 모양이다. 하지만 기합을 넣고 덤빌 정도로 가파른 비탈길은 아니다. 휴식도 서서 물을 마시는 것으로 충분하다. 바위산을 바라보면서 역시 엄마한테는 어려우려나 하

---

* 결혼 생활에는 급료 주머니(給料袋 규료부쿠로), 인내심 주머니(堪忍袋 간닌부쿠로), 어머니(お袋 오후쿠로)라는 세 개의 주머니(후쿠로)가 필요하다는 이야기

고 요시다가 중얼거렸지만 들리지 않는 척했다.

"내가 먼저 갈까?"

요시다가 말했지만 나무를 깐 길처럼 폭이 정해져 있지 않은 만큼 한 줄로 갈 필요도 없기 때문에 뾰족한 바위가 여기저기 널려 있는 비탈길을 둘이 나란히 걸을 수 있을 것 같다.

"그런데 말이야."

요시다가 눈을 맞추지 않고 말을 걸어왔다. 나도 걸음을 멈추지 않고 "응?"이라고 대답했다.

"여행하면서 내내 마음에 걸렸는데 화낼까 봐 가만히 있었거든. 그 온통 기워 붙인 모자는 뉴칼레도니아에서 유행하는 거야?"

"패치워크거든! ……요시다는 모르려나. 일단은 직접 만든 거라 살짝 좌절이기는 하네. 뭐, 나름의 사정이 있어."

나는 모자를 직접 만들게 된 경위를 요시다에게 설명하기로 했다. 검은 모래에 발이 푹푹 빠져서 걷기 쉽다고는 할 수 없지만 이야기할 여유는 있다.

여행 짐은 간편하게. 이것이 내 모토다. 남과 비교할 일이 아님을 알고 있지만 나보다 가벼운 차림의 여행객을 보면 패배감을 느끼고 만다. 이것은 뉴칼레도니아에 갈 때도 마찬가지라 현지에서 손에 넣기 힘들 것 같은 물건 외에는 어지간하면 가지고 가지 않기로 했다.

일본에서 부친 짐은 귤 상자 두 개 분량뿐이다. 이사 준비할 때가 12월이기도 해서 마음에 드는 여름 물품을 충분히 모을 수 없었다는 이유도 있다.

모자도 하나만 넣었다. 늘 여름인 리조트니까 모자쯤은 얼마든지 살 수 있으리라 생각한 것이다. 하지만 원하는 물건은 좀처럼 찾을 수 없었다. 여행객들은 멋진 모자를 쓰고 있지만, 하나같이 집에서 가져온 것으로 보인다. 현지 사람들은 아무도 모자 같은 건 쓰지 않는다. 곱슬곱슬한 머리카락이 직사광선으로부터 두피를 보호해주는지, 모자를 쓰지 않아서 일사병에 걸렸다는 이야기는 듣지 못했다.

나는 일본에서 가져간 모자를 매일 소중히 썼다. 바람에 날려가지 않게 끈도 달았다. 누가 빌려달라고 해도 거절했다. 현지에서는 '빌려달라'는 곧 '달라'는 의미이기 때문이다. 이렇게 지갑보다 더 소중히 다뤘는데, 유리창 없는 버스를 타고 꾸벅꾸벅하는 찰나에 모자가 내 머리에서 날아갔다. 그러고는 비가 막 그쳐서 진흙투성이인 비포장도로에 떨어졌고 그대로 작별이었다.

뭐가 웃긴지 주위에 있던 현지 사람들은 배를 잡고 웃었다. 안녕, 문명이여. 진심으로 이렇게 생각하면서 점점 멀어져가는 모자에 이별을 고했다. 이대로 더더욱 까매져서 밤이 되면 흰자와 치아만 떠 있는 것처럼 보이게 되는 걸까? 아무리 그래도 그렇게까지 타버리면 요시다도 확 식지 않을까.

그런 생각에 사로잡혀서 모자를 잃어버린 그날에 집에 돌아가서 모자를 만들기로 했다. 우선 머리를 덮을 수만 있으면 된다. 식 전날에 갑자기 드레스를 고칠 필요가 생기는 경우가 있기 때문에 이전 근무자에게 재봉틀은 물려받은 상태였다. 천은 어떻게 하지? 그러다 생각난 아이디어가 일본에서 가져온 바지 두 벌을 무릎 길이로 자르는 것이었다. 더워서 도통 바지에 손이 가지 않았던 데다 모자도 생기니 일석이조다. 짙은 남색과 여러 번 빨아 색이 바랜 옅은 청색 두 가지 색을 부분별로 번갈아가며 이어 붙이자 생각 이상으로 멋진 모자가 완성되었다.

주위에서도 호평이었다. 딸에게 생일 선물로 줄 모자를 만들어달라며 이웃 아주머니가 벨벳 천을 가지고 오기도 했다. 그 뒤로 남쪽 섬에도 이런 천을 팔고 있구나 하고 소소하게 모자 연구를 시작하여 오늘에 이르렀다.

"바나나랑 망고랑 파파야를 이미지화해서 만든 제일 마음에 드는 모자인데."

"듣고 보니 어쩐지 멋있다. 응, 나한테도 만들어줬으면 싶을 정도야."

절대로 그렇게 생각하고 있지 않다는 것은 얼굴을 보면 안다.

"하지만 어둠 속에서 흰자랑 눈만 떠 있는 유즈키는 보고 싶었어."

이쪽은 본심이라는 것도 알겠다. 이런 말을 진지하게 받아들이면 안 된다. 평생 요시다와 함께 보내는 것이 확정되어 있다면 지금 이 순간부터 모자와 선크림은 던져버려도 상관없지만 앞일은 알 수가 없다. 일 년 동안 편지를 주고받으면서도, 이 주 동안 둘이 여행을 하면서도, 요시다는 앞날에 대해 넌지시도 비추지 않았다. 또 같이 오자는 말도 한마디 없다.

모자를 깊숙이 고쳐 쓰고 걸음을 옮겼다.

검은 자갈과 뾰족한 바위 너머로 시야가 트였다. 갈색 모래밭이 펼쳐져 있다. 바위산을 다 올라온 것이다. 오른쪽 앞에는 좌우 균형이 잘 잡힌 산이 솟아 있다. 멀리 보이던 통가리로 국립공원의 상징 같은 산의 바로 발밑, 아니 턱밑까지 온 것이다. 풀한 포기 나 있지 않은 짙은 갈색 정상까지 뚜렷이 보인다.

"올라보고 싶다."

무의식중에 입 밖으로 나온 말이다. 하지만 우리의 목표는 이 산 정상이 아니다.

"꼭대기까지 올라가서 단숨에 뛰어 내려오고 싶네."

요시다가 말했다. 와 소리를 지르면서 요시다와 손을 잡고 그렇게 할 수 있다면 얼마나 즐거울까? 산에 오르는 사람들의 모습도 드문드문 보인다.

"하지만 버스 시간이."

우리에게는 꼭 정해진 시간에 버스를 타야 한다는 사정이 있다.

"뭐, 하는 수 없지. 포기할까."

버스 따위 아무래도 상관없다고 말할 줄 알았는데, 요시다도 귀국일은 의식하고 있었던 모양이다. 즐거운 아이디어를 포기한 만큼 정해진 코스로 향하는 것이 시시하게 느껴졌지만……. 100미터도 걷기 전에 정상에 대한 생각이 완전히 날아갈 정도의 경치가 우리를 기다리고 있었다.

"달이다."

내가 중얼거렸는데 요시다의 목소리로 들린 듯한 기분도 든다. 우리 눈 아래에는 거대한 크레이터가 펼쳐져 있었다.

십오 년 전과 변함없이 에리카 꽃이 피어 있다.

일본에서는 크리스마스용으로 10월 하순부터 꽃집 앞에 화분이 늘어선다. 뉴칼레도니아에서 귀국한 뒤로 매년 그것을 사서 정성껏 돌보기는 하지만 겨울을 넘긴 적이 없다. 대개는 연내에 크리스마스를 맞이하기 전에 갈색으로 말라서 죽어버린다. 나와는 궁합이 나쁜 꽃인지도 모른다.

원망스러운 마음으로 에리카 꽃을 바라보는 눈앞에서 롭이 가지 끝에서 10센티미터 정도 되는 곳을 한 손으로 잡고 뚝 꺾었다. 누구보다 이곳의 자연을 중시하고 있을 롭의 행동에 그저 아연실색할 뿐이다.

"참 이렇게 번식해서는."

이렇게 말하며 롭은 꺾은 에리카를 휙 던져버렸다. 에리카는 외래종인데 이 꽃이 번식한 탓에 이 땅에 오래 전부터 있는 식물이 사라지고 있다고 한다.

그렇구나. 고개를 끄덕이면서 다들 걸음을 옮겼다. 간자키 씨는 메모까지 하고 있다.

성실한 사람일수록 중요한 것과 그렇지 않은 것이 확실히 있는 것이리라. 롭은 에리카와 마찬가지로 주머니여우도 몹시 싫어하는지, 부모의 원수인가 싶을 정도로 주머니여우의 유해성을 구구절절 설파했다. 반면 들판을 빠져나와 나무를 깐 길이 뻗어 있는 습지로 들어가자 고산식물이나 이끼에 대해 정성껏 설명해주었다.

뉴질랜드의 고산식물에 흰 꽃이 많은 이유는 벌 같은 곤충이 적기 때문에 야간에 나방이 수분을 하기 때문이라고 한다. 이곳을 방문하는 것이 두 번째임을 누구도 모르게 감탄하며 고개를 끄덕인다. 오른편 바위산이 화산으로 인해 만들어졌다는 것은 겉보기로도 상상이 갔지만, 왼편에 있는 완만한 녹색 사면이 빙하로 인해 만들어졌다는 것은 처음 알았다.

그리고 이곳이 자연유산인 동시에 선주민 마오리의 문화유산인 복합 세계유산이라는 사실도.

똑같은 경치가 눈앞에 있었는데도 나와 요시다는 이곳의 역사나 문화에 대해서는 생각하지 않고 그저 자신이 보고 느낀 것만을 있는 그대로 이야기하면서 걷고 있었을 터다.

그렇다면 어느 쪽이 더 즐거운가? 그건 결론을 낼 문제가 아니다.

"모자를 만들어 팔겠다고 언제쯤부터 생각했어요?"

내 앞을 걷던 이시다 씨가 고개만 조금 돌린 채 물어보았다.

"이십대 중반쯤, 지금으로부터 딱 십사 년 전일까요."

"그럼 사회인이 되고 나서요?"

"회사를 삼 년 다니다 그만두고 전문학교에 들어갔어요."

"헤, 주위에서 반대하거나 하지 않았어요? ……죄송해요, 사적인 질문을 해서. 제가 부모님 반대를 겪고 여기 왔다 보니 그만."

이시다 씨는 대학 졸업 후에 고향의 관공서에 취직하기로 결정돼 있었는데 졸업여행으로 온 뉴질랜드에서 강한 영감을 받고 모든 것을 내던지고 혼자 건너왔다고 한다.

"저도…… 일은 별로 망설임 없이 그만둔 것 같아요. 앞으로 어떻게 될지 모르지만 어쩐지 재미있을 것 같은 예감이 드는 곳에 발을 들여보고 싶어서."

"그렇죠? 인생은 한 번뿐!"

이시다 씨는 스틱을 든 두 손을 꽉 쥐고 힘주어 말하더니 앞을 똑바로 보며 걸어가기 시작했다. 인생은 한 번뿐. 정말로 이 선택이 옳았을까?

나무를 깔아 정비한 길이 끝나고 검은 모래가 깔린 널찍한 곳으로 나왔다. 여기서부터 바위산을 오른다.

휴식한다는 롭의 말에 아침에 나누어 받은 먹을거리 봉투에서 캐러멜 맛 시리얼 바를 꺼내 덥석 물었다. 경량인 데다 영양가도 높고 맛도 나쁘지 않은 휴대용 먹을거리는 지금만큼 종류가 많지는 않았지만 당시에도 간단히 손에 넣을 수 있었다. 그런데도 요시다는 그런 애들 아침밥 뭉친 것 같은 음식으로는 힘이 나지 않는다며 배낭에 늘 바나나를 넣고 다녔다. 다 먹은 뒤에 껍질을 가지고 다녀야 하고 비닐봉지 입구를 단단히 막아두어도 발효한 듯한 냄새가 배낭 안에 퍼지기 때문에 장을 보면서 요시다가 바나나에 손을 뻗을 때마다 나는 사지 말라고 말렸다. 하지만 고릴라 얼굴이 바나나만은 양보할 수 없다고 말하면 꺾일 수밖에 없다. 결국 내 간식도 바나나가 된다.

바나나가 그리운 이유는 가파른 언덕을 오르기 시작해서 아직 얼마 되지도 않았는데 숨이 찼기 때문일까? 롭은 이 길이 이삼년 전에 계단식으로 포장되어 오르기 쉬워졌다고 말하지만, 전혀 실감 나지 않는다. 하루의 대부분을 재봉틀 앞에 앉아서 보낸 나날의 대가를 여기서 갑자기 치르게 된 것처럼 다리가 무겁다. 열 발 걸을 때마다 숨이 차올라서 걸음을 멈추고 심호흡을 하지 않으면 다음 한 발을 내디딜 수 없다.

나 나름의 자유를 추구해온 결과가 이 꼴인가.

나 말고 다른 멤버는 모두 별반 숨이 차는 기색도 없이 때때로 담소하면서 걷고 있다. 페이스가 다운된 것은 명백한데도 누구도 내게 괜찮으냐고 언뜻 신경을 써주는 듯한 말을 걸어오지 않는 것이 고맙다. 게다가 롭은 뒤에서 오는 다른 트래커들에게 길을 양보할 겸 조금 가다가는 걸음을 멈추고 이 코스에 얽힌 에피소드를 이야기해준다.

과거에 세 번 커다란 분화가 있었는데 용암석은 분화 시기에 따라 무게가 다르다고 하면서 각각의 돌을 들어보게 해주었다. 이시다 씨가 필사적으로 통역해준다. 교과서 같은 딱딱한 방식이 아니라 친근한 표현으로 옮겨주기 때문에 사람들 사이에서 자연스럽게 웃음이 터져 나왔다.

이 땅 고유의 고산식물은 마치 숙녀 같은데 에리카는 화려하고 시끄러운 여자 같다.

이 말을 이시다 씨는 오래 전부터 있는 고산식물은 주택가의 유서 깊은 집 딸 같지만 에리카는 시부야의 고갸루* 같다고 표현했다. 롭 씨가 시부야의 고갸루를 알 리가 없잖아요 하고 간자키 씨가 유쾌하게 트집을 잡았지만 롭 씨가 일본에 가본 적이 있다는 것을 알고 화제는 일본의 산으로 옮겨갔다.

---

* 머리카락을 노랗게 염색하고 짧게 수선한 교복 치마에 루스삭스를 신는 등의 스타일을 하고 있는 여고생이나 젊은 여성을 가리키는 말로 1990년대에 유행

일본 어디를 갔나? 좋아하는 일본 음식은? 이런 가벼운 질문부터 일본의 등산 사정에 대해서까지. 입산 제한이나 입산료의 옳고 그름에 대해. 가이드 동행의 중요성. 이런 것에 대해 서른 전후 여자들을 포함해 다들 자신의 의견을 진지하게 이야기했다. 여유가 없는 나 말고는.

처음에는 이시다 씨가 전부 통역했지만 서서히 다들 서투르기는 해도 영어로 직접 롭에게 말을 걸었다. 거기서 아무렇지 않게 한발 물러선 이시다 씨와 눈이 마주쳤다. 괜찮다는 의미를 담아 웃어 보였다.

"제 역할이 없어지는 게 가장 이상적인 스타일이에요."

내 표정이 어떤 의미로 전달되었는지는 모르겠지만 이시다 씨는 만족스럽게 웃으면서 한숨 돌리고는 천천히 계단에 발을 얹었다. 차분한 상태에서 보니 한 발, 한 발, 걸음은 결코 여유가 있지 않다. 그럼에도 기력을 끌어내 우리의 투어가 즐거워질 수 있도록 도와주고 있는 것이다.

예전에는 나도 그랬을 터다. 뉴칼레도니아에서 결혼식을 올리기 위해 일본에서 온 커플이나 그 가족이 마음에서부터 만족할 수 있게 하려면 어떻게 해야 좋을지, 무엇을 제안하면 좋을지, 어떻게 도와주면 좋을지 늘 생각했다. 그대로 여행객들 가까이 있을 수 있었다면 지금쯤 모자를 만들고 있지는 않았을 터이다.

십오 년 전, 이 통가리로 크로싱을 걸은 직후, 일 년 뒤에 뉴칼레도니아 지사가 폐쇄된다는 연락을 받았다. 거품경제가 붕괴하고 나서 몇 년은 거품의 여운으로 뉴칼레도니아에서 올리는 해외 웨딩도 수요가 있었지만, 해마다 인기가 잦아들고 있다는 것은 갓 부임한 나도 눈치챌 수 있었다. 부유한 직장 여성의 여행이라고 하면 뉴칼레도니아라는 풍조도 거품의 종언과 함께 안개처럼 흩어진 모양이었다.

굳이 지사를 둬야 할까라는 의문은 늘 품고 있었다. 뉴질랜드나 오스트레일리아 지사에서 오세아니아 사업 전반을 담당하면 충분하지 않을까 하고.

내가 뉴칼레도니아 지사에 근무하게 된 이유는 장래를 촉망받아서도 아니고 현지 이미지에 맞아서도 아니었다. 남은 업무 처리를 시키기 위한 그냥 버리는 카드였던 것이다. 그 증거로 다음 인사 발령은 계열사 파견 근무였다.

기념품을 통신 판매하는 회사로, 출발 전에 예약하면 돌아온 다음 날에 자택으로 기념품을 보내준다는 콘셉트다. 손님 얼굴도 보지 못하고 그저 주문서를 처리해나갈 뿐이다. 애초에 기념품이라는 것은 여행지에서 사기 때문에 의미가 있는 것 아닌가. 한 사람 한 사람의 얼굴을 떠올리면서 사는 것이 즐거운 일 아닌가.

본사에 돌아갈 전망도 없고 일을 그만두는 데 그리 망설임은 없었다. 수입 면에서도 이 년간의 해외 부임으로 사치를 하지 않으면 앞으로 이 년쯤은 생활해나갈 수 있을 정도의 예금이 있었다. 게다가 거품의 여운 속에서 학창 시절을 보낸 사람으로서 아르바이트로 봉급생활자와 다르지 않은 수입을 얻을 수 있다는, 어리석고 낙관적인 착각도 한몫했다.

무엇보다 요시다가 가장 잘 이해해주리라고 믿었다.

겨우 바위산을 다 오를 수 있었다. 하지만 가장 중요한 나우루호에 산 정상에는 옅게 깔린 구름 탓에 아름다운 전모를 볼 수 없다. 그때와 같은 경치를 기대했는데……. 그렇지 않아도 전 코스를 걸을 수 없는데 도중의 경치조차 그때만 못하다니, 지난번의 완벽함은 요시다와 함께였기 때문이고 거기서 요시다를 뺀 결과가 지금인가 하며 멍청하고 단순한 계산을 하고 만다.

각자 물을 마시거나 비스킷을 먹으면서 휴식을 취하는 가운데 서른 전후 여성 중 한 명인 도와코 씨가 앗 하고 소리를 질렀다.

"정상에 구름이 끼었다는 건 이 사진은 인터넷에도 올려도 된다는 뜻인가?"

이시다 씨가 롭에게 확인했다. 오케이가 떨어졌다.

이거 운이 좋은데 하고 간자키 씨가 당장 부인인 미쓰코 씨를 일으켜 세워서 산을 배경으로 셔터를 눌렀다. 이시다 씨가 재빨리 카메라를 받아들자 이번에는 둘이서 사이좋게 웃는다.

"유즈키 씨랑 투어를 함께 했다고 '여자들의 등산 일기'에 투고해도 돼요?"

도와코 씨가 신이 난 눈치로 물어본다. 연예인도 아니고 거절할 이유는 어디에도 없다. 오히려 미안하다. 나 같은 사람을 만나서 기뻐해주는 사람이 있다는 것이 어쩐지 근지럽다. 동의했더니 빨리, 빨리, 하면서 시노부 씨 옆에 서라고 나를 재촉했다.

롭도 불려 와서 내 옆에 섰다. 카메라 셔터를 누르는 사람은 이시다 씨.

"구름이 어디 가버리겠어."

도와코 씨 말이 웃겨서 인터넷에 업로드해도 감당할 수 있을 만한 미소를 자연스럽게 떠올 수 있었다.

사진을 다 찍고 나서 짐을 다시 짊어지고 넓은 터의 끝으로 걸음을 옮겼다.

거대한 크레이터에 다들 환성을 질렀다. 두 번째인데도 아아 하는 소리가 새어나왔다. 눈을 깜빡거리는 것을 잊어버릴 정도로 눈길을 뺏긴 이유는 지난번에 본 것에 플러스알파가 있었기 때문이다.

지난번에는 없었던 구름이 이번에는 거대한 크레이터 위에도 걸려 있었다. 그 때문에 크레이터 전체가 그림자로 덮여 있다. 하지만 우리 눈앞에서 구름 일부가 벌어지면서 하얀 빛줄기가 비쳐 들었다. 크레이터 딱 한복판에, 트래커들의 진행 방향을 가리키듯이.

"천축국으로 가는 길 같네."

간자키 씨가 말했다. 비유가 너무 옛날 사람 같다는 미쓰코 씨의 공격에 간자키 씨는 머리를 긁었다. 물론,《서유기》라는 것쯤은 나도 안다.

"어쩐지 외국이라기보다 지구가 아닌 것 같아."

도와코 씨가 말했다. 간자키 씨가 〈스타워즈〉니 〈2001 스페이스 오디세이〉니 그럴싸한 영화 타이틀을 열거하고, 그러니까 그게 낡았다는 거야라고 미쓰코 씨가 기가 막힌 듯 웃는다.

"저 너머로 간다니 두근두근해."

크레이터 반대편 끝에 시선을 던지며 시노부 씨가 말했다. 이런 데서 놀라고 있을 때가 아니에요, 라고 말하고 싶어진다. 하지만 그랬다가는 영화 결말을 먼저 말해버리는 것과 매한가지다. 롭과 이시다 씨도 한바탕 감동에 젖는 우리를 잠자코 기다려주고 있다. 그 눈빛이 어딘지 자랑스러워 보인다.

관광객이 너무 늘어 자연이 파괴되는 것을 우려하면서도 그 밑바탕에는 이곳을 더 많은 사람에게 알리고 싶은, 그리고 대단하지 하고 한껏 자랑하고 싶은 마음이 있음이 분명하다.

갈색 사면을 따라 크레이터 안으로 내려갔다. 축구장 열 개는 들어가지 않을까? 원에 지름을 긋듯 똑바로 나아간다. 앞에서 가는 트래커들의 뒷모습을 보면서 '순례 여행'이라는 말이 떠올랐다.

빛이 드는 쪽으로, 그리고 빛 너머로.

크레이터를 빠져나와 울퉁불퉁한 돌이 굴러다니는 갈색 사면을 한동안 올라가자 반대쪽 사면을 도려낸 듯한 형태로 거대한 분화구가 나타났다. 검붉게 탄 용암이 몇 겹이나 쌓여서 천연 오브제를 만들어내고 있다.

"굉장하다, 정말 굉장해."

단순한 감탄사를 연발하는 내 옆에서 요시다는 잠자코 분화구를 주시했다. 먼저 저쪽 편 용암이 굳어져서…… 하고 때때로 낮게 중얼거리는 것을 방해하지 않게끔 나는 분화구 전체를 빙 둘러보고 다시 한 번 요시다에게 눈길을 주었다.

"안 되겠어, 나는 이런 건 못 만들어."

건축가인 요시다는 눈앞의 경치를 디오라마로 재현하는 방법을 궁리하는 줄 알았더니 아무래도 실제 크기로의 재현을 생각해본 모양이다. 그 자리를 떠나는 것에 미련이 남는 듯 조금 걷다가 돌아보고 조금 걷다가 돌아보면서 크레이터의 능선을 따라 걸었다.

요시다는 지금 다리 설계를 맡고 있다고 알려주었다. 꽃놀이 명소로 유명한 하천이라 가급적 경관을 해치지 않는 잠수교를 제안했다가 바로 퇴짜를 맞았다고 한다. 하지만 나는 잠수교가 뭔지 잘 모른다. 그래서 이번에는 요시다가 잠수교에 대해 설명해주었다. 유명한 것은 고치 현의 시만토 강에서 볼 수 있다고 하지만 나는 거기에 가본 적이 없다.

과연 요시다 머릿속에 있는 다리와 내 머릿속에 있는 다리가 똑같을지 어떨지 모르지만, 형태가 있는 것을 만드는 일을 하는 요시다가 부럽다고 생각했다.

"완성하면 성취감도 있고 사람들에게 도움된다는 걸 눈으로 보고 실감할 수도 있어서 좋겠다. 귀국하면 요시다가 설계한 장소를 돌아볼까?"

"좋아, 전부 안내해줄게. 하지만…… 앗."

요시다가 걸음을 멈추었다. 눈 아래에 다시금 커다란 크레이터가 나타났다. 하지만 크레이터만으로는 이제 그다지 놀라지 않는다. 우리의 눈을 잡아끈 것은 크레이터로 내려가는 사면을 따라 계단식으로 있는 세 개의 동그란 호수다. 청록색, 녹청색, 청색 세 가지 다른 색깔을 띠고 있다.

"대단하다. 입욕제를 잔뜩 넣은 것 같은 색깔이야."

"어떻게 된 거야, 여기는?"

나와 요시다는 호수에 다가가듯 사면을 내려갔다. 화산에서 솟아나는 성분으로 이런 색깔이 됐으리라. 빛의 굴절 방식에 따라 수면의 색깔이 달리 보인다고 들은 적도 있다. 하지만 겨우 몇 미터밖에 떨어져 있지 않은 호수가 저마다 다른 색깔을 하고 있는 비밀은 알지 못한다.

"어쩐지 우주선이 추락해서 다른 행성에 온 것 같은 느낌이야."

크레이터 하면 달이라는 이미지를 가지고 있었는데, 그것과는 또 다른, 미지의 세계이기는 해도 확실히 생물의 기척이 느껴지는 깊은 향을 머금은 공기가 떠다닌다.

조금이라도 오래 호수를 바라보고 싶어서 사면 중간에 발자국이 이어지는 길에서 조금 벗어난 모래땅 위에 앉아 점심을 먹기로 했다. 로지에서 준비해준 샌드위치다. 커다란 핫도그 빵에 양상추와 햄, 치즈, 토마토, 얇게 썬 삶은 달걀을 채운 것이다. 나는 토마토는 별로 좋아하지 않지만 일일이 빼고 먹어야 하는 정도는 아니다. 나는 가능하면 토마토가 있는 부분은 피하면서 한입 크게 베어 물과 함께 삼켰다.

문득 보니 요시다가 치즈를 빼서 빵을 싼 종이봉투에 넣고 있었다.

"요시다는 뭐든지 다 잘 먹을 것 같은데 의외로 편식을 많이 하네. 버섯도 그렇고 달걀 반숙도. 게다가 태연하게 남기고."

"뭐, 그러면서도 이렇게 잘 컸으니 좋아하는 것만 먹으면 되지."

전혀 수긍할 수 없는 논리였지만 신비한 색깔의 호수와 넓은 크레이터를 바라보고 있으니 그런 사소한 것 따위 아무 상관 없었다.

언제까지나 여기에 있고 싶다며 몸이 일어나기를 살짝 거부했지만 그럴 수는 없는 일이다.

"아아, 아쉽다."

두 사람이 동시에 말하고 일어났다.

호수는 물가까지 다가가도 깊은 색깔 그대로였다. 그런데도 투명도가 높아서 바닥이 들여다보인다. 몇 미터만 더 내려가면 이제 이 선명한 색깔을 볼 수 없다. 사진을 몇 장이나 찍어봤지만 분명 실물 쪽이 몇 갑절 예쁠 것이다. 그런데도 이 사진을 누군가에게 보여주면 카메라를 조작해서 호수 색깔을 냈다고 생각할 것이 분명하다.

떨어지지 않는 발걸음을 억지로 떼어가며 크레이터까지 내려가서 똑바로 걸었다.

"아직 종점까지 오지는 않았지만, 여기는 뉴질랜드 트래킹 코스 중에서도 개인적으로는 루트번이랑 일등을 다투는 장소라고 생각해."

"나는 단연 일등이야. 나도 오늘 처음 깨달았는데 화산이 꽤 좋나 봐. 그리고 기대치가 낮았던 만큼 놀라움의 연속이라 점수가 높아진 것 아닐까?"

"오기를 잘했지?"

응, 하고 바로 고개를 끄덕인 뒤 몇 시간 전까지 내가 대단히 심기가 불편했다는 사실을 떠올렸다. 홧김에 여기에 오지 않겠다고 했다면 큰일날 뻔했다. 그리고 지금이라면 첫날에 오클랜드 일본 음식점에서 요시다가 말한 '자유여행'의 의미나 재미를 이해할 수 있다.

크레이터를 다 걷고 완만한 사면을 한동안 올라가자 이번에는 왼편에 새파란 물을 담은 커다란 호수가 보였다. 다만 그 뒤로 초록 잎 무성한 우거진 나무숲을 보니 이 세계가 슬슬 끝난다는 아쉬움이 더 강해서 경탄을 내지를 여가가 없었다.

나머지는 목적지인 주차장까지 숲속을 계속 걷기만 하면 된다. 의무처럼 발을 번갈아가며 움직이고 있었더니 나 말이야 하고 앞에서 걷던 요시다가 걸음을 멈추고 돌아보았다. 이제까지 본 적이 없는 심각한 표정이다. 무슨 말을 꺼낼 생각일까? 불안한 마음이 반, 어쩌면 프러포즈인가 긴장하는 마음이 반. 하지만 다음 말이 좀처럼 이어지지 않는다. 뭐냐고 물어보면 역시 됐다고 할 것 같아서 내 쪽에서는 아무 말도 하지 않기로 했다.

"당장은 아니지만 지금 회사 그만둘까 생각중이야."

엇. 놀랐지만 그 정도로 뜻밖의 일은 아닌 것 같았다. 오히려 요시다라는 사람을 알면 평범하게 회사를 다니고 있는 쪽이 다소 어색하게 느껴진다. 배낭을 등에 지고 일 년의 대부분을 여행하면서 보내고, 돈이 없어지면 그 장소에서 일한다. 그런 삶이 딱 어울릴 것 같다.

"그만두고 어쩔 건데?"

"아직 확실히 정하지는 않았는데 국제 자원봉사대에 지원해서 개발도상국에서 일해보고 싶어. 그야말로 다리를 만들고 학교를 세우는 일도 해보고 싶고. 한다면 홀가분하게 움직일 수 있는 지금이 아닐까 하고."

유유자적 태평하게 지내고 싶은 것이 아니다. 다음 목표도 확실히 정해져 있고, 그것은 언뜻 보기에는 붕 떠 있는 것처럼 보이지만 실은 무척 견실한 계획 아닌가.

"엄청 좋은 것 같아."

"정말로? 아아, 하지만 유즈키라면 그렇게 말해줄 것 같았어."

요시다는 해외에서 일하고 싶다고 생각한 계기가 내 편지라고 말했다. 이쪽에서 보내는 편지에 아무리 일 내용이라고는 해도 내가 담당한 결혼식이나 행복해 보이는 커플에 대해서만 이야기하게 될까 봐 웬만하면 일상생활에 대해 적극적으로 쓰려고 했다.

옆집 아주머니와 친해진 일. 일요일에 함께 교회에 가거나 일본 음식 만드는 법을 가르쳐주기도 한다는 이야기. 야자나무 껍질로 만든 직물에 대해 배운다는 것. 아주머니 친척 딸 결혼식에 같이 갔던 일. 가족이나 근처 사람들이 총출동해서 식사 준비를 하거나 장식을 하는 등 손수 만드는 것의 장점을 다시 확인한 일. 고장 난 라디오를 고쳐달라고 가져와서 일본인이면 누구나 그런 걸 할 수 있다고 생각한다는 데에 당황했지만 다섯 번 두드

렸더니 아무렇지 않게 소리가 나온 덕분에 어찌어찌 그 자리를 모면한 일. 감사 인사를 받고 조금 양심의 가책이 됐지만 답례가 바나나였기 때문에 사양하지 않고 받은 일…….

곱씹어볼 정도의 대단한 내용은 쓰지 않았다고 생각하지만, 요시다는 그런 내용의 편지가 올 때마다 부러운 마음이 쌓였다고 한다.

"내 일은 현지 사람에게는 직접 도움이 되지 않지만, 요시다가 만일 그런 이유로 외국에 가면 그 나라 사람들을 기쁘게 해줄 수 있잖아? 완성된 다리에 '요시다 다리'라고 이름을 붙여서 감사하고 그러겠지, 분명. 반드시 가는 편이 좋다고 생각해."

"그런가, 다리에 이름이라. 거기까지는 생각해본 적 없지만 일본에서 정말로 필요한지 아닌지도 모르는 걸 만들기보다 내가 만든 다리로 학교에 다니는 시간이 반으로 단축되었다고 기뻐하는 아이가 있는 편이 단연코 좋겠지."

"맞아, 맞아, 그게 좋아."

숲속 길을 내려가면서 나는 요시다에게 국제 자원봉사대에 대해 몇 가지 물어보았다. 가고 싶은 나라를 고를 수 있는지, 기본적으로 몇 년 동안 가게 되는지 등. 임기가 이 년 반이라는 것을 알고 그때쯤 되면 내 뉴칼레도니아 근무도 끝났을까 생각했다. 원거리 연애가 당분간 계속되겠지만 편지를 주고받는 것은 더 즐거워질 듯한 예감이 든다.

떨어져 있는 기간이 길면 길수록 결혼해서 함께 있을 수 있다는 것만으로 남들보다 행복을 느끼지 않을까?

숲을 빠져나가자 주차장과 작은 콘크리트 건물이 보였다. 지붕이 있는 버스 대기소다. 드디어 골이다. 하지만 성취감보다는 쓸쓸함이 밀려왔다. 통가리로 크로싱이 끝나버렸다는 쓸쓸함. 다른 세계로부터의 귀환. 비록 외국이기는 하지만 이곳은 아무리 봐도 현실과 잇닿아 있는 세계다. 그리고 길었던 뉴질랜드 여행의 끝.

내일 이 시간에는 오클랜드 공항에서 요시다에게 손을 흔들고 있을 터이다. 내 비행기 시간이 조금 더 빠르다는 것이 마음의 위안이다.

"고생했어."

요시다가 이렇게 말하고 수통을 내밀었다. 우선 물로 건배하자는 뜻이리라. 나도 배낭에서 수통을 꺼내 요시다의 수통에 짠 부딪쳤다.

손목시계를 보았다. 아직 삼십 분 여유가 있다. 트래커들은 속속 골에 들어오지만 다들 주차장에서 대기하던 숙박업소 밴을 타고 금세 떠나버린다.

벤치에 요시다와 나란히 앉았다. 끝나버렸네, 라는 부정적인 말은 꺼내고 싶지 않다. 하지만 즐거웠어, 라고 정리해버리는 것도 싫다. 말없이 시간이 지나갔다. 이야기하지 않는 것도 아깝다.

"······짐 잘 타고 있을까?"

"괜찮지 않을까?"

"도둑맞으면 어떡할지 생각을 안 했네."

"뉴질랜드잖아. 뭐, 어찌 되면 그때 가서 생각하자. 걱정하지
마, 걱정하지 마."

이렇게 말하고 일어나서 크게 기지개를 펴는 요시다 앞쪽에서
경적 소리가 들렸다. '로토루아'라고 내건 낡은 버스가 우리 앞
에 섰다.

"트래킹은 즐거웠어?"

말을 건 사람은 어제 우리를 통가리로에 데리고 와준 운전기
사 아저씨였다. 무척 그리운 재회를 한 기분이다. 좋았다, 즐거웠
다라고 생각나는 영어 단어를 전부 말하고 버스에 타자 운전석
바로 뒷좌석에 커다란 배낭이 두 개 나란히 놓여 있었다.

어제 2박을 하거나 중장비를 메고 걷지 않아도 되는 방법을
찾기 위해 로지에 있던 버스 시간표를 보다가 알게 된 사실이 있
었다. 버스 운전기사는 통상적인 코스를 벗어나 우리를 안내해
준 것이 아니었다는 점이다. 버스는 원래부터 통가리로 국립공
원을 경유하여 로토루아로 향하는 코스를 달리고, 마을에서는
계약된 몇몇 숙소에 정차하게 되어 있었다.

모험의 비밀이란 이렇게 싱거운 법이다. 그렇지만 3시쯤 로지
에 정차하는 로토루아행 버스에 짐을 실어달라고 부탁했을 때

주인은 괜찮겠느냐며 걱정스럽게 물어봤다. 짐만 로토루아에 가버리는 경우도 충분히 생각할 수 있기 때문이다.

괜찮다고 요시다가 다다미 같은 가슴을 두드리며 활짝 웃자 주인은 행운을 빈다며 짐을 맡아주었다. 짐을 손에 든 채 딱딱한 용수철이 느껴지는 시트에 쿵 둘이 나란히 앉아서 우리는 통가리로 국립공원을 뒤로했다.

자유여행은 끝났지만 그 앞에는 더 자유로운 인생이 기다리고 있는 것 아닐까. 이런 기대를 안고…….

크레이터 바닥을 다 걸었을 즈음부터 반대 방향으로 가는 사람들과 곧잘 스쳐 지나게 됐다. 이른 아침에 출발한 트래커가 반환점에 도착하여 등산로 입구로 돌아가는 것이다. 지난번에는 보지 못한 광경이다. 사람의 흐름에서 조금 벗어난 사면을 뛰어 내려가는 트래커에게 롭이 거기는 걷지 말라며 주의를 주었다. 단, 확실한 길이 있는 것은 아니기 때문에 가이드 없이 걷다 보면 나도 코스에서 벗어났을지 모른다. 스스로는 이것도 허용 범위 안이겠지 생각하면서. 이편이 더 걷기 쉬운데 하면서.

아마 모자를 만들어 팔겠다는 선택과 마찬가지일 것이다.

뉴질랜드 여행 이후 일 년이 지나 내가 귀국한 뒤에도 요시다는 회사를 그만두지 않았다. 바빠서 그만둘 타이밍을 잡지 못하고 있어서 그렇지 꿈은 계속 가지고 있다고 가끔 말했고 나는 안심했다.

나는 계열사 일이 전혀 즐겁게 느껴지지 않았다. 만일 요시다와 사귀지 않았다면 사회인이라는 건 이런 법이라며 나 자신과 타협하면서 그대로 일을 계속했을지 모른다. 하지만 아무것도 모르고 발을 디딘 곳에 상상도 하지 못한 세계가 기다리고 있다는 것을 알아버린 뒤에는 그것을 보지 않고 인생을 끝내기는 아쉽다. 뭔가 새로운 일을 하고 싶다. 나를 시험해볼 수 있는 일을 하고 싶다. 사람들을 기쁘게 하는 일을 하고 싶다. 형태가 남는 일을 하고 싶다.

그렇게 모자 만드는 전문학교에 입학 신청을 하고 그날 중에 요시다에게 알렸다.

—그건 그냥 도피 아니야?

부드러운 말투였지만 상처받았다. 아니, 그보다 요시다가 그런 말을 하다니 믿을 수가 없었다. 부모님도 돈은 안 보내줄 거라고 차갑게 공언했지만 나 자신을 부정하는 말은 하지 않았다. 그렇다면 철저하게 반대할 건가 했더니 이내 맥없이 내쳐졌다.

—뭐, 내가 참견할 일은 아니겠지만.

분명 내가 계열사에 파견된 분풀이로 그다지 관심도 없으면서 마치 실은 이쪽 일을 하고 싶었다는 양 착착 준비를 진행하는 모습이 바람직하지 않다는 것을 요시다는 간파하고 있었음이 틀림없다.

결코 달아난 건 아닌데.

롭이 숙녀 같다고 표현한, 하얀 은방울꽃 같은 고산식물이 바위 그늘에 잔뜩 피어 있는 갈색 사면을 다 올라가자, 한 줄로 나란히 서서 눈을 감으라고 롭이 지시했다. 다들 그 말을 따라 눈을 감고 롭의 구령에 맞추어 한 발 또 한 발, 천천히 걸음을 옮겼다. 그리고 눈을 떴다.

갈색 용암으로 된 오브제가 사면을 도려내듯 펼쳐져 있다. '레드 크레이터'라고 롭이 설명했다. 보통 용암은 꼭대기에서 흘러나오기 마련이지만 이 레드 크레이터는 사면을 절개하듯 옆에서 흘러나왔기 때문에 입구가 세로로 긴 동굴처럼 갈라진 틈이 생겼다고 한다. 그 갈라진 틈에서부터 몇 겹씩 주름이 져 있는 것은 용암이 몇십 년에 걸쳐 천천히 흘러 나왔기 때문이란다.

"황혼 이혼하는 부부 같다. 몇십 년씩 삭혔던 불만을 조금씩, 조금씩 뱉어내는 거지."

도와코 씨가 말했다.

"이제부터 결혼할 사람이 무슨 소리를 하는 거예요?"

시노부 씨가 타일렀다. 신혼부부도 있는데, 라고 작게 중얼거리는 소리도 들렸다.

"괜찮아. 나는 쾅 하고 단숨에 분화하는 타입이니까."

"나도."

미쓰코 씨가 두 손을 들며 쾅 하고 외쳤다. 가장 이런 행동을 하지 않을 것처럼 보이는 사람인데. 남편은 이런 갭이 사랑스러워 못 배기겠지. "좋네, 그 포즈" 하며 분화구를 배경으로 미쓰코 씨를 혼자 세웠다. 남편은 한 번 더 해보라고 부탁했지만 미쓰코 씨는 부끄러워서 싫다며 단박에 거절했다.

"그러지 말고. 멋있는 모자랑 색깔도 딱 맞잖아."

뜻밖에 모자가 등장하여 미쓰코 씨가 나를 봤지만 웃으며 얼버무려보았다.

"그러면 골은 바로 저기니까 조금만 더 힘내봅시다."

이시다 씨의 외침에 힘입어 분화구를 오른편으로 보면서 능선을 따라 느릿하게 끝까지 올라갔다. 그러고 나서 조금 내려간다. 또 하나의 크레이터가 나타났다. 그리고 동그란 호수 세 개도. 그때와 똑같은 색깔이다. 하지만 오늘은 그 뒤로는 갈 수 없다.

"대단하다, 정말 이 색깔이야! 가이드북에서 봤을 때는 분명 사진을 적당히 만진 거라고 생각했는데."

"그거 나도 그렇게 생각했어. 특수한 카메라로 찍어서 이런 색이 아닌가 하고."

도와코 씨와 간자키 씨가 당장 카메라를 꺼내 몇 번이나 셔터를 눌렀다. 세 호수를 통틀어 '에메랄드 호수'라고 부른다고 롭

이 설명했다. 색깔 차이는 역시 화산 성분이 영향을 준 것이라고
한다.

"여기서 점심을 먹읍시다."

이시다 씨의 말에 다른 트래커들의 방해가 되지 않는 곳에 다
같이 모여서 호수 쪽을 보고 앉았다. 거대한 샌드위치를 꺼낸다.
들어 있는 재료가 십오 년 전과 똑같다. 뉴질랜드 샌드위치는 늘
이건가 웃음이 나올 정도다. 토마토는 옛날만큼 싫어하지 않게
되었다. 천천히 베어 물었다.

요시다는 아직도 편식이 심할까?

전문학교에서 있었던 일을 이야기할 때마다 요시다가 응, 응,
즐거워서 좋겠네 하며 귀찮다는 듯 대꾸하기에 석 달도 지나지
않아 학교 이야기를 하는 것은 그만두었다. 그래도 여름에는 산
에 가자며 함께 열중할 수 있는 화제도 있고, 정상에서 무슨 재
미있는 일을 해볼까 하고 남몰래 계획을 짜고 있는 요시다를 보
면서 분명 잘되리라고 믿었다.

요시다가 국제 자원봉사대를 포기했다고 들은 것은 산에 가기
직전이었다. 본인에게 직접 들은 것이 아니다. 요시다를 소개해
준 친구와 그의 남자친구, 요시다와 나 넷이서 식사를 하게 되어
있었는데, 요시다가 일 때문에 오지 못하게 되어 셋이서 만난 자
리였다.

─ 1차 시험에 합격했는데 어머니가 울면서 말리는 데다 일주

일쯤 드러누우셔서 포기했대.

나는 요시다가 시험 친 것도 몰랐다. 아직 내가 뉴칼레도니아에 있을 때로, 최종 시험에 합격하기까지는 비밀로 해달라고 친구들에게는 입막음을 했다고 한다.

— 요시다 어머니는 지병이 있으셔?

— 아니, 그런 건 아닌데 몸이 남들보다 배는 약하대.

어머니가 말려서 포기했다는 것도 내게는 말하지 말아달라고 요시다는 친구들에게 부탁했다고 한다. 그러니까 여기서 들은 이야기는 가슴속에 간직하라고 친구들은 내게 당부했다. 그 뒤로 그들과 어떤 대화를 했는지는 기억나지 않는다. 무엇을 먹었는지도 기억나지 않는다. 다만 계속해서 요시다를 생각하고 있었다.

자유를 사랑하는 요시다가 가장 자유롭지 않다니.

요시다가 자유여행을 고집하는 것은 적어도 여행할 때 정도는 자유로워지고 싶다는 바람을 반영한 것 아닌가?

나는 꼬박 하루를 생각하다 요시다를 만나러 갔다.

— 국제 자원봉사대 시험 한 번 더 쳐.

요시다는 잠자코 있었다. 네가 뭘 알아. 요시다 나름의 상냥함으로 이런 말은 하지 않았겠지만, 얼굴을 보면 그렇게 생각하고 있다는 것쯤 금방 알았다.

— 부모는 자식이 생각하는 만큼 약한 존재가 아니야. 자식에

게서 자립할 수 없는 부모에게는 자식이 개발도상국에 간다는 게 졸도할 거리인지 몰라도, 실제로 쓰러지는 부모는 없다고 생각해. 처음에는 쓸쓸해도 그러다 보면 익숙해져서 그 뒤로는 바지런히 일본 음식 같은 걸 보내줄 거야. 그래도 걱정되면 내가 돌봐드릴게. 어머님 건강이 나빠지거나 하면 말이야.

초안까지 만들어가며 생각한 말이었다. 내 부모님이나 친척 아주머니, 친구 어머니에게까지 이런 상황이 되면 어떻게 할지 전화해서 물어보았다. 딸을 가진 부모도 이해해주었다.

하지만 내 말은 요시다의 침범해서는 안 될 영역을 흙발로 밟아버렸을 뿐이었다.

─그렇게 모든 걸 하나의 잣대로 재는 건 그만둬줄래? 그리고 유즈키의 잣대는 세상의 기준이랑 꽤 어긋난다는 것도 슬슬 깨달았으면 좋겠어. 그게 재미있다고는 이제 생각 못 하겠어.

그 말로 끝났다. 아니, 이걸로 끝나기를 바랐다. 애초에 나, 일본에서 뉴질랜드로 갔는데 왜 일본 요릿집에서 만나야만 했던 거야? 이런 쩨쩨한 마지막 한마디 따위는 듣고 싶지 않았다.

그런데도 그 뒤에 만나는 사람을 늘 요시다와 비교하고, 십대 아이들조차 그런 건 진지하게 생각하지 않을 것 같은 시대에 계속해서 자유란 뭘까 뜬구름 잡듯 생각하면서, 마치 그 마음을 백 개, 천 개, 만 개의 형태로 만들면 답을 찾을 수 있다고 암시라도 하듯 계속 모자를 만들었다. 여행도 가지 않고 산에도 오르지 않고.

사람은 크든 작든 짐을 지고 있다. 단, 그 짐은 옆에서 보면 내려놓으면 될 것 같지만 그 사람에게는 중요한 것일 수도 있다. 오히려 무엇과도 바꿀 수 없는 것이기 때문에 내려놓을 수 없는 것이다. 그래서 모색한다. 그것을 등에 지고 살아가는 방법을. 요시다와 나는 서로의 짐을 자신의 해석으로 밖에 인식할 수 없었다.

그래도, 그렇게 꼬인 상황이 되었어도, 둘이서 산에 올랐다면…….

한 번 더 함께 통가리로에 가자고 약속할 수 있었을지 모른다.

소문에 요시다는 결혼해서 내달에는 아빠가 된다는데.

유즈키 씨 하고 미쓰코 씨가 불렀다.

"착각이면 미안한데 유즈키 씨는 전에도 여기 온 적이 있는 것 아냐?"

"그런데요…… 어떻게 아셨어요?"

"모자. 가죽을 직접 물들이잖아? 내 패치워크는 레드 크레이터 색깔로 되어 있어. 유즈키 씨 모자는 저것과 똑같은 색."

미쓰코 씨는 에메랄드 호수를 가리켰다. 서른 전후 여성 두 명이 정말이라며 놀라고 있다.

"지금의 제 원점이어서요. 이번에는 재확인을 하는 거예요."

모자를 벗어서 호수와 견주어보았다. 들키는 것도 당연한가.

"저, 돌아가면 꼭 주문할 거예요. 아니, 아니, 신혼여행에 쓰고 갈 수 있게 부탁드리면 안 될까요."

도와코 씨가 말했다.

"뻔뻔해."

시노부 씨가 도와코 씨의 소매를 끌었다. 하지만 눈에 맺힌 애원의 색깔은 시노부 씨 쪽이 더 강하다.

"하지만 부탁할 수 있으면 내가 선물하고 싶어. 앞으로 도와코 씨와 함께 등산할 일은 없을지 모르지만 모자는 데려가줄 테고, 뭐라고 해야 하나…… 여러 곳을 같이 보고 오라는 느낌이잖아요."

여러 곳을 같이 보고 오라는 느낌이라.

나는 도와코 씨 그리고 시노부 씨에게도 모자를 보내기로 약속했다. 앞으로도 이곳을 몇 번이나 올 이시다 씨에게도.

내가 만든 모자는 내가 모르는 풍경을 볼 수 있다. 바쁜 매일매일에서 건져 올린 누군가의 자유로운 시간과 함께할 수 있다.

나도 슬슬 새로운 풍경을 잘라내러 가볼까.

、

가라페스에 가자

가미코치 버스 터미널에서 현지 집합.

동트기 전의 버스 터미널에는 서늘한 공기가 흐른다. 마지막 주라고는 해도 8월인데 반팔 티셔츠 차림의 팔이 부르르 떨릴 정도다. 나와 같이 오사카발 버스를 타고 온 사람들 대부분이 빵빵한 배낭에서 윗옷을 꺼내 입고 있다. 겉에 비옷을 걸친 사람도 많고 모두 정적을 깨지 않게끔 묵묵히 준비하고 있는데도 빨강, 파랑, 노랑 같은 눈에 잘 띄는 원색이 어둑어둑한 광장에 활기를 주기 시작한 느낌이다.

그렇지만 내 겉옷은 비옷이 아니다. 최근에 읽은 등산 잡지에서 짐을 간편하게 싸는 방법으로 '비옷과 방한복을 겸용한다'라고 되어 있었지만 그런 큰 승부에 나설 수 있을 리 없다며 둘 다 배낭에 넣었다.

등산 경험은 별로 없지만 내 경우는 적은 산행의 팔 할에 비가 내렸다.

원래부터 산뿐만 아니라 어린 시절의 가족 여행에서도 늘 비를 만났기 때문에 나와 언니라는 조합이 비를 내리게 한다고 해석했다. 삼 년 전 여름에 언니와 둘이 홋카이도의 리시리 산에 올랐을 때도 큰비가 내렸다. 그런데 그 뒤의 단독 산행에서도 전부 비가 오니 이제 나 혼자 비구름을 몰고 다닌다고 생각할 수밖에.

하지만 내가 비를 부르는 여자인지 아닌지 지금은 그리 신경 쓰지 않는다. 그런 문제가 아니라고 생각하게 해준 사람을 만났기 때문이다. ……작년 이맘때였다.

가라페스. 야마케이 가라사와 페스티벌*에 참가하자고 생각한 이유는 등산 친구를 구하기 위해서였다. 마흔을 목전에 두고 설마 친구가 필요하다고 생각하게 될 줄은 상상도 못 했지만, 등산을 시작한 것이 요 몇 년 사이의 일이므로 어쩔 수 없는 노릇이기는 하다.

학창 시절에 하이킹 정도는 경험했지만 졸업하고 서른 중반을

---

* 1968년 창업한 등산·아웃도어 용품 전문점인 야마토케이코쿠샤에서 개최하는 등산 페스티벌

넘을 때까지 운동다운 운동은 아무것도 하지 않고 지냈다. 다만 번역 일만으로는 자립이 어려워 가업인 양파 재배를 거든 덕분에 체력 하나는 여느 사람 수준 혹은 그 이상이라고 자신했다.

그런 나를 등산에 데려간 사람은 언니다. 남편이 이혼 이야기를 꺼내 혼자 생각할 시간을 가질 겸 등산을 계획했지만 공백기가 있는 것이 걱정이라 다소 막 대해도 상관없는 나를 동행인으로 골랐다. 그 한 달 뒤에는 언니의 딸인 조카까지 함께 셋이서 등산을 했다. 나는 등산의 매력에 완전히 눈떴지만, 그 뒤로 언니가 산에 가자고 하는 일은 없었다.

아니, 한 번 그러자고 했지만 이쪽에서 거절했다. 무너지기 직전이던 언니의 가족이 무사히 복구되어 형부도 함께. 그런 자리에 뻔뻔스럽게 참가할 수 있을 리 없다. 형부와 조카의 제안으로 리시리 산에 한 번 더 간다는 것도 미련 없이 거절할 수 있었던 이유 중 하나다.

고민거리가 없어진 사람들은 남을 돌보고 싶어하는 법이다. 등산중에 사이가 좋아 보이는 커플이라도 만난다면 등산 투어에 참가해서 좋은 사람을 찾아보면 어떻겠느냐는 둥, 아웃도어를 좋아하는 지인을 소개하겠다는 둥, 귀에 못이 박힐 것 같은 이야기를 내내 들으면서 산을 걷게 되리라는 것쯤 쉽게 상상할 수 있다. 나도 사촌이 있었으면 좋겠다며 조카도 천진난만하게 참전할 것이 분명하다.

차마 그런 고행에 참가하는 건 사절이라고는 하지 않았다. 그냥 가족들끼리 즐기고 오라고 웃는 얼굴로 거절하자 두 번 다시 같이 가자는 말이 나오지 않게 됐다. 작년 여름에는 뉴질랜드에 갔다던데 그런 건 좀 불러줘도 좋지 않나.

이렇게 푸념을 늘어놓아봤자 별수 없다. 혼자 가면 된다.

혼자가 좋아서 교실 구석에서 책을 읽으면 친구가 없다느니 사교성이 없다느니 수군대지를 않나, 그냥 고기를 실컷 먹고 싶어서(꽤 용기를 쥐어짜서) 혼자 고기집에 가면 동정과 호기심이 섞인 시선을 받지 않나, 혼자는 즉 가엾은 사람이라고 생각되는 경우가 많은 세상이지만 산에 한해서는 그렇지 않다는 것을 첫 단독 등산으로 알게 되었다.

혼잡한 시기에 인기 코스를 찾아가면 무슨 일이 벌어지더라도 누군가가 도와주겠거니 싶어 미나미야쓰가타케 산을 종주하기로 했다. 등산로 입구에 도착했을 때부터 가랑비가 부슬부슬 내렸다. 내가 통째로 빌린 듯하던 리시리 산 때와는 달리, 늘 앞뒤 시야에 들어오는 거리에 누군가 등산객이 있었다. 고령자는 단체가 많았지만 나와 동년배라 여겨지는 사람은 단독 산행이 더 많았다. 여성도 꽤 있었다.

나는 특별히 눈에 띄는 존재가 아니다. 주위에서 가엾다는 시선을 받는 경우도 없다. 내 페이스대로 마음껏 산을 만끽하면 그만……일 텐데, 어딘지 부족하다.

고독한 것이 아니다. 이오다케 산 정상에서 옆에서 점심을 먹던 여성에게 커피를 얻어 마시기도 했고, 그 사람과 요코다케의 사슬 구간에서 합류했을 때는 비가 그쳐서 다행이라고 좁은 바위밭을 걸으면서 서로 등산 이야기도 나누었다. 그래도 널찍한 길로 나오자 "그럼" 하고 웃는 얼굴로 한 손을 들어 인사한 뒤 먼저 가버린다. 아카다케 정상의 산장에서 재회해서 저녁을 함께 먹으면서 내일 예정이 아미다다케를 경유하는 완전히 똑같은 코스라는 사실을 알았지만 같이 가자는 말은 걸어오지 않는다. 그러기는커녕 식사가 끝나자 좋은 밤 되라며 그 자리에서 해산이다.

단독 산행을 하는 사람은 혼자를 즐긴다. 어째서 나는 즐기지 못할까?

이런 마음을 언니에게 토로하면 막내 기질 아니냐며 득의만면할지도 모른다. 나는 생각한 말을 입 밖으로 내고 그 자리에서 곧장 동의받고 싶다는 욕구가 어쩐지 옛날부터 있다.

산을 혼자 즐길 수 있는 사람은 망아지풀을 발견해도 마음속으로 예쁘다고 중얼거리겠지만, 나는 입 밖으로 소리 내서 예쁘다고 말하고 누군가가 그러네 하는 대답을 듣고 싶다. 뇌조다! 이렇게 말하고 싶다. 아빠, 봐봐, 엄마, 여기, 여기, 언니, 대단해. 가족 여행 때 큰 소리로 외치는 사람은 늘 나였다.

동행이 필요하다고 생각하는 사람은 나 정도인지도 모른다.

혼자를 즐기는 사람을 방해하면 안 된다. 휴게실 구석에서 커피를 마시면서 내가 이렇게까지 혼자를 싫어했던가 하고 멍하니 창밖으로 밤하늘을 바라보았다. 엄청 예뻐, 라고 말하고 싶었다.

하지만 일상생활에서는 혼자 있는 것이 쓸쓸하다고 생각하지 않는다. 오히려 고향 동급생들 술자리 같은 건 귀찮다. 분명 여행지나 산처럼 비일상적인 장소에서 사람이 그리워지는 타입이다.

동행을 찾으면 되잖아. 여행은 좋아하지만 산에는 관심이 없는 아빠는 내가 선물로 사 간 노자와나*를 아작아작 씹으면서 저녁식사 테이블에서 아주 간단히 말했다. 두 딸이 어른이 되고 배우자가 먼저 세상을 떠난 뒤 조금쯤 여행에서 멀어졌지만, 지금은 두 달에 한 번은 어딘가에 가게 됐다. 지역 여행 동아리에 들어간 것이다. 너도 그런 곳에 들어가라는 충고다.

하지만 시내에서 모이는 등산 동아리는 회원 평균 연령이 예순다섯이 넘는다. 내가 바라는 동료와는 다르다. 결국 동료를 찾을 수 없는 것은 내가 젊은 사람이 적은 시골에서 살면서 회사 같은 조직에 소속해 있지 않기 때문이라 생각하고 포기하기로 했다.

하지만 금세 잘못을 깨달을 수 있었다. 내 생활권 밖에서 찾아도 되지 않나. 시내에 살며 집에서 가장 가까운 역이 겹치는 사

---

* 유채과의 월년초로 노자와 온천을 중심으로 나가노에서 많이 재배된다

람. 집에 돌아오는 과정까지가 다 소풍인 어린애도 아니고, 어느 정도 장소까지는 혼자 가서 만날 약속을 하면 된다.

혼자 생각해낸 것은 아니다. '여자들의 등산 일기'라는 웹사이트에서 알았다. 등산 잡지를 사러 차로 나가야만 하는 곳에 살지만 인터넷에서는 이십사 시간 정보를 수집할 수 있다. 번역 일도 시골에 사는 것이 약점이 되지 않는다. 항상 나 자신에게 그렇게 말하고 아버지나 언니에게도 호언장담했으면서, 인생 후반전에 등장한 물건은 아무리 편리해도 좀처럼 생활 습관으로 정착되지 않는다.

산을 좋아하는 여성, 통칭 '마운틴 걸'(나는 이 호칭이 부끄럽지만)이 모이는 '여자들의 등산 일기'라는 사이트를 검색한 것도 산에 관한 정보 수집이나 상담을 위해서가 아니었다. 친구인 유즈키가 인터넷에서 판매하는 수제 모자가 그 사이트에서 인기라는 이야기를 듣고 과연 어느 정도인지 조그마한 호기심을 품었기 때문이다.

모자는 한 달을 기다려야 한다고 쓰여 있었다. 반년을 기다려야 한다고 들었는데 인기가 떨어졌나 걱정한 것도 잠시, 스태프를 다섯 명 고용했다고 최신 정보에 적혀 있었다. 사장 아닌가. 친구는 더듬더듬 좇기 시작한 꿈을 착실히 이루고 있는데⋯⋯ 나는 한심한 기분을 느끼고 있다가 '고민 상담소'라는 코너에 눈이 갔다.

나는 이대로 괜찮을까요? 하지만 클릭했더니 나타난 것은 당연히 인생 상담 같은 것이 아니었다. 산에서의 자외선 대책, 다카오 산 다음으로 노릴 산, 아이를 데리고 가기 좋은 산, 등산화 브랜드 비교 등등 산에 관한 것뿐이다. 하지만 그중에 하나 눈을 끄는 항목이 있었다.

등산 친구를 만들고 싶은데 어떻게 하면 좋을까요?

질문자인 이십대 여성 구마고로도 나와 같은 고민을 하고 있었다. 단독 산행을 하는 사람에게 말을 걸어봤지만 즐거움을 방해하는 것 같아서 망설이게 된다. 산을 순수하게 추구하는 사람과 달리 동료가 필요하다고 생각하는 나는 애초에 산을 사랑하지 않는 건 아닐까 고민하는 요즘입니다, 라고도 써놓았다.

그렇게까지 깊이 생각하지 않아도 될 텐데 싶었지만 사이트의 사람들은 따사로웠다.

산 페스티벌에 참가해보면 어떨까요?

답을 단 밋총이라는 사십대 여성은 자신의 페스티벌 경험을 알기 쉽게 써놓았다. 워크숍, 요가, 라이브…… 가슴이 두근거리는 말이 늘어서 있다. 이런 이벤트가 있었구나. 구마고로를 대신해 밋총에게 감사 인사를 하고 싶을 정도다.

산 페스티벌, 가보겠습니다!

그리하여 작년 여름에 오사카에서 야간 버스로 가미코치까지 가서 혼자 가라사와로 향했다.

오사카에서 출발한 가미코치행 고속버스 승객 중 육 할이 등산이 목적임을 알 수 있는 복장이었다. 등산을 시작하면 한 번쯤 도전해보고 싶은 야리가타케나 호타카로 가는 입구임은 물론이거니와 야케다케처럼 당일치기가 가능한 등산의 거점이기도 한 장소가 가미코치다.

동시에 피서에 최적인 관광지이기도 하다. 페스티벌이 열리는 가라사와까지 보행 시간은 어림잡아 여섯 시간이지만, 그중 절반 즉 요코오까지 가는 세 시간은 거의 강가의 평지라 미니스커트에 샌들 차림으로 가도 무모하지는 않다. 하지만 아침부터 그런 우아한 산책을 하는 사람은 보이지 않는다. 다들 겉옷을 걸치고 버스 안에서 신고 있던 고무 샌들을 등산화로 갈아 신은 다음 가볍게 체조를 시작하더니 곧장 산을 향해 나아간다. 색색의 옷을 입은 등산객이 안개 속에서 흔들거리는 가운데, 다른 세계로 이어져 있는 것처럼 보이는 숲속 길로 나도 빨려 들어갈 것 같았다.

말을 하는 사람이 없어서 물 흐르는 소리와 일찍 일어난 새가 지저귀는 소리만 들려온다. 밤중에 깨어 있던 새가 잘 자라고 지저귀는 소리일지 모른다. 여기서는 혼자라서 잠자코 있는 것이 아니다. 동행이 있었어도 입을 다물었을 터다. "알겠어? 숲에 들어갈 때는 입을 열면 안 돼. 해님의 기척이 느껴지기 전에는 말 없이 걷기만 해야 돼." 그림책에 나오는 마녀와 그런 약속이라도 한 것처럼.

머릿속에서는 리스트의 '라 캄파넬라'가 바이올린과 피아노 협주로 흐르고 있다. 지난번에 바이올린 두 사람과 피아노 한 사람으로 된 유닛 TSUKEMEN의 라이브 공연에 가서 가장 감동한 곡이다. 클래식에는 전혀 관심이 없었는데 아버지가 지인에게 티켓을 사서 급거 내가 가게 되었다. 티켓 주인인 지인의 딸이 입원했기 때문인데, 처음부터 혼자 갈 예정이었던 모양이다. 막상 당일에 홀 좌석에 앉아보니 앞에서 여덟 번째 줄 중앙은 라이브 연주를 듣기에는 최적이었다. 아무래도 그녀가 줄곧 고대하던 이벤트였음이 분명하다고 생각했다.

공연이 시작되자 그 생각에 더욱 확신이 들었다. 약 한 시간 반 동안 바이올린과 피아노의 음색에 젖어 있다. 끝날 무렵에는 이미 그들이 하는 음악의 포로가 되어 있었다. 최신 시디를 두 장 사고 사인회에 줄을 섰다. 하나는 내 이름으로, 다른 하나는 딸 이름으로 사인을 받은 뒤 아버지에게 전해달라고 했다. 다음에 또 근처에서 라이브가 있으면 함께 가고 싶지만, 이것도 산과 마찬가지다. 그녀는 좋아하는 음악을 혼자 즐기고 싶은 타입일지 모른다.

머릿속에 흐르는 음악에 보조를 맞추다 보니 눈 깜짝할 사이에 묘진에 도착했다. 힘들지는 않았지만 아침을 먹기에 딱 좋은 테이블이 비어 있어서 짐을 내려놓았다. 매점에서 풍기는 맛국물 냄새에 이끌려 모둠 어묵을 샀다.

배를 채우고 다시 걷기 시작했다. 이번 머릿속 비지엠은 유명한 애니메이션 주제곡이다. TSUKEMEN이 연주하는 음악은 클래식 곡뿐만이 아니다. 고향을 이미지화한 오리지널 곡도 있어서 그들이 이곳을 걸으면 어떤 음악이 머릿속에 솟아날까 상상해보았다.

나무 틈에서 서서히 햇빛이 비쳐들기 시작한 것을 핑계로 콧노래를 흥얼거리다가 나도 참 건전하다 싶어 픽 하고 웃어버렸다.

언니와 둘이서 걸었을 때, 내가 독신으로 있는 것이나 경제적으로 불안정한 생활을 하는 것을 언니가 책망하지나 않을까 떨떠름한 감정을 품고 있었고, 언니는 자신의 이혼 문제에 대해 깊이 고민하고 있었다. 각자의 답을 찾는 기분으로 가파른 비탈이 이어지는 산길을 걸었다. 큰비가 내리는 가운데.

산은 생각을 하기에 딱 좋다. 동행이 있어도 말없이 한 줄로 걷고 있으면 자기 세계 속으로 들어가게 된다. 그때 마음속 대부분을 차지하고 있는 문제가 자연스럽게 머릿속에 떠오른다. 자기 발로 한 걸음 한 걸음 나아가고 있으면 인생도 자기 발로 나아가야만 한다고, 일상생활에서는 외면하던 문제와 똑바로 마주 봐야 할 듯한 느낌이 든다. 이 발로 정상에 도착하면 가슴속에도 빛이 비쳐드는 것 아닐까 하는 기대가 가는 길을 격려해준다. 그렇게 해서 자기 자신과 마주 보면서 걷는 것이 등산이라 생각했다.

산에 오르는 사람은 모두 크든 작든 고민을 갖고 있는 게 아닐까 하고.

하지만 지금 내게는 그렇게 고민되는 일이 없다. 그 증거로 한창 걸어가는 중에 즐거웠던 라이브를 떠올리고 있다. 일이나 결혼에 대한 문제가 해결되지는 않았지만 그것은 언니나 아버지의 불만이지, 이대로도 좋다고 생각할 정도는 아니더라도 내가 조급하게 어떻게 해야 할 일은 아니었다. 적어도 이번 페스티벌과 등산은 이 문제에 맞서기 위한 것이 아니다.

애초에 등산에 어떤 이유를 붙일 필요는 없다. 산이 좋다. 그래서 오른다. 그럼 된 것 아닌가. 보라, 근사한 건물도 보이기 시작했다.

도쿠사와에 있는 '도쿠사와원'이다. 텔레비전의 영향을 받은 가족 여행을 많이 했기 때문인지 여행이든 등산이든 여행지가 정해지면 그곳이 무대가 된 영화나 드라마, 소설이 없나 찾아보는 버릇이 있다. '도쿠사와원'은 이노우에 야스시의 소설을 원작으로 몇 번이나 영화와 드라마로 만들어진 〈빙벽〉 앞부분에 나오는 호텔의 무대가 된 장소다.

출발 전에 아버지에게 가르쳐주자 아버지도 가고 싶다고 했지만 바로 거절했다. 산 페스티벌에 아버지와 가는 것은 좀 아니지 않나. 도저히 등산 친구가 생길 것 같지 않다.

호텔과 산장을 한곳에 갖추고 있다는 건물 1층 구석에 카페가 있어서 커피를 마시기로 했다. 붐비기라도 하면 합석한 모르는 사람에게 오늘은 어디까지 가느냐고 물어볼 수 있겠지만, 공교롭게도 그렇게까지 혼잡하지 않아서 테이블 자리에 혼자 앉게 되었다. 옆 테이블은 남녀가 섞인 4인 그룹으로 커피를 다 마신 뒤에 다 같이 소프트아이스크림을 주문했다. 이곳 명물이라는 대화가 들려왔다. 따라한다고 생각되지 않게끔 그들의 테이블에서 조용히 시선을 거두고 소프트아이스크림을 사러 갔다.

그러다 문득 지금까지의 인생에 비슷한 장면이 몇 번이나 등장했다는 사실을 깨달았다. 같이 놀고 싶으면 끼워달라고 하면 그만이고, 다른 그룹 아이들이 흥미진진한 이야기를 하면 참가하면 되는데, 먼 곳에서 바라보고 있을 뿐. 나는 외려 누가 귀 기울여 듣느냐는 듯 관계없는 책을 펼치는 그런 아이였다.

대학에서 아웃도어 스포츠를 조금 해본 것은, 같은 공동주택에 사는 친구가 같이 하자고 했기 때문이다. 누군가가 같이 하자고 하기를 기다린다. 말을 걸어올 때까지 기다린다. 기다리지 않는다는 얼굴을 하고. 말을 걸어오면 기쁜 주제에 어쩔 수 없이 한다는 태도를 취한다. 그러니 어느 회사에도 붙을 리가 없다. 결혼도 할 수 있을 턱이 없다.

이렇게 단순한 사실을 여기서 소프트아이스크림을 먹을 때까지 깨닫지 못했다니. 아니, 깨닫지 못한 척하고 있었다. 뭐가 '이번에는 고민이 없다'인가. 하지만 구구하게 생각하지는 않는다. 내 결핍된 부분과 마주하고…… 등산 친구를 찾는 것이다.

내가 먼저 말을 걸어서.

가라페스에 가세요? 한마디면 된다. 그렇게 결심하고 걷기 시작했지만 시야에 들어오는 사람들에게 닥치는 대로 말을 거는 것도 망설여진다. 게다가, 하고 자기 자신에게 변명하듯 덧붙인다. 이렇게 변명을 좋아하는 나는 드라마의 정규 등장인물 급으로 내 안에 나타난다는 사실을 깨닫고 진절머리를 내면서.

야리가타케와 호타카다케가 분기하는 요코오까지는 말을 걸지 않아도 되지 않을까? 호타카 방면, 가라사와로 향하는 다리를 건넌 후가 거절당할 확률이 낮다.

그렇게 해서 요코오까지는 콧노래를 길동무로 가다가 분기점에서부터 기합을 넣었더니 이번에는 혼자 다니는 사람과 마주치질 않는다. 젊은 여자 둘, 가족, 커플, 모두 이쪽이 말을 걸 틈이 조금도 없어 보이는 사람들뿐이다. 특히 젊은 커플은 일주일분의 짐이라도 욱여넣은 것 같은 커다란 배낭을 짊어진 남자와 빈손인 여자인 경우에도, 폭이 좁은 길에서까지 손을 잡고 싶은 두 사람인 경우에도, 둘만의 세상을 쌓아올리느라 여념이 없었다.

버스에 탔던 단독 산행처럼 보이던 사람들은 어디로 가버린 걸까? 야리가타케를 향해 갔나? 낯 가리는 성격이기는 하지만 친구를 만드는 것이 이렇게도 어려운 일이었던가. 애초에 내게 어른이 되고 나서 생긴 친구가 있기는 했을까? 하지만 비관할 것은 없다. 오늘은 날씨가 좋다. 역시 언니가 없기 때문일까?

아무래도 상관없는 생각만 하면서 걷고 있는데 뒤에서 리듬이 좋은 숨소리가 들려오더니 누군가가 "안녕하세요"라고 말을 걸었다. 나와 동년배처럼 보이는 여성이다. 드디어 찬스가 찾아왔다.

"안녕하세요. ……가, 가라페스에 가세요?"

미션 성공, 하고 가슴속에서 승리 포즈를 취한 것은 고작 몇 초였다.

"아뇨, 오쿠호타카까지 가요."

가라사와가 경유 지점일 뿐인 그녀는 이렇게 말하고 빠른 걸음으로 나를 지나쳐 가더니 눈 깜짝할 사이에 모습을 감추었다. 한 번의 실패로 좌절한다. 이 루트에서도 아직 모두가 가라페스를 목표로 가고 있다는 법은 없다. 고민 상담 코너에서는 친구가 필요하면 페스티벌에 참가하라고 했지만 페스티벌에 혼자 오는 사람이 있을까라는 의문이 솟았다.

워크숍과 라이브도 허물없는 친구와 참가하는 편이 즐거울 것이 뻔하다. 그런 가운데 외톨이로 있는 것은 혼자 등산할 때보다 더 쓸쓸하지 않은가. 그런 고독감을 들키지 않으려고 일단 참가는 해볼까 하는 젠체하는 표정을 억지로 만든 채, 회장 구석 쪽에 우두커니 서 있는 나 자신을 쉽게 상상할 수 있었다.

아예 페스티벌에 가지 말고 오늘 중에 오쿠호타카나 기타호타카를 노려볼까 잠깐 생각했지만, 피로가 쌓이고 있는 다리가 기각했다. 평지가 이어지는 요코오까지는 벌써 이동 거리의 반이 나 왔느냐며 김이 샐 정도로 체력이 남아돌았는데, 오르막이 시작되자마자 허벅지 부근에서 묵직함이 느껴졌다. 밭일과는 쓰는 근육이 다르다는 것을 뼈저리게 느꼈다. 가라사와까지는 사면을 따라 난 길을 구불구불하게 올라가기 때문에 목적지도 보이지 않았다. 정말 앞으로 한 시간 정도면 도착하는 걸까 불안한 마음까지 치밀어 올랐다.

걸으면서 말을 걸겠다는 계획은 중지다. 일단 가라사와에 도착하자. 페스티벌이 시작되고 혼자 있는 사람이 있으면 그때 말을 걸면 된다. 이게 가장 확실한 방법 아닌가. 조금 쉰 다음, 나 자신에게 이렇게 말하면서 걷기 시작했는데도 머릿속에 음악은 흘러나오지 않았다.

— 내 노후 정도는 내가 알아서 할게.

— 삼십대에 부모 도움으로 먹고살면서 육십대에 어떻게 혼자 생활하겠다는 건데? 네 국민연금도 아빠 연금으로 내고 있잖아.

또 그 무익한 대화가 빙글빙글 맴돈다. 언니와 실제로 주고받았는지, 이대로는 안 되겠다고 생각하는 내 무의식이 언니 모습을 빌려서 꿈속에서 설교를 했는지, 이제는 판별되지 않을 정도다. 마음이 약해지기만 하면 들려오는 소리이다. 그 소리를 지울 겸 억지로 음악을 떠올리려 했지만 아수라장이 벌어진 아침 드라마의 한 장면처럼 되어버렸다. 어떻게 하면 좋을까 하고 하늘을 올려다보듯 시선을 멀리 던지자 산자락 한가운데쯤에 산장 지붕이 보였다. 지붕 끝에는 로프가 몇 줄 늘어져 있고 색색의 네모난 깃발이 펄럭이고 있었다.

저기가 페스티벌 회장이다! 어쩐지 무척 즐거워 보이지 않는가. 깃발만으로 기분이 고조되어 발걸음이 가벼워졌다. 만일 언니가 나를 봤다면 분명 "나이도 먹을 만큼 먹어서는"이라며 쓴웃음을 지었을 것이다. 다리가 아프다느니 지쳤다느니 금세 투덜거리면서도 축제 회장이 보이자마자 달려가는, 나는 그런 어린애였다.

가라사와에는 가라사와 휘테와 가라사와 오두막이 있는데 둘다 페스티벌 회장이었다.

예약해둔 가라사와 휘테에서 접수를 마쳤다. 도저히 그렇게는 보이지 않았지만 오늘은 두 산장 다 만실임을 알게 됐다. 하지만 약 한 시간 뒤, 등산객들이 속속 도착하면서 그 사실을 온전히 실감했다. 혼자 온 여성도 많다. 텐트장에도 컬러풀한 텐트가 속속 설치되기 시작했다. 드문드문 목에 수건을 걸치고 있는 사람이 보였다. 누군가 마침 펼쳤을 때 봤더니 스태프 티셔츠와 동일한 일러스트가 들어 있는 가라페스의 오리지널 수건이었다.

어디서 샀을까 싶어서 가장 가까이에 있던 사람에게 용기를 내서 물어보자 도쿠사와에 있는 굿즈 판매 부스라고 가르쳐주었다. 내가 도착했을 때는 아직 천막을 치는 등 한창 준비중이던 곳이다. 그리고 페스티벌 쪽으로 가는 사람과 별로 마주치지 못한 이유를 깨달았다. 다들 버스 터미널에서 아침을 먹거나 하면서 천천히 출발하여 도쿠사와나 요코오에서 하는 이벤트를 즐기고, 오후 3시 개회식에 맞출 수 있게 가라사와에는 시간을 계산해서 오기 때문이라는 것을.

"개회식 시작할 거예요."

내 옆에서 짐을 정리하던 여자애가 말했다. 맞다, 멍하니 쉬고 있을 때가 아니다. 산장에 도착하고 나자 평소대로 이미 골인한 기분으로 있었지만, 오늘은 이제부터가 진짜다. 허리가방을 메고 황급히 일어나서 말을 걸어준 여자 뒤를 따랐다.

"저, 페스티벌 처음이에요."

여자애는 나를 돌아보고 설레는 표정으로 말했다.

"저도요."

이렇게 대꾸했지만 톤은 어색했을 것이 뻔하다. 아마 그녀는 나보다 열두 살쯤은 어릴 터. 이렇게 나이 차가 나는 사람을 상대해본 적이 별로 없었다. 애초에 조카를 제외하면 나보다 나이가 어린 사람과 대화한 것이 학창 시절 이후로 처음일지 모른다. 그것도 한두 살 아래일 뿐이라 사회에서는 같은 나이나 매한가지다. 과연 같은 언어를 쓰기는 할까 하는 불안까지 밀려온다.

그래도 개회식이 열리는 야영장까지 뒤따라갔더니 대체 어느 새 이렇게 모였나 싶어 두리번거릴 정도로 사람이 많았다. 누가 혼자고 누가 그룹인지 구별할 수 있는 상태가 아니었다.

"와인, 어느 쪽 드실래요?"

도쿄 역에 처음 내렸을 때처럼 인파에 어쩔 줄 모르고 있는 내게 여자애가 친절하게 말을 걸어주었다. 개회식에서 건배를 하는 모양이다. 산에서 와인은 마셔본 적도 없었다.

"아, 레드로."

대답과 동시에 투명 플라스틱 컵에 든 레드와인을 건네받았다.

"역시 와인은 레드죠. 아, 저기가 좋겠다."

여자애는 앉기에 딱 좋은 바위를 가리켰다. 잠깐만요 하며 인파를 뚫고 나아가 우리는 사이좋은 커플처럼 둘이서 어깨를 맞대고 앉았다.

"고마워."

우선은 감사 인사를 해보았다. 말을 걸어줘서 고맙다는 건지, 친절하게 대해줘서 고맙다는 건지 모르겠다. 다만 이 이상 누군가가 말을 걸어주기만을 기다려서는 안 된다고 느꼈다. 여자애는 '뭐가?'라는 듯 고개를 갸웃했다.

"나, 누군가랑 같이 있는 편이 좋은데 산은 혼자가 좋은 사람이 많을 것 같아서 어떻게 말을 걸어야 할지 모르겠더라고."

나보다 나이가 어린 사람에게 말하기는 부끄러운 일이지만 대자연의 한 부분에 생겨난 형형색색의 인파 속에서는 신경 쓸 만한 일이 아니라는 생각이 들었다.

"저도 똑같아요!"

여자애의 얼굴이 확 밝아졌다. 자신도 등산 친구가 필요해서 페스티벌에 참가했다고.

얼마 안 있어 개회식이 시작되자 건배사와 함께 우리는 서로의 컵을 부딪친 뒤 자기소개를 했다.

그녀의 이름은 구마다 유이, 인터넷상에서는 구마고로라는 닉네임을 쓴다고 한다. 앗. 작게 외친 소리에 그녀도 내가 '여자들의 등산 일기'라는 사이트를 보고 여기에 왔다는 데에 생각이 미친 모양이다.

가라사와 휘테는 어묵이 명물이라고 해서 구마고로와 나는 오픈 테라스 구석에서 따뜻한 어묵을 먹으며 서로에 대해 이야기했다. 구마고로는 스물여섯 살, 도쿄에서 태어나 도쿄에서 자라 지금은 치위생사를 하고 있다. 고등학교 시절 친구가 가자고 해서 등산을 시작한 것이 이 년 전이다. 다카오 산에 오른 뒤에 후지 산 등정을 달성하고서 완전히 산에 빠졌지만, 친구는 그것으로 완전 연소해버렸다고 한다.

"내일 일정은 정했어요?"

구마고로가 물었다.

"이벤트에 참가하고 싶긴 한데 여기까지 왔으니 역시 산에 오르고 싶어. 날씨가 좋으면 기타호타카다케에 갈 생각이야."

가라사와를 거점으로 당일치기 등산이 가능하게끔 가라사와
휘테에는 2박을 예약해두었다.

"저도 똑같은 계획이에요. 같이 가도 돼요?"

"물론이지! ……아, 하지만 나, 비를 몰고 다니는 여자야."

하지 않아도 될 말을 한 이유는 나 자신에게 보험을 걸고 싶어
서인지도 모른다. 출발 전에 조사한 일기예보에는 구름 마크가
찍혀 있었다. 만일 날씨가 나빠져서 둘이서 하는 등산이 즐겁지
않아도 거봐, 초장에 내가 말했지 하고 변명할 수 있게끔. 하지
만 구마고로는 활기차게, 자신만만한 눈치로 말했다.

"괜찮아요, 반드시 맑을 거예요."

날씨 운이 상당히 따르는 사람 같아 부럽기도 하고 정말로 그
녀와 친해질까 조금 불안해지기도 했다. 형부도 자칭 날씨 운이
좋은 남자다. 노력을 게을리하지 않는 인간에게는 날씨도 한편
이 되어준다고 언제인가 정월에 이야기하던 기억이 있다.

"구마다 씨는 날씨 운이 좋은 사람이구나, 부러워."

"저는 그런 힘 없어요. 하지만 여기에 오는 도중에 엄청 기분
좋은 공기가 느껴지는 가족을 만났거든요. 아빠랑 아들. 아들은
제 나이 정도이려나. 저, 영감 같은 건 전혀 없지만 공기 같은 건
때때로 느끼는데, 이게 꽤 무시 못 하겠더라고요. 무심코 좋은
공기에 싸여 있네요, 라고 말했더니 두 사람이 씩 웃으며 엄마가
와 계시니 내일은 맑겠다며 기쁘게 이야기하지 뭐예요. 그 부자

가 내일은 기타호타카에 간다고 했어요."

솔직히 어쩐지 좋은 에피소드라고 생각하기는 했지만 그녀가 말한 '공기'라는 것이 잘 이해가 되지 않았다. 나한테서는 맑은 공기가 안 나오나 신경 쓰고 있었을 정도다.

그래도 둘이서 참가한 촛불 아래의 색소폰 라이브는 편안했다. 이런 세계도 있었구나 하고 뭔가 악기를 배우고 싶다고 생각한 참에 구마고로가 "오카리나 연습을 해볼까?"라는 말을 꺼냈다. 어쩌면 자신과 비슷한 부분이 많은 내 안 '공기'를 읽어내고 말을 걸어왔는지도 모른다고 생각하니 문득 기뻤다. 불과 몇 시간 전에는 얼굴도 몰랐던 사람이 오랜 친구처럼 느껴지는 것도 분명 산의 마법이리라.

그리고 다음 날, 구마고로가 단언했듯 이른 아침부터 파란 하늘이 펼쳐져 있었다.

요가 이벤트에 참가하고 기타호타카를 향해 한없이 곧장 올라가는 길을 걸으면서 나는 내가 그렇게까지 비를 몰고 다니는 쪽은 아니었다는 사실에 만족했다. 역시 언니와의 조합이 비를 불렀던 것이라며 하늘을 올려다보다가 화려한 이벤트로 들떠 있는 가라사와를 내려다보기를 거듭했다.

그런데 정상에 도착하자 근방 일대가 하얀 가스로 뒤덮여 있었다. 하늘이 높은 곳은 파랬으니 맑기는 맑았지만, 정상에서 야리가타케를 보고 싶어서 오쿠호타카다케가 아니라 기타호타카다케로 온 건데 아무래도 실망이 밀려왔다.

하지만 구마고로와 산꼭대기의 산장에서 커피와 함께 초콜릿을 끼운 프랑스빵을 먹다 보니 아무럼 상관없다는 생각이 들었다. 구마고로는 내가 가져 온 프랑스빵이 마음에 쏙 들었는지 무엇을 넣는 것이 가장 좋겠냐며 한펜*이니, 소금에 살짝 절인 오이니, 빵에 어울릴 것 같지도 않은 재료를 연달아 주워섬겼다. 그런데 그게 전부 내가 좋아하는 음식이어서 다음에 같이 시험해보자며 즐거운 약속을 했다.

언제까지 퍼지고 앉아 있을 수는 없다며 짐을 정리하는데 서서히 가스가 옅어지고 시야 앞쪽에 야리가타케의 정상이 나타났다. 구마고로와 손을 맞잡고 기뻐한 뒤 다시 정상 표식이 서 있는 자리로 가자 같은 타이밍에 아버지와 아들이 왔다. 구마고로에게 물어보지 않아도 기분 좋은 '공기'를 가진 사람들이라고 나도 느낄 수 있었다.

노련한 부자는 오쿠호타카를 경유해서 왔다고 한다. 카메라를 꺼낸 아들에게 구마고로가 "사진 찍어드릴까요?"라고 묻자 아버지와 아들이 야리가타케를 배경으로 어깨동무를 하고 섰다. 두 사람 사이에는 웃는 얼굴의 여성 사진이 있다. 부자는 각기 어깨에 올리지 않은 손으로 사진을 맞들고 있다.

---

*   다진 생선 살에 마 등을 갈아서 넣고 쪄낸 식품

아아, 확실히 이 맑은 하늘은 이 사람들 것이다. 그런 느낌이 들었다.

부자와 헤어진 뒤 구마고로가 던진 한마디에 나는 그녀와 또 산에 오르고 싶다고 생각했다. 나이도, 사는 곳도, 직업도 관계없다. 그녀 또한 기분 좋은 '공기'를 가진 사람이다.

"맑음을 나누어받았네요."

그 뒤로 일 년이 지났다. 더 떠들썩해진 버스 터미널에 몇 대째인지 모를 도쿄발 버스가 도착했다. 졸린 눈을 비비면서 버스에서 내린 구마고로는 나를 발견하고 크게 손을 흔들었다. 나도 크게 손을 흔들어주었다. 오늘 우리는 야리가타케를 향해 간다. 일기예보는 맑음 표시이지만, 산 날씨는 알 수 없다.

그래도 그녀와 함께 오른다면 또 누군가의 맑음을 나누어받을 수 있지 않을까?

YAMA ONNA NIKKI
by MINATO Kanae

copyright ⓒ 2014 MINATO Kanae
All rights reserved.
Originally Published in Japan by GENTOSHA INC., Tokyo.
Korean translation rights arranged with GENTOSHA INC., Japan
through THE SAKAI AGENCY and Shinwon Agency Co.

Korean translation copyright ⓒ 2019 Viche, an imprint of Gimm-Young Publishers, Inc.

옮긴이 **심정명**

서울대학교 서양사학과를 졸업하고 서울대학교 비교문학 협동과정에서 석사학위를, 오사카 대학교 문학연구과에서 박사학위를 받았다. 《후 항설백물어》《백미진수》《괴담》《피안 지날 때까지》《이치고 동맹》 등 문학뿐만 아니라, 《유착의 사상》《스트리트의 사상》《납치사 고요》 등 다양한 분야의 일본 작품을 우리말로 옮기고 있다.

여자들의 등산일기 블랙&화이트 081

1판 1쇄 발행 2019년 4월 1일 **1판 2쇄 발행** 2019년 4월 26일
지은이 미나토 가나에 **옮긴이** 심정명
펴낸이 고세규
편집 장선정 이승희 박정선 | **디자인** 홍세연

발행처 김영사
주소 경기도 파주시 문발로 197(문발동) 우편번호 10881
등록 1979년 5월 17일(제406-2003-036호)
구입 문의 전화 031)955-3100 **팩스** 031)955-3111
편집부 전화 02)3668-3295 **팩스** 02)745-4827 **전자우편** literature@gimmyoung.com
비채 카페 http://cafe.naver.com/vichebooks
트위터 @vichebook **페이스북** www.facebook.com/vichebook
ISBN 978-89-349-9508-1 03830 책값은 뒤표지에 있습니다.

비채는 김영사의 문학 브랜드입니다.

이 도서의 국립중앙도서관 출판예정도서목록(CIP)은 서지정보유통지원시스템 홈페이지(http://seoji.nl.go.kr)와 국가자료공동목록시스템(http://www.nl.go.kr/kolisnet)에서 이용하실 수 있습니다. (CIP제어번호: CIP2019010052)